秘本三國志

上

【日】陳舜臣　著

崔學森　等譯
丁子承
王昱星　　校

中華書局

秘本三國志

【日】陳舜臣　著

責任編輯　王春永
裝幀設計　廖彥彬
印　　務　林佳年

崔學森　等譯　　丁子承　王昱星　校

出版　中華書局（香港）有限公司
香港北角英皇道 499 號北角工業大廈一樓 B
電話：（852）2137 2338　傳真：（852）2713 8202
電子郵件：info@chunghwabook.com.hk
網址：http://www.chunghwabook.com.hk

發行　香港聯合書刊物流有限公司
香港新界荃灣德士古道 220-248 號
荃灣工業中心 16 樓
電話：（852）2150 2100　傳真：（852）2407 3062
電子郵件：info@suplogistics.com.hk

印刷　美雅印刷製本有限公司
香港觀塘榮業街 6 號 海濱工業大廈 4 樓 A 室

版次　2010 年 11 月初版
2021 年 10 月第二版第一次印刷

規格　大 32 開（210mm×153mm）

ISBN　978-988-8759-71-2

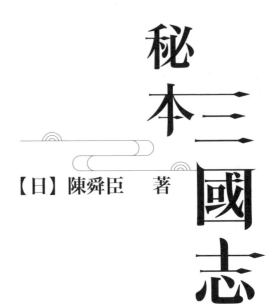

從陳舜臣的《秘本三國志》說起

陳萬雄 博士

眾所周知，《三國演義》是中國最著名、最風行的通俗歷史小說；以陳壽《三國志》這部史著為首所記載的「三國時代」，也是最廣為人知、人們最有興趣的一段中國歷史。或許不知的，在一衣帶水、對中國歷史文化最有認識的日本，情況也如此。當代日本，以「三國」為題的電影、人形劇、動畫、漫畫、電腦遊戲大為流行，形式多樣，稱為「平成時代三國熱」。「三國」在日本的流行，其來有自。即使是近代，熱心於《三國演義》研究的日本著名學者如小川環樹、桑原武夫、駒田信二等也不少。吉川英治再創作的《三國志》演義在日本最為風行。日本人喜歡研讀「三國」，有一層意思——用以認識和了解中國的歷史特色、社會特徵和人性面貌。他們對「三國」的解讀，某種程度是日本人對中國歷史文化和民族的解讀，不能純從對「三國」本身的真切深淺去理解。

日本著名作家陳舜臣先生的《秘本三國志》，在芸芸日本「三國」作品中，或許因作者是華裔，同時諳於中國和日本的歷史文化，獨樹一幟，在日本社會廣為流傳，讀者眾多。陳舜臣先生在其後記中，一再強調這是他的一部創作。讀過陳舜臣先生這部《秘本三國志》，不難明白，這確是他以

《三國志》、《後漢書》和《三國演義》等文史著作為藍本，根據自己的構思而創作的歷史小說。書中的情節、結構，人物的輕重和形像的塑造，以至歷史事件的詮釋，別出心裁，另有別解，大有異於我們所熟識的「三國志」。這也是他以「秘本」為名的一種理由。「秘本」是指他對「三國」的詮釋是出於他的創作的意思。

《三國演義》所以歷久不衰，是由於這部歷史小說氣魄恢宏，場面偉大，情節豐富多彩，人物眾多而鮮明，放之中外去衡量，都是一部歷史小說的傑構。同時，「三國時代」雖然只有短短的百多年，在中國幾千年歷史長河中，這段歷史算短暫。但三國時代，形勢之波瀾壯闊，政情之波譎雲詭、軍事之波濤洶湧，逞強鬥智之驚心動魄、人物之儀態萬狀，宛如一首令人仰嘯低吟迴誦不已的史詩，一齣讓人訴不盡說不完的歷史舞台劇。映照於今，仍不失其感慨，可思可省者多矣。所以「三國熱」會不時出現，因由也在此。

年來感染於「三國熱」，我再捧讀《三國志》。不是學識長進，而是人生閱歷日深，理解深刻得多了。其中體會最令我生感慨的是：人類的科學發明一日千里，人類物質文明的發達，與日俱進；相反，當前社會的人性和人際間的關係，比之千百年前的《三國志》和《三國演義》所描畫的，卻出奇的差異不大。這或許就是《三國演義》、「三國時代」最吸引人的地方。

現代撰寫編作三國的著作、小說與影視，讀其書者，無不在揚溢其競雄鬥智，爭勝呈謀，爭權奪利，而無視其人性之泥塗，人際之險惡，雖炫耀皇栖於一時，終至於身敗名裂，禍延子孫的啟示。蟻虫附羶，飛蛾撲火，原來是永恆的愚昧。

總目錄

本冊目錄

第一卷

蒼天已死，黃天當立。

歲在甲子，天下大治。

咒文一般的詞句，四處流佈，後漢恢宏的天下，從地底傳出碎裂的聲音。

黃天當立

一

蒼天已死，
黃天當立。

據說，這一咒文般的詞句，正在東方的大地上流傳。

「人們都在大張旗鼓傳揚這個嗎？」張魯的母親少容，向自東方歸來的陳潛問道。

陳潛答道：「的確如此，說是大張旗鼓也不為過。尤其是青州、幽州、冀州一帶，情勢更烈。」

青州是今天的山東省，幽州是今天的河北省北部、北京近郊，冀州是今天的河北省南部。

「這樣看來，漢室天下也終要完結了呀。」少容長歎了一聲。

根據五行學說，漢承木德，以得天下。能取而代之者非土德莫屬。木屬青，土屬黃，「蒼天已死，黃天當立」的傳言分明便是闡發自五行學說。

蒼天——青之天子，即漢室已經終結；黃天——承土德的新天子將要興盛。

初聽無甚意義的咒文般的詞句，要發覺其中隱藏的深意，也並不是什麼難事。稍有常識之人，一聽便能立刻明了吧。

這連謎團都稱不上，太淺顯了。然而正是這淺顯且大不敬的咒文，此刻正大張旗鼓流佈於世。

漢天子威名掃地啊。

天下興亡，不可能不伴隨着流血。天下將要大亂了——少容的歎息，正是為此預感而發的。

這個時候，在場的只有少容和她的兒子張魯。然而陳潛還是小心地朝左右看了看，壓低聲音說：「斗膽說一句，我也是這樣看。」

「是啊是啊，生逢亂世啊。不過萬幸的是，巴蜀此處遠離中原，只要小心行事，還是可以避開戰亂的吧。潛先生，魯兒就託付給你了。」

今天的四川省成都地方，那時候被稱做蜀；重慶地方被稱做巴。

當時的政治中心乃是長安與洛陽一帶，巴蜀一帶因為「蜀道之險」而被隔離在政治中心之外。——蜀道難，難於上青天。這是李白所賦的蜀道。

此外，由華中與江南一帶來巴蜀，又有「三峽之險」隔絕。長江（揚子江）在三峽附近一變而成急流激湍，落差直達兩百米。同樣是李白——三朝又三暮，不覺鬢成絲——歎息這險峻之途。

巴蜀之地可以說是天然的要塞。也因此，直到中日戰爭之時，重慶仍然是抗戰的基地。

少容希望能夠依靠天險阻止戰亂波及巴蜀，然而再險峻的道路也不會無法穿越。除了蜀道與三峽，還需要用些政治手腕才行。

「又來了……」陳潛苦笑了一下。

少容總是會說「魯兒就託付給你了」，這話簡直成了她的口頭禪。可是陳潛也不過是剛滿二十歲的年輕後輩，張魯也只不過才比他小一歲而已。

「嗯，只有潛先生足可依靠啊。」少容說着，輕輕搖了搖肩膀。陳潛覺得從她的肩頭彷彿落下了什麼散發着香氣的東西。

十七歲上生了張魯的少容，此時的年紀應當在三十五歲左右，然而怎麼看都還像是二十歲不到的人。真美啊……雖然每天都和她見面，可陳潛看到她的時候還是覺得目眩神迷。

據說，陳潛還是個嬰兒的時候，被扔在張家的門前。張魯的祖父張陵收養了他。那之後不久，少容嫁入張家。她常常對陳潛這樣說：「在這家裏，潛先生的資格比我要老啊。」

張陵命嫁給兒子的少容養育這個棄嬰，告訴她說：「能在養育自己的孩子之前養育他人的孩子，這樣的人才是有包容力的大人物。我家需要的是這樣的女性。」

因此，對於陳潛來說，少容就相當於他的母親。不過即使如此他還是能感覺到少容身上的女性魅力。對於人類而言，無論理性如何思量，生理的本能總是無法抑制的。

「我盡力而為……」陳潛縮了縮脖子，如此回答少容的託付。

「張家五斗米道的命運，都落在你的肩上了。」少容的聲音清澈涼爽，然而卻讓陳潛的心裏燃起火焰。

二

何謂張家五斗米道？

此乃道家的一支，始祖是張魯的祖父張陵。

張陵本是沛國（現在的江蘇省北部）豐縣人。今天徐州市西北依然留有豐縣的地名。因為此地靠近漢高祖的故鄉，漢代時候這一帶周圍的百姓得以享受免除徭役的優待。

後漢順帝（公元一二六—一四四年）時，張陵遊歷蜀地，於鵠鳴山中學道，自此精擅醫術。他為人治病，收米五斗為謝禮，人們因此稱他的道教為「五斗米道」。漢代時候的一斗，大體相當於今天的一升。有言道「斗酒亦不辭」，誇人酒量驚人，其中的「斗酒」一詞便可以理解為一升酒那麼多。

病人坦白犯下的過錯，將自己的姓名寫在三枚紙箋上，一枚置於山頂，向天帝通告；一枚埋於地下，令地祇得聞；一枚沉於水底，使水神能知。這便是所謂的「三官手書」。手書之後，又有被稱做祭酒的教團首領出場，宣告病名，令病人飲用「符水」。所謂符水，也就是泡有寫滿咒文的紙張的水。

無須病人說明自己的病情，祭酒自然可以將之流利順暢地描述出來，病人因此大為驚異，對五斗米道的力量深信不疑。接受了這樣的心理暗示，不少病人都會痊癒，五斗米道自然也就隨之日漸興盛起來。

病人來教團時，接待的教眾會問：「您的氣色不好啊，是哪裏不舒服嗎？」

如此仔細探聽病人的症狀。不過這接待的教眾總是與病人同出同入，問完病情便會陪同病人一起前往祭酒處拜見，其間不會單獨與人接觸，教眾所探聽的消息仿佛絕無半點傳達給他人的機會。

然而實際上，就在病人坦白自己的過錯、在三官手書上寫下姓名之時，接待的教眾就站在病人的背後，不出聲音地講述病人的症狀。祭酒根據教眾嘴形的變化，便能知道病人的情況。

「你的病……」侃侃而談，仿佛一語道破天機，其實不過是讀唇術而已。

張陵將這道術傳給兒子衡，衡又傳給兒子魯。然而張陵死後不久，張衡也匆匆離世，因此直到張魯二十歲成年之前，教團事務都由大弟子張修掌管。

五斗米道便是如此興盛於巴蜀一帶。而差不多與此同時，道教的另一支別派「太平道」則在河北、山東及中原一帶獲得了大批信徒。

太平道教祖姓張名角，祖籍巨鹿（現在的河北省），自稱大賢良師。

這太平道與五斗米道恰似孿生兄弟，給人治病時的種種做派，譬如令病人以頭觸地懺悔自己的罪過，隨後再賜符水治病等，可說是如出一轍。兩者不同的地方在於，太平道接待的教眾不是用唇語、而是以信號將病人的症狀傳達給施術者。他們傳達信號的工具是九節竹杖。譬如說手摸到竹杖上數第三節的位置，便代表患處是心臟；再用手觸摸額頭，則表示有劇痛，若是手觸下頷，則是表示隱痛。凡此種種，就如二十世紀的棒球比賽時投球手與接球手之間的暗號一樣，規定得細緻入微。

讀唇形也好，讀暗號也罷，雖有不同之處，卻是異曲同工。

病人一旦病癒，便是大賢良師的功勞，由此信仰便會更深一層；若是病人死了，則是本人不夠誠心，死者家屬也只有更加虔信太平道一途。

眼見太平道自華北蔓延至中原地方，然而對於此種態勢，漢朝的地方官上報於朝廷的奏摺中卻說：「角以善道教化，為民所歸。」

如此而已。

人類的思想，若是置於同等條件之下，便會朝着同樣的方向發展。在遼闊中國的東部與西部，太平道與五斗米道在差不多同一時期裏大行其道，似乎也印證了這一點。

太平道教祖張角與五斗米道教祖張陵兩人雖然同屬張姓，不過並無血緣關係。或許也有地理位置相距遙遠的緣故在內，兩者雖然同為傳道之人，相互之間卻從來沒有任何聯繫。彼此都只是僅僅聽說過對方的傳聞而已。

「潛先生，能請你去一趟巨鹿嗎？」陳潛自東方遊歷歸來的翌年，少容對他如此說道。巨鹿是太平道的本部所在。

「是，無論何處我都願欣然前往。」陳潛答道。

他本想說「只要是您的命令」，不過忍住了。

「請去拜訪一下大賢良師。」少容說。

「遵命。」

「去年的那句咒文……蒼天已死，黃天當立，似乎又有了下文。」

「是什麼？」

「歲在甲子，天下大吉。」

「歲在甲子……天下大吉……」陳潛喃喃重複了一遍。

今年是後漢靈帝光和六年（公元一八三年），干支紀年為癸亥。

「明白了嗎?」少容溫和地問道。

「所謂甲子，是說來年吧。」

「正是啊……我聽說這句話被人寫在京城衙門的大門上。再簡略一點就是『甲子』二字……太平道信徒的家門上必然寫着這兩個字。」

「那就是說……」預言革命的詞句，大約自去年起開始流傳。到了今年，又被加上了預言革命時期的詞語。

甲子之年，便是來年，加之據說太平道信徒的家門上都貼着寫有「甲子」二字的紙，這樣看來，革命的主體乃是太平道，這一點已經昭然若揭了。

「能去一趟嗎?」少容追問道。

「沒有不去的道理。」陳潛抬起了低垂的頭。與少容的視線相交的剎那，一切盡在不言中。

「這一趟不單是為了五斗米道，也是為了託付給五斗米道的幾十萬條性命……甚至可以說是為了天下萬民。」

「我明白了。」陳潛再度垂首而拜。

後漢王朝朝不保夕，天下有識之士對此都已經一目了然。今天的皇帝可以說是昏君的範本。眾宦官隨侍左右，對政治無所關心。生為天子即可為所欲為，這便是當今皇帝的想法。

革命在所難免。

然而，又有哪個勢力能夠取代現今的政權？

區區不才，正是在下！

報上名來的便是以張角為統帥的太平道集團。

「此人能行嗎？」少容有着如此的擔心。

不過也許真會被他取了天下也未可知。無論如何，如今的政權本來就已經脆弱之極了。

若是東方的太平道取得了天下，西方的五斗米道又將何去何從？

同行即是對手，這道理盡人皆知。此即是說，五斗米道恐有遭受彈壓之虞。

事前若不尋好一條退路……

早在太平道揭竿而起之前，五斗米道便已經不遺餘力地提供支援了。沒有這樣的實際行動，五斗米道便不會有第二條退路。

然而若是做得太過露骨，萬一太平道被鎮壓下去——五斗米道也是逆賊太平道的同伙。落下這樣的口實，教團也逃不脫被殘害的命運。

做些表面文章，不可惹人注目——少容交給陳潛的任務，便是如此困難的工作。

其實早在少容的說明之前，陳潛便已經意識到了此行的艱辛。

第二天一早，他便踏上旅途，邁向險峻的蜀道。

三

巨鹿是當年項羽大敗秦軍的古戰場，地處河北省石家莊市和邯鄲市之間，位於兩市南北聯線中間稍稍偏東的地方。

太平道的本部據點即在此處。

陳潛一報說自己是五斗米道的使節，便立即被直接引見給大賢良師張角。

「遠道而來，路上辛苦了。」張角眯起眼睛說道。

眼為心靈之窗。修煉道術之人不可被他人窺知內心，因此總是儘量不睜眼睛。

依張角的身材來看，他的臉算是比較大的類型，眼睛鼻子嘴巴都很大。因為總是刻意眯眼的緣故，看起來有些微腫的感覺。與他對視的時候，會感覺那張臉忽然靠得很近，驚愕之下定睛細看，那張臉又飄然遠離──這該是催眠術的一種吧。

原來如此，果然了得。對於修行同種道術的陳潛來說，一見便知對手道行的高低。這個張角的道行該稱之為可怕才對。

「深則不廣……」陳潛記起過世的始祖張陵的話。若想廣知天下之術，就要滿足於某種程度的「淺」，這是始祖當年的教導。眼前的張角，道術之深可以說是深不可測；然而在另一方面，他所知的領域之窄，恐怕也會讓人瞠目結舌吧。

「這種人能指揮得了革命大軍嗎？」陳潛心中生出了疑團。

「道之術，施於一人耳。」這也是載於始祖語錄中的話。

即使有了十萬信徒，那到底也是通過一對一傳道的方式積累得來的，而非一個人面對作為一個集團的十萬之眾。所謂道術，便是個人化到如此程度的技藝，這是始祖張陵的教誨。

若果如此，道術家之類的人可謂是最不適合指揮群眾的人選。然而因為來拜求自己的信徒人數眾多，難免也會生出一種虛假的信心，以為自己當真具備了那樣的能力。

陳潛在他還是少年的時候，某天曾對始祖張陵有過這樣的疑問：「和我師相處，感覺好像無底之井一般深邃，又好像長江之水一般廣闊，這是為何呢？」

陳潛自出生以來足跡未出四川，不知大海為何物，論及廣闊時只有以長江（揚子江）為喻。

張陵對於這個問題，如此答道：「大約是因為我學了浮屠教義的緣故。」

浮屠是「佛陀」一詞的漢語音譯。當時住在京城洛陽的大月氏國人都信奉佛教，不過並沒有在漢人中普及。就連佛教一詞都還沒有。雖然不清楚張陵是在何處學到的浮屠教義（佛教），但在他臨終前確實留下過如此的遺言：「浮屠教義，務必傳與少容。魯隨其母學之。」

「可惜啊……」陳潛此時更對始祖的亡故深感痛惜。始祖若然健在，應該是會成為革命領袖的吧。

然而此刻卻只有不知深淺的張角想要統率萬民。

雖然心中生了疑慮，陳潛還是以使節的口吻說道：「我五斗米道，同為以道術救萬民於水火的教團，願在太平道義舉之時，竭盡所能傾力相助……」

「哦，這樣嗎……原來如此。哈哈，哈哈……」張角短笑了兩聲，「其實，我已經遣使去巴商談此事了。」

「這是哪日的事？」陳潛急忙問。

「使節是三天前動的身。」

「三天前啊……」萬幸萬幸，陳潛暗舒了一口氣。同樣是協力，受邀起事與搶先表態，在事後論功行賞之時會有天壤之別。使節若是三天前動身的話，此刻最多應該剛到洛陽而已。如此一來，就是五斗米道自發擁護太平道的謀反了。

「事關重大，請千萬嚴守機密。」陳潛道。

「那是當然。」張角微微一點頭。就在此時，那雙眯着的眼睛大睜了開來。那是一雙大眼，也就是俗稱的環眼。陳潛立即集中全部精神，向那眼中望去。——傲岸之色。始祖張陵最厭惡、最忌諱的神色，在張角眼中一閃而過。

下一瞬間，張角又閉上了眼睛。此人平日裏喜怒不形於色，卻在閉上眼睛之後，很難得地顯出眉飛色舞的表情。

四

且來介紹時代背景——

來年即為甲子的光和六年，也就是公元一八三年。西方的羅馬帝國皇帝馬可·奧勒利烏斯·安東尼就在這一年駕崩，羅馬帝國正開始步上衰微之路。

在日本，此時正是彌生時代末期，古墳時代初期。邪馬台國女王卑彌呼向中國派遣使節，是五十六年之後的事。

在中國，則是後漢王朝十一代皇帝靈帝執政。

秦失其鹿，天下共逐之。漢朝是出身低賤的高祖劉邦與項羽相爭取得天下之後建立的王朝。漢朝持續了大約兩百年，其後雖被王莽篡位，最終又由劉秀奪還，史稱後漢，又延續了兩百年。

前後漢合計四百年，此株巨樹枝幹腐朽、頹頹將傾之時，便是此刻的時代。

靈帝十二歲即位，至今已經過了十五年。

後漢的歷代皇帝，除了最初的三代之外，剩下的全都是不滿十歲即位。殤帝即位時尚是剛出生的嬰孩，沖帝即位時只有兩歲，質帝也不過八歲即位。靈帝的父親桓帝十五歲即位，已經是三代之後最年長的紀錄了。

幼帝即位，必然需要其母輔佐。這些女性因為都是封建時代的女性，對於政治並不熟悉，遇事自然要找親近之人商議。最親近的人不用說就是她們的家人，這樣一來，外戚也就掌握了實權。

次一層親近的則是隨侍左右的宦官。內宮的雜役，任用喪失男性機能的宦官比較安全。能與皇室之女自由交談的男性，也只有這些宦官。不過，也許本來這些人就不該稱之為男性。如此一來，宦官也就在後漢的宮廷裏形成了巨大的勢力。

隨着皇帝的更迭，皇后與皇太后也隨之變換，外戚的權勢自然也不會長久，反倒是宦官的勢力愈發盤根錯節，難以撼動。

對於此種局面，依照學識與才幹登用的官僚們當然會生出巨大不滿。他們稱自己為「清流」，將宦官們蔑稱為「濁流」。清流伺機想要剷除濁流，然而計劃被圍擁天子的宦官們得知，反遭鎮壓。這便是「黨錮之獄」。宦官以官僚結党為由，將無數清流投獄處斬。

稍有一點骨氣的人都被投入監牢。與百姓直接接觸的地方官之中，只剩下了向中央的宦官行賄、以求個人發跡的無恥之徒。這些人到了地方上，自然只知道壓榨百姓這一件事。

百姓被敲骨吸髓，生活苦不堪言。為了逃避現世的苦難，加入太平道之類的團體尋求庇護的人激增。

事態不止如此而已。

百姓惶惶不可終日。

去年二月，全國疫病橫行。

夏季大旱，五月永樂太后宮殿失火。此前一年宮中也曾失火，之前還落過大如雞蛋的冰雹。

又有傳言說洛陽某女子生出了兩頭四臂的嬰兒。

「不祥之兆。」易者如是說。

本來改元光和的那一年，便是地震不斷，宮廷裏有雌雞化雄之事，怪異至極。當年五月，有白衣人入德陽殿，追趕時忽然不見。六月朔，黑氣十餘丈，飛入溫雄殿中。秋七月，有虹現於玉堂……

這一年夏季也是大旱，然而卻又有黃河於金城附近決堤，五原山岸盡皆崩裂的慘事。

在中國，這類自然現象一直被視為上天對於惡政的批判。

然而靈帝只知尋歡作樂。

他喜歡遊園會，命宮女於後宮仿造市肆，自己扮作商賈飲酒作樂。

他似乎很希望自己成為商人，仿造市肆之外，又開設「賣官店」，賣官鬻爵。二千石俸祿的職位兩千萬錢，四百石的職位四百萬錢，此為一般行情，不過也隨買主的身份不同而有調整。身份低的人要買高級的官職，就需要支付高於一般行情以上的價格。靈帝熱衷於經商，據説這個賣官店還可以賒賬。

還有給狗戴上官員身份象徵的帽冠綬帶。

這有什麼稀奇的。皇帝身邊本來不盡是狗一樣的傢伙嗎。相比起來還是戴帽子的狗看着讓人舒服點。如此唾罵的大有人在。

五

之後，陳潛便留在巨鹿的太平道本部，負責與五斗米道的聯絡。

太平道內部的舉事準備有條不紊地進行着。

張角組成三十六方。方是軍事單位，大方兵力萬餘人，小方兵力六七千人。方的指揮者稱為渠帥。

陳潛參觀過他們的練兵。

「依您看，這樣子能打贏官兵嗎？我是覺得純粹走走過場而已。」大賢良師給客人身份的陳潛安排了一個名叫唐周的年輕人。就是這個唐周，壓低了聲音這樣問。看起來，即使在太平道內部，他好像也是屬於異議分子。

「沒關係，官兵如何訓練我略有所知，可能還不如這個。」陳潛嘴上説着，心中卻想：「太平道中收容了各類異己，凝聚力大有問題。」

他將自己的判斷以暗號形式送往少容處。自從在太平道本部做客以來，他所送出的此類報告，基本上都是否定的內容。

以客人的身份，本不可能了解到本部首腦的動向，然而這些機密卻可以從唐周處獲悉。嚴守機密這一革命的最基本原則，在這裏似乎都無法得到遵守。

「大賢良師打算收買宮中的宦官，依您看，舉事的時候，宦官能派上用處嗎？」唐周將這一等一的大機密，就這樣若無其事地告訴了陳潛。

「皇帝只能從宦官處得知外界動向。即使太平道舉事，只要宦官不上報，就做不了軍隊的動員。此乃妙策。」陳潛答道。

「是嗎……」唐周似乎有些不服，「唔，計策或許不錯，用人大有問題。」

「用的什麼人？」

「是那個馬元義喲……」唐周從鼻子裏哼了一聲。

「不能笑……」陳潛假咳了一聲，掩飾自己想笑的表情。

有傳言說，唐周中意的女子，被馬元義納為自己的妾了。看來傳言是真的。

「我覺得馬元義倒也不錯啊。」雖然對這個人物所知不多，陳潛故意這樣說給唐周聽。

「什麼呀，你那是只知其表，不知其心。這傢伙心狠手辣、卑鄙無恥……」唐周的話卡住了。他對馬元義痛恨至極，以至於都找不出合適的語言來表達自己的痛恨。這種痛恨非比尋常。

唐周與馬元義之間的此種深仇大恨，就連太平道的教義和組織都無法消除。或許應該說，他們的組織會因這種仇恨而分崩離析吧。

越來越糟糕了。陳潛在消息中着力突出形勢的險峻，要五斗米道有所警醒。

之後，他與唐周一起前往北方去幽州辦事，途中經過涿縣。

此時秋意融融，天氣尚暖。

趁着飲馬歇腳的時候，陳濳和唐周想去不遠處的亭子裏小憩，然而走近了看，卻見裏面已經有人了。那幾位似乎都已經躺下，亭外只聞其聲，不見其人。

兩人轉身要走，卻又不約而同停下了腳步。

亭中傳來的對話引起了兩人的興趣。

「豈不是生逢其時嗎……」聽到這鏗鏘有力的聲音，陳濳和唐周首先都以為那人說的是反話，不過接下來的話讓他們明白了這句話的弦外之音，兩個人不禁都站住了。

「正因為有這亂世，赤手空拳也能出人頭地。若是太平盛世，哪裏又有我們豪傑施展拳腳的地方……唔，天下大亂之時，正是我們大展身手之日。」

「天下大亂，匹夫也能稱王成侯。想那高祖，放在平日，也不過一介無賴……聽說天下將亂，俺高興得很，高興得很。」

「可是，赤手空拳終究不是辦法，首先還是要依附某個勢力謀取功名，然後才能一飛衝天吧。」

「依附於誰，這可是個大事。開個好頭可比什麼都重要。」

「這是要三思而後行。」

「按理說應該投奔朝廷。」

「朝廷朝不保夕啊。」

「噓，噤聲。」

「沒關係。這事誰都知道的吧。」

「也是。糞土之牆不可壘。朝廷見鬼去吧。」剛才提醒小聲的那個人又大罵起朝廷來。

「如此說來，太平道如何……聽說那幫人正在勤練兵馬。」

「若是去毛遂自薦，也能當上員大將吧。」

「這想得有點兒太美了吧。我聽說太平道三十六萬人，全都任命了渠帥。不管咱們怎麼英雄，也沒多餘的位子給咱們了吧。」

「唔，而且好像不是太平道的信徒就升不到高位。」

「是吧，太平道還是算了。反正他們取不了天下。」

「這是為何？」

「不是你說的嗎？不是信徒就不會起用。心胸如此狹隘，如何能取天下？」

「不錯。一百人中太平道的信徒不過幾個，對剩下的九十幾個置之不理，這可不行。」

「那，去哪兒？」

亭子裏一直都是兩個人高聲談話，不過此時又傳來一個新聲音。裏面原來還有一人。

「太平道一旦舉事，各地必定招募兵勇。這是個好機會……借着與太平道作戰之機展示武勇的軍團，此後便能逐鹿天下。讓我們冷靜地想一想。有誰最能奮不顧身討伐太平道？」

「願聞其詳。」

「太平道也在覬覦天下，必然要向洛陽進軍。能從背後襲擊的人……明白了麼，幽州刺史。」新加入的這個聲音，最為沉着冷靜。

刺史乃是一州的長官。

漢代行政區劃中，最大的是州，其下設郡，縣又在郡之下。州的長官是為刺史，郡的長官是為太守，縣的長官則是縣令。

「幽州刺史是劉焉……這是個人物嗎？」

「據說是個了不起的人物……不過更要緊的是有地利之便。」沉靜的聲音繼續道，「其實我也有些猶豫。遊學洛陽時，我曾拜前議郎盧植為師，此人剛直不阿，但有緩急，必然受重用。我本想以此為求取功名之道，但是仔細思量，盧植先生未必一定能被登用為討逆的總帥。天下既亂，良禽擇木而棲，不必死守一家……所以首先還是選擇坐擁地利之便的幽州刺史為上。既然身為此地的刺史，戰事一開，不戰也不行……」

「唔，原來如此，原來如此。」其中一個聲音洪亮的人不禁歎服，另一個則性急地說：「到那時候可別忘了推薦咱家兄弟。」

「那是當然。一個人勢單力孤，還是三人聯手力量更強。適才聽了二位的交談，我深感與二位相見恨晚，很想與二位攜手同行。不過，還沒請教二位的姓名。」

聽起來這三人似乎也只是萍水相逢而已。

「某乃張飛，字翼德。」性急的聲音報上自己的名字，人也站了起來。是個身高九尺開外（當時的尺相當於今天的二十三厘米，差不多一百八十厘米左右）的年輕人。

陳潛和唐周趕忙躲進樹叢裏。

講談本的《三國志》中形容此時的張飛滿臉絡腮鬍鬚，狀若猛虎。其實此時張飛不過十七八歲，不可能生出那樣的鬍鬚。

「我是關羽，字雲長。」另一個男人也站起身來。年紀大約二十出頭，已經生出了堂堂的鬍鬚。

「我的名字報晚了，」沉靜聲音的主人最後一個站起來，「在下姓劉名備，字玄德。看來我最年長，今年二十有三……」

六

這些當然都不過是涉世未深的年輕人好高騖遠的誇誇其談而已。

然而唐周聽了他們的交談，依然大受震撼。

太平道的造反計劃似乎已經無人不知了，非但如此，人們似乎都認定起義不會成功。

即使是關於張角的軍事動員——百人之中，太平道的信徒不過幾人而已。此話固然刺耳，然而遺憾的是，說的乃是事實。

結束了北上之旅返回巨鹿之後，陳潛眼看着唐周變得落落寡歡，少言寡語。從表面上看，此種變化可以說是變慎重了。

唐周變得慎重了——根據此種評價，他被賦予了重大的任務。那便是派他去做收買宦官的最後工作。

與太平道教團接觸的宦官有封諝和徐奉二人。即使是改朝換代，宦官總不可或缺。太平道允諾，當是之時，必然會將二人加以重用。當然，不單是允諾，同時也用了大量的金銀財寶打點。

收買宦官的目的，是為了在造反的時候麻痹宮廷，儘可能拖延朝廷調兵遣將的時間。唐周便被派去確定具體的事宜。

過了新年即是光和七年。十二月，年號改為中平元年。這一年正是甲子之年。

張角諸人定下的舉旗之日是在甲子之年的甲子之日，也就是這一年的三月五日。

起義的重鎮是為鄴城。太平道計劃在此集結兵力，由渠帥馬元義統領軍隊。

鄴城地處河北省與河南省的交界，春秋時期曾是齊國的都城，後來又做過魏王朝的都城，是一處軍事要地。

「有點兒奇怪……」唐周的態度讓陳潛心生疑惑，他知道唐周情緒變化的來龍去脈。顯然這個人是失去了必勝的信心。

「若是建立了太平道的張家王朝，反軍總帥馬元義可就是三公之首、開國元勳了。」陳潛如此對唐周說。當然，這是為了試探他的反應。

唐周臉上顯出詭異的笑容。

此前但凡有人提及馬元義，唐周都會變得情緒激動，然而這一次卻並未如此。

「那也不是輕而易舉的事吧。」唐周的語氣很是肯定。若不是心中暗藏某種自信，聽到馬元義的名字，他絕不會如此冷靜。

「如此說來……」陳潛自唐周的話中聽出些許弦外之音。當晚他便給少容寫去密信——張角一黨舉事必敗，我家教團，不可與其有任何瓜葛。

如此斷言。陳潛確信，唐周必定是在籌劃某事，企圖妨礙此次謀反。

如其所料。唐周一到洛陽，並未按原定計劃與兩個宦官會面，而是徑直向朝廷上書——太平道圖謀造反，指揮者馬元義。

此時馬元義正在趕往京城，想要實地考察佔領都城的計劃。唐周的上書中當然也寫明了馬元義潛伏的場所。

這正是一月將近之時。雖然是按舊曆計算的日期，天氣依然還是寒氣逼人。

「十萬火急！急報、急報！」有人連聲疾呼，緊貼馬背一路疾馳，直奔往太平道教團本部。這是自洛陽快馬加鞭趕來的信徒，前來報告馬元義被捕的消息。

正是分秒必爭之時。

另一邊的朝廷也正向各地發出急令，命各處盡速緝拿太平道叛黨。

原先密謀的三月五日發兵起義，現在看來必須立刻行動了。萬幸的是，三十六方大軍已經動員了八成。

「紮黃巾！」張角向全體信徒下令。

太平道的士兵以黃巾裹頭區分敵我。後漢初年的動亂時期，叛軍也曾將眉毛染為紅色以作標記，人稱赤眉軍，或曰赤眉賊。

太平道的反軍也因此被稱為黃巾軍，或是黃巾賊。

「衝啊！殺啊！」三十六方的渠帥在馬背上揮舞手臂，放聲高呼。

事到如今也不必再指示叛軍的襲擊目標了，各地的官衙便是。這裏聚集的都是盤剝百姓、為惡鄉里的貪官污吏。黃巾軍燒掠了各地的衙門。

「衝啊！殺啊！」州刺史、郡太守、縣令。——官衙的長官格殺勿論。事先就有這樣的指示。

大賢良師張角自稱「天公將軍」。張角有兩個弟弟，二弟張寶稱「地公將軍」，三弟張梁稱「人公將軍」。各地的信徒蜂擁而起。自河北平原至河南一帶，燒掠官衙的黑煙直衝雲霄，殺戮差吏的鮮血直濺牆壁。慌亂的馬蹄聲傳向四面八方。哪裏響起吶喊聲，那聲音便會乘風而散，惹出無數人的瘋狂。

「到底還是變成這樣了……」陳潛自語道。

倒不如說，終於鬆了一口氣。

在此之前，常因天下將亂之兆憂煩，夜間也時時為夢魘所擾。此刻夢魘終於成為現實，成為抬眼可見、側耳可聞的東西。然而無論如何，至少終於可以回歸到觸手可及的世界了。

七

洛陽有兩個大集市。唐代時是南北兩市，而在後漢時候則是東西兩市。因為西市大於東市，一般稱西市為大市。當時只允許在這兩個「市」進行買賣交易。而集市除了交易功能之外，又因為匯集了很多人，處處可見戲園班台，頗有一股鬧市的氛圍。

集市還有一個用途，便是充作刑場。處刑，有所謂懲前毖後的意味在內。為了擴大警示的效果，自然需要讓儘可能多的人看到。因此，人流密集的集市就成了處刑的首選之地。

因唐周的告密而被捕的馬元義，於二月中旬在西市被處以「車裂」之刑。

這是一種很少使用的殘忍刑罰，因此刑場附近聚集了無數看熱鬧的人。人類會以如此的殘酷為樂，也許是因為內心深處都潛藏着某種魔性吧。
車裂之刑需要兩輛車，每輛車由兩匹馬來拉。馬元義的雙手雙腳，分別捆在兩輛車的車輪上。依照行刑官的指令，兩輛車的馭手一齊揮鞭策馬。於是犯人的身體便會活生生扯裂開來。
此等酷刑向來只被用於謀反一類大逆不道的罪行上。連行刑者也極不習慣。
據説最難的是無人願意當馭手，因為無論是誰對此都心懷恐懼。於是只有臨時僱用奉終里的人。「奉終」二字恰如字面所示，是關乎人生終結，也即殯儀葬禮的事務。所謂奉終里，便是以操辦葬禮為生的人聚居之處，地處西市以北。順便交代一下，西市的南邊是調音里和樂律里，那是琴師和樂師的聚居區。
圍觀的人太多，讓臨時僱用的馭手心生緊張。若是兩輛馬車不能同時起步，便無法順利將人分屍，那豈不是辜負了圍觀眾人的期望？
右邊馬車的馭手好像是個老手。他的嘴裏大喊着「吁……」將馬鞭高高揚起，如是三次，隨即一聲怪叫，將鞭子抽打在馬身上。因為已經做了三次，左邊馬車的馭手好像也找準了步調，所以也「嘿——呀」地應了一聲，兩人幾乎同時抽下馬鞭。馬車頓時向左右兩邊飛奔而出。在那一剎那，大部分的圍觀者都閉緊了雙眼。
綁在兩車輪之間的血肉之軀，被馬車輕而易舉地撕裂開來。——並沒有噴出多少鮮血，流在地上也很快就被西市的大地上乾燥的黃土吸收了。
眾人屏息靜氣。
雖然有上萬人集聚在此，然而在這一剎那，所有人的大腦都變成一片空白了吧。
就在此時——仿佛是要填補眾人那一種精神上的空白一般，不知何處響起了歌聲——

蒼天已死，黃天當立。
歲在甲子，天下大吉。

待眾人回過神來的時候，歌聲已經結束了。

關於這歌聲，有人說是數百人的合唱，也有人說是幾千人的大合唱，還有人主張說只有幾個人的聲音。朝廷的官差在附近四處盤查，但沒人能確定聲音到底來自哪個方向。有人甚至信誓旦旦地說，歌聲好像來自天上。

眾人散去了。是覺得這種地方不可久留吧。

「唱歌的人，不是你吧？」身後傳來一個熟悉的聲音。唐周不由得回過頭去。

「啊，你……」唐周看到了陳潛的身影。

「沒想到馬元義竟然落得如此淒慘的下場啊。」陳潛說道。

唐周的臉色頓時變得慘白，雙唇發顫。

「我，我不知道！」不等話說完，便一溜煙地跑掉了。

陳潛並未打算追上去。他在思考刑場上響起的歌聲。聽上去足有百餘人的合唱，聲音中卻有着此前從來未曾聽過的純淨。若是沒有一顆純淨的靈魂，絕不可能發出那樣的聲音。

毫無疑問，那歌出自太平道的信徒。然而陳潛在巨鹿的太平道本部逗留了半年之久，卻從未見過一顆純淨的靈魂——包括大賢良師張角本人在內。卻在這裏遇到了。巨鹿本部早已混濁之極，容不下半點純淨。然而即使不能見容於本部，卻依然孕育在田野山林之中。

「鼓舞人心啊。」陳潛想。

若是沒有來到這個刑場的話，自己大約就會抱着一顆空虛的心回去了吧。

比馬元義慘不忍睹的屍首更強有力的東西，深深銘刻在他的心中。

「那就是反賊的下場啊。」兩個人迎面，陳潛聽到其中一個這樣說。

「太可怕了。」他的同伴用顫抖的聲音回答道。

「這樣就不會再有人謀反了吧。」

「是啊……」

「是啊。畢竟，死得那麼慘，誰都……」陳潛停住腳步，讓兩個人走過去。他們的對話中也有某種純淨的東西，喚起了陳潛心中的感動。

仔細想來，這只是最平凡不過的愚民之聲罷了——然而正是在這樣的聲音裏，才會有照映人心的東西。

「難道說，這就是傳說中的浮屠教義嗎……」不知怎的，陳潛心中生出這樣的感覺。

八

三月，何進任大將軍，率軍討伐黃巾軍。

何進本是屠戶出身，因為妹妹當了皇后而受提拔。

難得連漢靈帝也意識到了事態的嚴重，召集群臣商議對策。

北地太守皇甫嵩進言——當解黨錮之禁，取中藏庫銀，充西園廄舍之馬以為軍用。他的意思是說，要釋放關入監獄的清流人士，取出皇帝存下的中藏庫銀，還要把為了皇帝尋歡作樂圈養的牧場之馬充作軍馬。

即使是這樣的進言，皇上自己也無法定奪，於是問身邊的中常侍（宦官）呂強道：「你覺得皇甫嵩的意思如何？」

「陛下當從此言。先誅左右貪濁者，大赦黨人。」（《後漢書．宦者列傳》）呂強答道。宦官之中，也有如此高潔之士。

因許多有氣節的人都被關在獄裏，所以必須首先釋放並且重加任用。在此之前，又有肅清貪官污吏——主要是宦官——的主張。因此進言，許多清流重獲自由，同時也有畏懼清洗的宦官紛紛請求離職。

然而也是因為這個緣故，呂強遭受宦官怨恨，受到許多無端的譭謗和傳訊。

「吾死，亂起矣。丈夫欲盡忠國家，豈能對獄吏乎！」（《後漢書．宦者列傳》）說完這番話，呂強自盡身亡。

這是後話了。

黃巾軍除在巨鹿、廣宗以及洛陽北部舉兵之外，還在南方的潁川舉兵。

朝廷起用盧植擔任北中郎將，征討北方的張角；任命皇甫嵩為左中郎將，朱儁為右中郎，討伐南方潁川的黃巾軍。

「若是五斗米道在西面的巴蜀舉兵……」陳潛想。

太平道的張角當然希望如此，所以才會派遣使節前往五斗米道，卻與陳潛走了兩岔，沒能遇見。

不可響應。——大約是因為陳潛提出了這樣的報告，五斗米道並未舉兵。

但這樣一來，陳潛也無法在黃巾軍中久留。

「為何五斗米道還不舉兵？」張角如此責問過陳潛。

於是他逃離黃巾軍，自洛陽出發，一路向南。這一次回四川，他想走水路。

沿洛陽南下，便接近了潁川的戰場。

據說潁川的黃巾軍由張角的弟弟「地公將軍」張寶和「人公將軍」張梁指揮，勢力相當龐大。戰場附近的盤查異常嚴格。

陳潛打算偽裝成從四川來洛陽學習《易經》的學生。他被官兵盤問過多次，一直沒有引起懷疑，每次都能順利通過。這也可能是他的四川口音幫了大忙。因為一提起黃巾軍，大家都覺得應該是幽州或是邯鄲一帶的口音。

在嵩山腳下接受盤查的時候，陳潛被帶到了中軍帳。一位模樣精悍的將軍盤腿坐在熊皮毯上，一雙炯炯有神的眼睛目不轉睛地看着陳潛。

「聽說你在學習《易經》？」聲音低沉乾啞。

「是。」陳潛低頭答道。

「蹇之利？」將軍問。

「在西南。」陳潛即刻回答。他暗自舒了一口氣，心中想，幸虧自己對《易經》略知一二。「蹇」卦的卦辭是「利西南，不利東北」。他謊稱自己為學《易經》而去的洛陽，若是回答不出這種問題，一下子就要露餡了。

「話雖如此，這位將軍似乎也是學識淵博啊。」陳潛驚歎不已。

「會相面嗎？」

「不太有把握。」

「其他的呢？」

「筆相的話……」

五斗米道的始祖張陵曾教過陳潛看筆相。患者寫「三官手書」之時，可以由其筆跡推測對方的性格。

「好，那就來占我的筆相。」將軍命侍從備好筆紙，拿起毛筆，蘸滿墨水，一氣寫下自己的官職和姓名——騎都尉曹操字孟德。

非常漂亮的筆跡。

騎都尉相當於近衛騎兵師團長，俸祿兩千石的官職，幾乎與中郎將平起平坐。

「怎麼了？」因為陳潛始終沉默不語，曹操催促了一聲。

「將軍的筆跡甚是精彩，看得入迷，忘記了占筆相。」這倒也不全是恭維之詞。

「不好嗎？」依然是乾啞的聲音在問。

「不……此可謂剛毅果敢……」陳潛心中暗自警惕，他看出該筆跡有一種非凡之相。陳潛對看筆相雖然還不是很熟練，卻也能感覺到筆跡之中不知何處蘊涵着兇險之相。可是，這不能實話實說。

「不必掩飾，但說無妨。」曹操第一次露出笑臉。

「小人……還沒有掌握筆相的深蘊。」陳潛垂首而告。

「好吧，那就讓我來告訴你，」曹操把盤着的腿向前伸直，「此乃治世之能臣、亂世之奸雄的相……汝南的許子將先生說的，不會有錯。」曹操挺起胸膛，然而一雙眼睛依舊緊盯着陳潛。

許子將本名許劭，是當時最富聲望的人物評論家。每月一日所作的人物品評，備受世人矚目。在那個沒有大眾傳媒的時代，他的人物品評極具權威。世人稱讚他的評論為汝南（許子將的住所）月旦（每個月的一號）評。將品評稱為「月旦」，便是由來於此。

不過，稱曹操為治世之能臣、亂世之奸雄，究竟是褒是貶，外人不得而知。但對於這一月旦，曹操相當滿意，總是引以為傲。

「如今天下將有亂世之虞。如此說來，我到底還是個奸雄啊。」曹操聳聳肩，視線還是沒有離開陳潛。

無比的孩子氣。其中卻藏着深思熟慮。

「筆跡也是如此。筆法雖然奔放，一筆一畫卻早有合理安排。」這位曹姓將軍讓陳潛印象深刻。這一年，曹操二十九歲。

《三國志》中最大的政權——「魏」的領袖。廢漢獻帝自立的曹丕是他的兒子，不過這時候曹丕尚未出生。

南方孫吳政權的統帥是孫堅，小曹操一歲，今年二十八歲，此時正作為討伐黃巾軍的大將，向江蘇北部的下邳進軍。其子孫策年方九歲，孫權只有兩歲。

劉備、關羽這些後來建立西方蜀漢政權的一派，也在摩拳擦掌，尋找有力的後盾。這在前文已交代過了。

《三國志》前期出場的英雄們，以二十九歲的曹操為首，黃巾起義時幾乎都是二十幾歲的青年。

《三國志》後期的英雄們又如何？

諸葛孔明時年三歲。最後在五丈原與他對峙的魏國司馬仲達時年五歲。有美男子之稱的吳國英雄周瑜，時年九歲。後漢的末代皇帝漢獻帝與諸葛孔明同齡，此時只有三歲，正在洛陽的宮殿中由宮女和宦官服侍。

九

如此行走於戰場之間，花費了許多時日才抵達長江口岸。而沿長江去巴又是逆流，行進更加遲緩。

陳潛沿途聽到各種情報。事後經過核對，意外地發現這些情報居然都準確無誤。

汝南的黃巾軍打敗了郡太守趙謙。

潁川的黃巾軍渠帥波才打敗了朱儁率領的軍隊。皇甫嵩向長社縣進軍，但這支軍隊也被波才的人馬包圍。

南陽的黃巾軍渠帥張曼成殺了郡太守褚貢。

「曹操明明就在潁川附近，為何不去解救被包圍的朱儁、皇甫嵩？」一開始陳潛甚感不解，不過一想到曹操的面容，他便明白了曹操的打算。無論是從其孩童稚氣的一面，還是從其深謀遠慮的一面考慮，曹操都是想選擇最佳的歷史時機，颯爽登場。

陳潛到巴，已是七月末。

回到五斗米道教團的本部之後，他聽說了一件意料之外的事。教團的代理教主張修響應東方的黃巾軍起兵造反。

「我寫得那麼明確……」陳潛生平第一次對少容露出強烈不滿的神情。

「那是張修自作主張。」少容的臉上顯出為難的神色，然而語氣中卻顯得毫不在意。

「世人豈能聽信此言？誰都知道他是五斗米道的代表人物。」
「魯兒已經二十歲了。今年六月通知了全教團，他已經是本教正式的教主了。」
「啊……」陳潛不知道這件事。六月的時候，他還在長江沿岸等船。
「張修因為不能再領導教團，心生不服，於是率眾造反……世人不也是如此理解的嗎？」少容的語氣彷彿是在教誨一般。
陳潛垂下了頭：「無法望其項背啊，這個人。」
曾任代理教主的張修年近四十，向來對少容言聽計從，也很仰慕少容。他總是以身為少容的忠實部下為豪。從這一點上說，此人可以說是陳潛的勁敵。這樣的張修，即使說少容的兒子將要繼承教團，他也不可能反出教團。反出教團一定是少容的指示。
根據陳潛從東部送來的密信，少容知道太平道造反失敗的可能性很大。然而在她看來，陳潛還太年輕。他能否真正全盤着眼、把握大局，少容還是放心不下。
況且退一步說，太平道也派來了請求協助的密使。萬一太平道真的奪取了天下又該如何是好？事先不做這一手準備萬萬不行。
少容向張修說明原委，勸他將教主之位讓給張魯，自己反出教團——不，一定是命令他這麼做的。
後漢末年的兩支道教旁系，太平道因黃巾舉兵而遭滅頂之災。五斗米道卻得以倖存下來，繼續成為中國勞苦大眾靈魂的寄託和歸宿，直到佛教在中華大地興盛開來為止。
或許少容考慮的不單是五斗米道的前途，她更在考慮道教的將來吧——啊不，她也許是為了那些無依無靠的勞苦大眾而憂慮。

作者曰：

在中國的史書中登場的女性，都記為某人之女、某人之妻。姓名不詳的情況比比皆是。就連五斗米道的張衡之妻，也只是被記為「張魯之母」，未曾記載過名字。這裏的「少容」是筆者起的名字。

《三國志・蜀書》中，關於此人，有如下記述：又有少容。所以起了這個名字。

少容是「容貌年輕」之意。是說看起來比實際年齡年輕。

《後漢書》中則記載着：沛人張魯，母有姿色。（《劉焉傳》）

其人容貌之美大約非同尋常吧。

關於「少容」一詞，也有人說——通曉返老還童仙術之人。

曹操之子曹植的文章中也有以少容一詞表達「返老還童」之意的語句。

《三國演義》因為其中諸多異能奇才之士的描寫而增色不少，但卻未將張魯之母納入其中。這該說是故事作者有失偏頗之處嗎？

月氏美女

一

「真好像置身異國他鄉啊……」陳潛步入白馬寺，仰望九層高塔，心中讚歎。

當時佛教尚未在漢族地區普及。即使是在都城洛陽唯一的這座佛教寺院也並非傳教的場所，而只是定居洛陽的月氏國人潛心修行的地方。

月氏一族本來居住在甘肅西部，由於匈奴的侵略所迫，西遷至現在的阿富汗一帶。因為地理位置距離天竺（印度）很近，大多數居民都信奉佛教。即使來到中國的都城，他們仍然虔誠地堅守着信仰。

白馬寺是後漢第二代皇帝明帝所建，有着超過百年的悠久歷史。雖然漢族信徒也不是完全沒有，但數量仍是少之又少。經常出入寺院的大多數還是月氏族人。

有關月氏族的傳說，歷來眾說紛紜。據說曾有一位名為支謙的月氏族僧侶出仕於吳國孫權，他生了一雙黃色瞳仁，似乎有波斯血統。至少他的容貌和漢族不同。

從九層塔開始，整個寺院到處散發着異國的氣息。

陳潛再一次環視四周，心中暗自疑惑：「為什麼那時沒有注意？」

這裏的「那時」，指的是三年前。

由於唐周的告密，太平道的骨幹馬元義被捕，於西市慘遭車裂之刑。而西市就在距白馬寺不遠的地方。陳潛去看了行刑，但對於白馬寺這些與眾不同的寺院群落，完全沒有任何印象。

「原來如此……少容說的就是這裏。」陳潛終於理清了頭緒。

他自幼被巴（重慶）的五斗米道教祖收養。五斗米道現在的教主是比陳潛小一歲的張魯，今年二十三歲。因為張魯還太年輕，母親少容掌管教內一切大小事務。

少容雖然已年近四十，但看上去卻只有二十出頭，甚是令人不可思議。她不但樣子年輕，容貌也是超凡脱俗。美麗高貴之外，更有一種讓人心思靜謐、素雅純淨的氣質。陳潛便是由這位少容養育成人的。她就如陳潛的母親一般。然而作為一個男人，陳潛還是能感覺到少容身上的女性魅力。每當被這種魅力深深吸引時，他都會苦惱不已。這種苦惱日積月累，慢慢地變成了一種難以排解的精神負擔。

我想請你再去一次東方。這次可能要去兩三年吧。——少容這樣説的時候，陳潛反倒覺得輕鬆了許多。

後漢末年，佛教才剛剛傳入中土，所以那時道教是唯一可以安撫民心的宗教。然而隨着黃巾起義的失敗，最大的道教團體太平道也土崩瓦解了。

五斗米道的責任越來越重了。我們最大的任務，就是無論如何都要生存下去。一定要仔細考慮能夠生存下去的方法。為了這個目的，不能不了解當今天下的大勢。——對於為何將陳潛派到東方、也就是政治與文化的中心所在，少容如此解釋。

我們只能看到自己周圍的情況。一旦陷入困境，便只能看見自己眼前的一點利益。看見自己腳邊有蛇，就想向後面逃，但卻不知道後面還有老虎在等着。如果能看到後面的話，就不會向後逃了，肯定會逃向旁邊的吧……哪裏有蛇，哪裏有虎，走哪條路才能順利逃出去，這就是我想請你調查的東西。——少容只說了上面這些話。對於陳潛來說，這些已經足夠了。

到了洛陽，拿這封信去拜訪白馬寺的支英。——具體的指示只有這一句。信雖然沒有封上，但陳潛卻無法讀懂，因為都是橫寫的天竺文字。也直到這時候他才知道，原來少容能寫天竺文字。

陳潛帶着信來到白馬寺。來到寺內石板路的十字道口，帶路的年輕僧侶指着左側的小道，以怪異的口音說：「施主這邊請。」異國風情，相當鮮明。

三年前路過白馬寺的時候，陳潛還沒有注意到如此濃郁的異域風情。可能是因為那時候馬元義被處極刑，陳潛自己也身處在這一可以稱之為「旋渦」的事件中，只顧着眼前的兇險吧。這也在某種程度上印證了少容所說的話。

陳潛的腦海裏，忽地浮現出少容的身影。他不禁垂下了頭。塔影依依，倒映在不斷向前延伸的石板道上，然而那塔影盡頭處，忽地顯現出尖銳的形狀。這讓陳潛不禁打了個寒戰。因為塔頂變細了，影子當然也跟着尖銳起來。但在陳潛的眼中，卻仿佛感覺那影子像是閃着寒光的利刃。

前面引路的小僧赤腳穿着木屐。每走一步，打在石板路上的木屐都會發出咔嗒咔嗒的響聲。陳潛意識到耳中的足音，終於回過神來。這聲音仿佛是在告訴他，此刻他正在白馬寺中，即將拜訪支英。

二

古城洛陽至今依然保存着白馬寺的遺跡。

據《洛陽伽藍記》記載，白馬寺坐落在西陽門外三里御道的南面。這裏的西陽門，即是指漢代的雍門，魏晉時改稱為西陽門。當年白馬寺位於洛陽西郊，但現今的遺址卻在洛陽市郊的東北。這並非是白馬寺移動了位置，而是洛陽城區發生了變遷。隋朝時候煬帝在白馬寺西南十公里處建造了新都，現在的洛陽市即是其中的一部分。也就是說，新舊洛陽是隔着白馬寺建造起來的。

傳說後漢明帝某天晚上夢見一個金色神人，身披萬丈光芒，御空而行，最後慢慢落在大殿之前。據說他夢見的神人身高一丈六尺，應該是個相當清晰的夢。

第二天，明帝命人解夢，得知此神可能是西方的胡神，於是遣使去求胡神之法，也就是佛法。使節蔡歆攜同攝摩騰、竺法藍兩位天竺僧人一起回到京都洛陽，並用白馬馱回《四十二章經》和釋伽的佛像。於是明帝下令建造白馬寺，這是後漢永平十年（公元六十七年）的事。

相傳這是佛教首次傳入中土，不過實際上西域的佛教信徒在這之前就與中國有所往來，所以非正式的傳入應該會更早一些。但即使是在佛教正式傳入一百二十多年後，也就是靈帝中平年間的時候，信奉佛教的依然只有來自西域的月氏國人。直到後漢末年，由於三國的戰亂，佛教才在漢族中逐漸興盛起來。大約只有身處亂世之中，人們才會熱衷於宗教信仰吧。

陳潛一步重似一步，仿佛要將腳下的石板踏碎。不過他穿的並非木屐，而是鞣皮製成的鞋子，沒有什麼響聲。

陳潛是五斗米道領導層的人物。當然，此刻行走在佛教寺院內的他，無論如何也不會想到，不久的將來，佛教將會在中土迎來輝煌的全盛時代。

「就是這裏。」帶着西域口音的小僧邊說邊行了個禮。

他們停在一座藍灰色磚瓦砌成的低矮小屋前。

據說白馬寺的構造與天竺的寺院大致相同。大大小小的舍利塔之間，雜亂無章地分佈着住宿用的僧院，似乎是想故意營造出一種出其不意的特色——哎呀，這裏竟然還有僧院哪。

眼前出現的小屋，便像草庵一般隱藏在旁邊的大樹下，絲毫不引人注目。

「能進去嗎？」陳潛問。

「請。小僧先行告退。」年輕的小僧一說完便退了下去。

輕輕一推，榆木門便靜靜地開了。相傳白馬馱經文的箱子是用榆木製成的，所以白馬寺內的建築也多用榆木。

「歡迎歡迎，小女在此恭候多時了。」陳潛還未進門，就聽見一位女子的聲音。口音雖然不及小僧嚴重，卻也依然略帶着一些西域味道，只是其中還透出一股說不出的嫵媚。

「啊……」剛應了這一聲，陳潛突然說不下去了。

屋子中央擺着一張長方形的桌子，桌子對面站着一位年輕的姑娘。雖然聽聲音就知道是位女子，可讓陳潛沒有想到的是，眼前竟然是位如此清麗脱俗的絕世佳人。

她顯然是個西域女子，湛藍的雙眼清澈深邃，身上穿的卻是漢族服飾，頭上梳着當時流行的墜馬髻。所謂的墜馬髻，意指下馬時需從一側翻身落地，以此描繪傾向一側的髮髻造型。即使是在今天，也時常能在街頭看見這種遮住半邊臉的髮型。實際上這種不對稱的髮型在一千八百多年前也是非常流行的。

傾向一側的頭髮下面是一張俊俏的臉，臉上一對圓圓的大眼。皮膚白皙得近乎透明。

「如此看來……」

陳潛邊想邊不停眨眼，他是在將眼前的美人與少容作比較。在此之前，他從來沒有將少容同任何一個女人比較過。他一直覺得那是在褻瀆他所仰慕的少容。

在他心中，少容不是一個當以女人看待的對象。然而即使如此，少容的存在，依然使他心中再容不下別的女人。

但此刻這個女人的身影卻刻在了他的心中。

「太高興了……」陳潛下意識地想。

這個西域少女，是他有生以來第一次遇見的「女人」。如果一生中沒能遇到「女人」，那就等於虛度了半個人生，所以這次邂逅使得陳潛欣喜萬分。

「可是……」接下來又有一種莫名的恐懼襲上心頭。

這個「女人」的出現，是否會使少容從他心中消失呢？心中沒有少容的生活，在他而言，完全無法想像。

「小女子景妹，這就去請支英過來，請先生在此稍候片刻。」

西域少女說完之後轉身退進了偏房，印有花瓣圖案的裙子隨着她的身影舞動。過不多時，走進來一個三十多歲的男子，目光犀利有神，長得一副西域人的相貌，卻沒有半點西域胡人的口音。

「在下支英，已經拜讀了衡兄嫂夫人（少容）的信。先生有何要求，但說無妨……」話雖不多，卻顯得清晰有力，明快爽朗。只聽他說了這幾句話，便知道他有非同常人的口才，必是能言善辯之人。

三

「在下久居巴蜀鄉野，見識淺薄。有關當今天下之勢，想聽先生教誨一二。」陳潛垂頭道。

「原來如此……當今天下之勢，您說的是這兩三年吧。」支英說。

陳潛三年前身在中原，知曉黃巾起義初期的情形。似乎少容的信中對此做了描述。在沒有任何新聞傳媒的年代，掌握準確的信息，可以說比登天還難。

「如您所言。」

「為何要向我們月氏國人問天下之勢?」

「那是因為……」陳潛欲言又止。若說這是因為少容夫人的指示，未免太過孩子氣。他將自己揣測的少容之意說了出來——「只有像您這樣置身事外的旁觀者，才能縱觀全局，做出正確的判斷。」

「您說我們置身於事外，對此在下稍有異議。不過您既然不遠千里而來，就讓我對這兩三年的情況胡做些分析吧。」說完之後，支英沉默了片刻。

雖說只是兩三年間，但大小事情也是層出不窮。事情太多，必須好好加以整理。即使是支英這位定居洛陽的月氏首領，也不能馬上作出解答。

但當他再開口時，便已是口若懸河滔滔不絕，而且他的介紹簡明扼要、深得要領。此人何等聰明智慧，由此便可窺知一二。

陳濳只有暗自咂舌。

「今日的中國，只能說距離天下太平時日尚遠。」支英首先闡述結論。

三年前的中平元年（公元一八四年）二月，太平道張角率黃巾軍起義，同年主力便已潰敗，不過舉兵之初卻可說是勢如破竹。

五月之時，部將波才率黃巾軍圍皇甫嵩的軍隊於長社，然而皇甫嵩卻以火攻突圍成功。自此之後，形勢開始逆轉。遭受火攻的黃巾軍正欲撤兵，卻遇上火速趕來的曹操部隊，受到嚴重打擊，終於一敗塗地。

波才指揮的黃巾軍雖然突遇火攻暫時撤兵，但若是重整旗鼓，依然可以憑藉絕對優勢的兵力，再次圍剿皇甫嵩的軍隊。然而曹軍的出現卻令黃巾軍無暇整頓隊伍。可以說，正是在這關鍵時刻，曹操一躍登上了歷史舞台。

「世人說曹軍是碰巧路過，但依我之見，他是計算好了時間和地點，刻意挑選了這個展示自己的機會。」支英如是說。

對於曾經見過曹操的陳濳來說，支英的看法與他的猜測完全吻合。

「的確如此，的確如此。」陳濳附和道。

六月，絞殺南陽太守褚貢的黃巾軍首領張曼成，也被新任太守秦頡斬殺。

八月，皇甫嵩在蒼亭（現位於河北、河南、山東三省交界處的範縣）又捕獲了黃巾軍的猛將卜巳。

皇甫嵩乘勝追擊，直攻到黃巾義軍的大本營廣宗。廣宗乃太平道總部巨鹿偏南的一個縣，今天這裏仍然延用此名。

實際上，將黃巾的大本營從巨鹿趕到廣宗的，乃是北中郎將盧植。盧植包圍廣宗，深挖戰壕，建造了很多攻城用的雲梯，做好了萬全的準備。

然而，廣宗來了一位視察軍情的官員左豐。如此重任，漢靈帝委派的卻是一個宦官。宦官身體上有缺陷，性格也受到一定影響，多數會變得比較怪僻。特別是後漢的宦官，很多人都貪戀錢財。這也有其原因。一旦閹割成為宦官，便不能生兒育女，但在後漢卻允許宦官收納養子。收了養子，便有了「家」，他們就會考慮應該給子孫留下些遺產。加之缺少了性生活的快感，他們對積攢錢財的渴望也就愈加強烈。

左豐一到廣宗，便派人向盧植索取賄賂。

「魚心即水心。只要出錢，便會在皇上面前替你美言。」

盧植斷然拒絕。

左豐一回朝廷即刻上奏：「廣宗反賊易破，然植心懷畏懼，高壘不戰，惰慢軍心。」昏庸的漢靈帝聽信了左豐的讒言，大發雷霆，認為盧植罪該萬死。後來雖免於一死，盧植卻被押送回京師。對於一名武將而言，再沒有比坐在囚車裏押回京城更不光彩的事了。

朝廷派東中郎將董卓做盧植的繼任。他攻打廣宗失利，八月裏就以軍法免職。

三國初期的大怪物董卓，便是以此種醜陋的方式登場。

最終朝廷起用了皇甫嵩。這時候，太平道教主、自稱「天公將軍」的張角已在廣宗病死。也有人說是戰死的。三弟「人公將軍」張梁取代其統領全軍。

十月，廣宗陷落。依照官方公佈的數據——斬首三萬，投河死者七萬餘。

翌年十一月，張角的二弟「地公將軍」張寶，在一個名叫下曲陽的地方被皇甫嵩斬殺。此次的戰果，斬首十餘萬。

皇甫嵩掘了張角的墓，破棺戮屍，將其首級運回京師。

然而黃巾之亂並沒有就此平息，餘黨仍在各地展開遊擊，這也令漢室頭痛不已。除了黃巾餘黨，其他叛亂隊伍也紛紛起事造反。博陵的張牛角，常山的褚飛燕、黃龍、張白騎、劉石，還有姓名不詳的雷公、大目等，勢力龐大的有兩三萬人，勢力小的也有六七千人。

張牛角與褚飛燕合兵一處，後來張牛角身中流箭而死，褚飛燕統領全軍。據說當時追隨他的部下民眾多達百萬。這裏的百萬不是兵力，而是勢力範圍內的人口。朝廷無奈之下，只好封褚飛燕為「平難中郎將」，賜以封地。

然而宦官們卻一直欺瞞漢靈帝，說：「黃巾已滅，天下終於太平了。」

靈帝大喜，於是立即興修宮殿，鑄造銅人。所需費用自然都以強行徵稅的方法獲取，每畝加稅十錢。宦官也趁機從工匠業者那裏大量索賄。

建造宮殿的費用以任務的形式分配給各地太守。巨鹿太守司馬直被分配了三百萬錢的任務，他說：「為民父母而反割剝百姓以稱時求，吾不忍也。」（《資治通鑒》卷五十八）隨即服毒自盡。

他死前上書寫道：「豈有聚奪民物以營無用之銅人，捐捨聖戒，自蹈亡王之法哉！」然而遺書都被攥碎在宦官手中了。

「先生以為，如此情勢，天下如何太平？」支英微笑問道。

「是啊，如此天下若能太平，只能稱之為僥倖吧。」陳潛答道。

支英搖頭道：「沒有僥倖可言。等到這些圓滿解決之時，漢朝也該回天乏術了吧……無論怎麼看，天下已然大亂了。在這樣的世上，可以說造亂便是天下人的義務。漢室江山，危在旦夕。」

四

誠如支英所言。

當年二月，滎陽爆發了農民起義。緊接着，西方的韓遂率十萬兵馬包圍隴西，太守李相如揭竿而起，與韓遂聯合。

陳潛留在洛陽，每隔兩日就去白馬寺拜訪支英一次。在白馬寺，他還結交了支讖、支亮等僧人。這些人都姓支，也許會認為他們是同族，但其實並非如此。月氏也寫做月支，他們只是借用這個支字來作為自己的姓氏而已。

「和那些人在一起，不知怎的，總覺得意氣相投……」陳潛想要如此說給自己聽。然而他自己心裏明白，拜訪白馬寺並不只是因為與支姓諸人意氣相投，更是因為想見景妹。

景妹是支英的養女，同時也是他的助手。她今年十七歲，而養父支英不過才三十多歲，總讓人覺得這種關係不太自然。

「會不會表面上是養女，實際上有些特殊的關係……」陳濳曾經如此懷疑。

但頻繁往來打消了他的疑惑。支英不但有個美貌的妻子，更是一位愛妻之人。而且他一直主持同族人在洛陽的日常事務，他的光明磊落早就得到了大家的公認。

陳濳安心了。不知怎的，他對支英生出一股莫名的感激之情。

他來洛陽的第三個月，十一月上旬的某一天，支英彷彿心情不錯，但總覺得有些與往日不同之處。

「今天來對天下英雄做個品評如何？」

人物品評在後漢非常流行。譬如曹操——治世之能臣，亂世之奸雄。這是汝南許子將的月旦評，前文已有記述。

這種人物品評之所以異常盛行，是因為人們內心深處都有一種很強的預感——不日天下便將易主。現在的亂世不會一直持續下去，那麼接下來誰會奪取天下呢？想要爭奪天下的英雄並不太多，多數人只是企圖投靠那些英雄，成為下一時代的權貴而已。所以對於誰將會奪取天下的問題，世人都很熱衷。

「品評英雄很有意思啊。」陳濳贊成道。

「論家世當數袁紹，可惜決斷力是他的弱點。」支英即刻開始了評論。

「這也要論家世嗎？」

「家世也有出人意料的作用啊。不結交天下豪族怎麼能行。」支英笑了。

兩個人都沒有點明該以什麼目標來品評天下人物。這本就是不必多言的事。決斷力也好、家世也罷，乃至能否廣交天下豪族等，所有這些——誰人能奪取天下？都是在這樣的前提下討論的。支英之所以露出笑容，大約也是因為這個前提如此明顯，一定要挑明的話，多少有些可笑吧。

「何進如何？」

「不行。他不在考慮範圍之內。何進不過是靠皇后兄長的身份得到權勢而已……世事多變啊。」皇后的兄長最多也只能得到下任皇帝的皇太后兄長待遇而已，政權若是稍有變化，一切都將不復存在。

「若論決斷力，要數董卓吧。」

「董卓年紀太大了。他已經四十八歲了吧。」

「四十八歲也不算太老吧。」

「不，奪取天下也許會花上二三十年的時間吧……這樣想來，年齡還是有很大關係的。最好是在三十五歲以下。」

「如此說來就沒有合適的人選了。」

「並非如此，」支英露出潔白的牙齒笑了起來，「曹操不是才剛剛三十二歲嗎？另外這次平定長沙之亂的孫堅，應該比曹操還小一歲吧。」

這一年的十月，長沙有一個名叫區星的人自封將軍，聚集了萬餘人造反。朝廷拔擢議郎孫堅為長沙太守，進攻區星一黨。孫堅率兵迅速出擊，鎮壓了叛亂。

「原來如此，孫堅乃南方之英雄，確有爭霸天下的資格。」陳潛說。

「可能有些太過極端了吧，」支英深吸了一口氣，繼續道，「依我之見，合乎條件者只有這兩位，再無人能與他二人匹敵了。」

「至少，在我們所知的範圍內，也只有這兩位了。」陳潛補充道。

此後的天下之爭，或許還有無名的英雄登場也未可知。

「換個話題吧。」支英說道。今天他的話裏曲折甚多，對他而言，這也是件很罕有的事。這時候他也停頓了片刻，然後才開口繼續。

「第一次見面的時候，你說我們置身事外，我當時只簡單地回答說『並非如此』——」

「唔，我記得。」

「今天，我想給你詳細解釋一下。」似乎人物品評只是個引子，此刻才開始進入真正的話題。支英挺直了腰板，坐在椅子上。

五

古代漢族的習慣是跪坐在蓆子上。坐椅子是從西域傳來的風俗。有靠背的椅子也叫「胡床」。「胡」有「蠻夷」之意，狹義上是指有波斯血統的西域人。就連跪坐姿勢之外「盤腿而坐」，也是依照了西域的風俗，被稱之為「胡坐」。

日本的和服傳自中國，若將漢族本來的服裝想像成和服，大概也不會有什麼偏差。穿着和服樣式的衣服盤腿而坐的時候會露出胯間，所以只能跪坐。胡人則不同，他們有騎馬的習慣，平時都穿褲子，所以也可以放心地盤腿而坐。

到了後漢，跪在蓆子上和坐在椅子上，在生活中差不多各佔一半。據說漢族要到十世紀以後的宋朝，才終於完全習慣坐在椅子上。

後漢靈帝作為君主雖然昏庸無能，但在將西域的生活方式引入中原這方面，卻功不可沒。胡服、胡床、胡琴、胡椒、胡桃等，凡是帶「胡」字的東西，他都喜歡。不只是東西，像月氏族這樣的胡人也受到優待。

「如今我們什麼也不缺，我們也只求能夠一直得到這樣的待遇。然而世事多變，當權者也是不斷更迭。若是出現了討厭胡人的君主，下令誅殺所有胡人，那就完了……即使是今天我們受到的優遇，背後也傾注了無數的心血。我們可以說是在為王室盡心竭力……唔，這點暫且不說了，總之我們絕非置身事外之人，而是當事者……為怎樣的人盡多大的力……我們一直在考慮。如果向某人傾注太多心力，就只能和那人生死與共。所以我們必須懂得恰如其分，適可而止。不可太近，也不能太遠。對於有可能在下一時代掌權的人，必須周到地加以侍奉，與他們建立良好的關係。我們月氏族人啊……」

耳中聽着支英的話，陳潛越來越感覺到，若是將「月氏族」換成自己所屬的「五斗米道」，這番話也依然適用。

陳潛想起了久違的少容。自從被西域少女景妹的容貌打動以來，少容的面容已經在他心中消失很久了。

「我們最大的任務，就是無論如何都要生存下去。」少容曾經如此說過。客居洛陽的月氏族人們，也在認真思考如何生存下去的問題啊。而支英作為數千族人的首領，逐步實踐着自己的解決之道。

「原來是讓我學習支英啊……」陳潛覺得自己似乎明白了些什麼。

「其實，我說這些醜事，也是因為有事相求。」支英說道。

「什麼事？」

「我曾聽先生說過，因為偶然的機會，您與曹操有過一面之緣。」

「啊……那算不上是會面，只是被他盤問過。」陳潛答道。

他記得自己曾在閒談時說起過那時的情形。

「我想請您再見曹操一面。」支英語氣不變。

「什麼？我？……是要我做使者？」

「準確地說，也談不上是使者，只是想請您勸說曹操做一些事。」

「『一些事』是指？」

「有點兒像人販子。」

「人販子……」陳潛鸚鵡學舌般重複了一句。究竟是怎麼一回事，他依然摸不清半點頭緒。

「不錯，將我的養女景妹帶去……當然，也要向他誇一誇景妹的容貌何等美豔。曹操本來也應該知道。我用了不少方法，讓他聽說過景妹的容貌。」

「我不是很明白。」陳潛直言道。

「是啊，我說得太含糊了，確實很難理解。那……我直說了吧……」支英停住了話，目不轉睛地盯着陳潛。陳潛也看着他的眼睛。眼見得支英的雙眼紅了起來，變得有些模糊。

「景妹是個可憐的孩子。父母早逝，是我把她收養至今。然而不幸的是，作為養父的我，必須首先考慮洛陽族人的幸福和安全……我一直在對她進行教育，你可知道，那是什麼樣的教育？」

「我不知道。」陳潛如此回答。支英似乎也並沒有認為這時候他會有了解。

「美麗，還有賢明。讓她得到下一代當權者的寵愛，讓她能在男人的懷裏低聲細語地說，『月氏一族有勞大人了』。這件事說起來容易，做起來很難。男人是不會把女人當『人』看的。景妹也不例外。為了得到男人的認可，除了美貌，還要展示她的聰慧才行。這一點上，我對她可謂傾囊相授。」

「下一代當權者，將會是誰？」陳潛問了自己最想問的問題。

「這是我的選擇……為此我一直都在仔細研究。然後，在目前，我的結論就是剛才提到的二人。」

「曹操和孫堅……」

「不錯。我選了這兩個人。為了讓他們知道洛陽月氏族中有位絕世美人，我花了不少工夫。前幾天，孫堅派人來說希望求得美人。就在這幾天，我便要將她送去南方了。孫堅那邊也會派人來迎接。」

「既然如此……為何還要我去與曹操相見？」

「這就是弱者的智慧了。」說着，支英無奈地笑了。

六

曹操三十二歲，按當時的計算方法是三十三歲。

以騎都尉的身份參加了鎮壓黃巾軍的戰役之後，曹操又做了濟南的民政長官，管轄十餘個縣。在任期間，他致力於打擊淫祀。當時民眾的迷信程度之深，現代人根本無法想像。到處都在祭拜怪異的神靈，為非作歹之徒趁機牟取暴利。今天可以說那是邪教淫祀，但在當時卻很少有人敢這麼說。世人大多相信，毀壞祠堂、禁止祭祀之類的行為，必定會遭天譴。

曹操為人果敢的同時，也是慮事極為周全之人，從他禁毀淫祀的事情上也可窺知一二。

「哦，你不是那學易的學生嗎？」曹操仍然記得陳潛。

此時曹操辭官在家，見他一面並不困難。他辭去濟南國相之職以後，朝廷又任命他為東郡太守，可他謊稱有病沒有赴任，回到家鄉隱居起來。

曹操的老家是一個叫譙的地方，也就是今天的安徽省亳州。西漢時代歸沛郡管轄，到了後漢時升為譙郡。在城外建起宅院，春夏讀書，秋冬射獵。曹操過起了這樣的生活。

那時候正是權臣貴戚充斥朝廷、後漢政治極度黑暗之時，曹操不願迎合權貴而改變氣節，這便是他辭官不做的理由。又或許，以他理性主義者的冷靜眼光早已看出，在這個時候出任地方太守會是一件非常危險的事。起義一旦爆發，太守必定先遭殺戮。黃巾起義就證明了這點。為了鎮壓起義，就必須增強軍事實力，可這又會招來朝廷的猜忌，落得鋃鐺入獄的下場。不想下獄，只有起來造反一條路可走。

這年的五月，便有泰山太守張舉造反，殺了右北平太守劉政和遼東太守陽終。殺人者與被殺者皆是太守。

比起殺氣騰騰、血肉橫飛的官場，還是每天讀書狩獵的好。

不過曹操也並非與世隔絕。

「早晚我會再度出世，不過此時時機未到……只有疲於奔命罷了。」曹操這樣想。他既是平民的身份，便可以隨意會見任何人了。

「你說要回巴蜀，怎麼又來了這裏？這兵荒馬亂的時候。」曹操問。

「為了求學。」

「什麼？都已經三年了，你還是書生？」

「只願終生為書生。」

「真是有趣……《易經》有那麼難嗎？」

「這一次不是為學《易經》了。我為了學習浮屠（佛教）的真髓，去了白馬寺。」

「浮屠的真髓？」打擊過邪教淫祀的曹操，對這些東西並不感興趣。他顯出一臉的不悅，問道，「那麼，你來我這裏，所為何事？」

陳潛盡力裝出一副輕薄的神色：「我在白馬寺的時候，知道那裏有一位月氏族的美人……」

「月氏美人的傳言，我倒也聽說過。」話題轉到女人身上，曹操的臉色立刻溫和了許多。

「應長沙孫堅之求，本月十六日將從洛陽出發去往南方。」

「孫堅啊……」未來的夙敵，從此刻開始便成了對手。

「我也在隨行人中。旅途中的大小事務，均是由我處理。」

「那又如何？」

「我想起了曹將軍……據說似乎是位搶親的名人……啊，若是誤傳，還請將軍恕罪。」

「哈哈，說得倒也沒錯……哼，你是想讓我去搶？」

「中途會經過不少適合下手的地方。」

「我雖然不懂《易經》，但論觀察地勢，我應該要強一些吧。只要讓我知道行程，一定把這美人搶過來讓你看看。」

「遵命。我盡速奉上行程。」

「真有如此美貌？」

「是……」只說了一個字，陳潛便感到兩眼發熱，鼻子發酸。說這些話，真比自己身遭千刀萬剮還要痛苦。

「好！搶了她之後，你再來一趟。到時候少不了你的好處……哈哈哈，這可真比狩獵有趣得多啊。」

「這麼說，世間的傳言果然還是……真有搶人新婚之事了？」

「雖然有時同伙愚笨，倒也還從未失手。」曹操抬起雙手，做了個無奈的姿勢。

據說，早在二十歲左右的時候，曹操便已經是個搶親的慣犯了。

六朝時候劉義慶所撰的《世說新語》中，便寫有下面這樣的故事：

魏武少時，嘗與袁紹好為遊俠。觀人新婚，因潛入主人園中，夜叫呼云：「有偷兒賊！」青廬中人皆出觀，魏武乃入，抽刃劫新婦，與紹還出。失道，墜枳棘中，紹不能得動。（《假譎》）

「動不了了！」袁紹苦叫。

三國初期，袁家堪稱河北一霸。袁紹改不了嬌生慣養的性格，這也注定了他一生不能有大作為。他缺乏毅力的性格，在這件小事中也展露無遺。

這個時候，曹操在做什麼？

「搶新娘的賊人在此！」曹操放聲高喊。

袁紹大吃一驚，顧不得腳疼，從荊棘中一躍而起，一溜煙飛奔而逃。於是二人一起逃脫了眾人的追趕。

七

常言道南船北馬。古代的交通，北方靠馬，南方則靠船。

護送景妹去長沙的一行人，在洛陽乘馬車出發，到達淮河沿岸便棄馬登船。此時陳潛的心中抑鬱不已。有生以來第一次邂逅的「女人」，轉眼之間，就將為了同族人的生存，作為犧牲品被送往南方了。而自己竟然還在護送的一行人之中。真是天意弄人啊！

「像曹操一樣把她搶走不就行了嗎……搶在曹操之前。」這一邪念始終縈繞在他心頭。這邪念正是源自他心底的魔性。但是，他並沒有屈從於這樣的邪念。

「你有拯救月氏族的能力嗎？」陳潛捫心自問。明明沒有這種能力，卻想將景妹搶過來，這會給在洛陽的數千月氏族人帶來無窮的災難。他的良心不允許他這麼做。

他抑鬱輾轉，苦於呼吸。

支英煞費苦心養育了景妹。如此無瑕的美玉，世上絕無僅有。

獨一無二的美玉，必須物盡其用才行。「下一任執牛耳者」的候補者，支英選出的有兩個。但一女不可侍二夫。不過若是能將景妹贈與其中一人，又和另一人保持友好的關係，便可以兩全其美。

漂泊他鄉的異族人，必須學會明哲保身。那些有可能善待自己的大人物，每一個都要結交，以備不時之需。

「順其自然吧，別無他法。」支英說道。景妹如果安全抵達長沙，她就是孫堅的人了。另一方面，搶親即使功虧一簣，曹操也沒有理由怨恨月氏族。

孫堅遣使來求，只有將她送往長沙。然而大多月氏族人卻以為，本族最美的女人，理當獻給曹大人。他們求我向將軍進言，請將軍出手搶她過去。——陳潛曾向曹操說過這樣的話。

當然，這些都是支英的授意。如此一來便會讓曹操明白，月氏族人正在向自己示好。

搶親即使失敗，那也是曹操自己作戰的失敗。如果搶親成功，受過良好教育的景妹，就會把曹操變成月氏族的後台。只有孫堅會怨恨曹操。而且他也只會以為月氏族人本想將美人獻給自己，自然沒有理由怨恨對自己如此友好的人。

護送的一行人首先從洛陽出發向東行進。繞過是非之地滎陽抵達鄭州，然後轉而南下。

「是該出現的時候了吧。」陳潛心中警惕。

隊伍正向許昌進發。曹操的故鄉譙縣就在許昌的正東方。後來曹操在許昌擁護漢獻帝，也是因為這裏是他的勢力範圍。

「若有曹操的軍隊出現，切勿出手，盡速逃離。」支英這樣對陳潛說。

那時會去應戰的大約只有孫堅派來的人吧。不過區區五人而已。

景妹坐在三匹馬的馬車上，臉色比平日更顯蒼白。她當然深知自己的命運——一想到這裏，陳潛便從心底裏感到陣陣酸楚，悲傷不已。

「沒事吧？」休息的時候，陳潛問景妹。

「多謝關心，一切都好，只是有點兒心神不定。」她的西域口音仍然與往常一樣，帶着一種說不出的嫵媚。只是也許因為緊張的緣故，她的聲音有些顫抖。將會在不久的將來爭奪天下的兩位英雄，到底哪一位會把她帶走呢？——這時候的景妹不單單是聲音，就連身體也在不停顫抖。

走到長葛縣附近的時候，也就是今天的新鄭與許昌鐵路交會的地方，突然從左面的樹林裏傳出一陣喊聲，裏面衝出十餘名騎兵。

「來了……」陳潛早有心理準備，並沒有慌張。況且與其焦急等待，倒不如早些出現的好。既然是曹操，必定會一馬當先，帶上百餘人大張旗鼓前來搶親，陳潛一直這麼想。

然而眼前卻沒有曹操的身影。騎兵也不過十人而已。

送親的一行有三十多人，不過除去腳夫女傭之類，能迎戰的也只有孫堅派來的五人。

對面雖然只有十騎，個個卻都是彪形大漢。

最先的大漢單手輕鬆揮舞青龍刀，大聲吼道：「都給我聽着！廢話少說，把那女人交出來！」

此人赤面圓臉，有一雙金魚眼，臉上長滿鬍鬚，長短暫且不論，總之稀稀拉拉，看起來並不濃密。此人生就一副惹人生厭的模樣，然而仔細看來，卻是一張娃娃臉，似乎還很年輕。

陳潛隱約覺得自己似乎和他在哪裏見過。不是上次拜訪曹操的時候，而是比那還要早的時候。

「哪個嚇趴下的，我來扶你！哪個尿褲子的，直接割了你的鳥，哈哈哈！」娃娃臉的大漢剛剛說完，又有一個耳朵非常大的男人從側面躥出來，大聲喊道：「女人留下，其餘的都滾！還不快滾，不要命的小子！」

「不像是曹操的手下啊……」陳潛在馬上有些不解。他和孫堅的部下一起騎馬守在景妹的車邊。

曹操年輕時雖然好為遊俠，實際上是個極有教養的人。他的行為舉止雖然有時候也像武將一樣粗野，但陳潛知道這是他刻意為之，並非他的本質。他的部下大體也都有如此的傾向。可是此刻自樹林中殺出的這幫人，實在是修養很差。而且還不是故意裝出來的樣子，分明是天生粗野魯莽。

「上啊！」大耳朵男人揚起鞭子，樹林前的十個騎匪一齊衝了過來。沙塵漫天，耳中只聽得野獸一般「嗷……」的喊聲。

孫堅的部下護在馬前，排開戰馬，做好了護衛的準備。

陳潛知道會有搶親的隊伍，所以比任何人都要沉着。而且此前早已商定了該在這時候採取怎樣的行動——防衛之事交給孫堅的部下，自己則保護支英派來的月氏女眷藏匿潛逃。腳夫早就逃了。

陳潛選定了右邊的民家作為避難所。他從馬上跳下來。

「不要怕，去那邊，躲在那邊屋子的後面。」陳潛將女人們帶去民家。當他回頭再去看的時候，勝敗已見分曉。孫堅派來的騎兵之中，有四個已經摔下了馬背，剩下的一個仍然在馬車前面奮力抵抗。周圍彌漫着灰濛濛的塵土。

陳潛的腦中一片空白。他像演戲一樣，依照事先的吩咐，扮演着自己的角色。他什麼也不願想——只要稍作思索，心中便會隱隱作痛。

「哎呀，支敬不見了！」蹲在民家後面哆哆嗦嗦的一個月氏女傭，突然驚叫起來。

「什麼?支敬……」陳潛望了望四周。

支英給景妹派了七名女傭。牆後也確實蹲着七個女人。但是支英另外又派了一名年輕的僧人，這是為了讓景妹無論在哪裏都能繼續進行佛教的信仰儀式。這個僧人就是支敬，今年十八歲，他的弟弟就是陳潛初到白馬寺時給他做過嚮導的年輕僧侶。

支敬不在這裏。陳潛望向前方。

這時候，最後一個騎兵也被從馬上拽了下來。娃娃臉大漢不知把青龍刀扔到哪兒去了，他騎在馬上，一隻手掐着對方的脖子，另一隻手握成拳頭，狠狠捶打騎兵的頭。除了搶親者，所有人都摔到了地上，這也算是幸運的了。照那樣子一直打下去的話，頭蓋骨都會被打碎的吧。

兩個大漢一躍跳上早就沒了車夫的馬車。

「咱家就不客氣了！」大漢高高地揚起鞭子。

塵土飛揚，陳潛好容易才看清那邊的狀況。

直到煙塵慢慢散去，陳潛才發現支敬的身影。他正盤腿坐在適才戰場的邊上。

「支敬這小子，是被嚇癱了嗎？」陳潛跑了出去。支敬若是被嚇得動彈不得，拖也得把他拖到安全的地方。

轟隆隆的車輪碾得沙土嘎吱作響，馬車轉了一個方向。

那一瞬間，陳潛閉上了眼睛。他的腦海中浮現出馬車中景妹的模樣。陳潛從腦中揮去這副場景，睜開眼睛，卻看見盤腿坐着的支敬站了起來。

四周依然包裹在黃色的塵沙之中。蹄聲響起。搶親的隊伍好像要走了。

只聽近處的一個聲音說道：「那我走了，以後再來拜訪。」

「玄德大人，後會有期。」如此回答他的，正是年輕的僧侶支敬的聲音。

陳潛立刻伏下了身子。

剛才說話的那個人已經騎上了馬，他低聲說了一句「告辭」便策馬而去，只留下一串馬蹄聲。

支敬快步向民家走去。看起來他並沒有注意到陳潛就躲在不遠處。

八

幾匹失去了主人的戰馬在原地徘徊，來自南方的五名士兵全都摔在地上，不停呻吟。

陳潛覺得自己全身上下氣血翻湧。

他向前猛衝，然而連他自己都不知道自己想幹什麼。

陳潛躍上戰馬，策馬飛奔，直到這時他才意識到自己是想追上搶親的隊伍。追上之後打算幹什麼，他還完全沒有想過。

「想起來了，想起來了……」他在心中暗自唸叨。

支敬稱對方為玄德大人，這讓他想起……

三年前，陳潛與唐周去北方的時候途經涿縣，曾經在一個涼亭裏聽到三個年輕人口出狂言。最後一個報出名字的，說他姓劉名備字玄德，那年二十三歲。那青年耳朵異常之大。娃娃臉的大漢說他叫張飛。還有一個人，好像自稱關羽。

確實想起來了。可想起來了又能如何？陳潛一直緊追着搶親隊伍不放，當他回過神的時候，隊伍已經近在眼前了。

「等等。」陳潛雖然在喊，聲音卻有些微弱。

「什麼？」娃娃臉大漢說的一聲，他是在回答陳潛吧。

「不能帶走那個女人。」陳潛說。

「為什麼？」大耳朵男人問道。

「劉備劉玄德、關羽關雲長、張飛張翼德。」陳潛腦中一片空白，這些話鬼使神差般的從他口中冒了出來，仿佛不受他的控制一樣。

「啊……」劉備不禁驚歎了一聲。他大約是在奇怪，為什麼此人會知道他們的姓名字號呢。其實連陳潛自己都覺得奇怪，為什麼自己突然間不單單想起了這三人的姓名，連字號都清清楚楚地記了起來。

「你是誰？」張飛露出大牙，問道。

「我是占卜算命之人。」為什麼這樣回答，陳潛自己也不知道。

「呵，有趣。能給我們算一卦嗎？」關羽說道。

「三年前的秋天，你們三人在涿縣結為兄弟。」陳潛脫口而出。他感覺說話的好像不是自己，而是另一個人。他的確是在涼亭裏遇見他們三人，但並不知道三個人結義之事。

「啊……」三人都驚歎起來，比剛才劉備的驚異更甚。這並不奇怪。結義本是只有他們三人自己知道的秘密，而眼前這個人連時間地點都說得絲毫不差。

占卜算命之人——在二世紀的中國，誰若是具有這種能力，便會讓人心生敬畏。

「你們三人立下誓言，不求同年同月同日生，但求同年同月同日死，齊心協力，共舉大事……從此之後，你們三人萬事俱順，成就大事也指日可待……但有一樣，若是現在帶走這個女人，不出一年，你三人便會誓破盟毀，落得橫死的下場。」

「此……此話當真？」張飛期期艾艾地問。

「月氏之女，迷惑豪傑。沉迷美色，兄弟反目。天上星宿，地上萬象，盡顯汝等命運。」陳潛說道。

關羽和張飛都轉頭去看劉備。劉備閉上眼睛，垂頭不語，彷彿是在祈禱一般。

陳潛胯下的馬本來奮蹄振鬣嘶叫不停，但從他自稱是「占卜算命之人」開始，突然間變得一動不動，彷彿是在應和他的話一樣。

就連時間都彷彿停滯了一般。過了半晌，劉備的馬高高抬起前蹄，發出尖銳的嘶鳴。

「走吧，把女人留下。不會禍及盟誓的女人，天下有的是，我等尋她們去……走吧！」劉備掉轉了馬頭，策馬揚鞭。

馬蹄後面激起陣陣黃沙。

關羽、張飛等人緊隨其後。塵土飛揚——陳潛終於放下了心，目送他們遠去。

這些人的身影消失之後，陳潛跳下馬，奔到馬車旁邊，用顫抖的雙手打開了車門。

景妹失魂落魄地癱坐在車廂裏面。平日裏近乎透明的白皙臉龐上，此刻卻透出一股異樣的潮紅。

「啊，這……」陳潛伸出手，輕觸景妹的額頭——彷彿着了火一樣。

景妹發起了高燒。孫堅派來的五名士兵，雖然全部身負重傷，幸好都沒有生命危險。依各人的病情來看，都要長期休養才行。

取得孫堅的諒解之後，景妹返回洛陽養病去了。

九

「先生知道劉備劉玄德？」回到洛陽，陳潛到白馬寺拜訪文英的時候，張口便這樣問。

「他是幽州刺史劉焉的客將，曾在鎮壓黃巾軍時立過戰功，略有名聲。我也只聽說過他的名字。」

「哦，略有名聲嗎……」陳潛微笑起來。

他也調查過劉備其人。此人不像曹操、孫堅那樣聞名於世。這是他在調查時最先了解到的。因作戰有功，劉備被任命為安喜縣縣尉。中國的縣在郡以下，僅僅相當於日本村長的職位。比起身為太守的曹操和孫堅，地位自然低得多。

朝廷本來是要論功行賞，但由於設立的官職太多，再加上財政上的問題，便開始實施整頓。劉備的縣尉一職，正處於被整頓的邊緣。

履行行政監查職責的是督郵一職，這個官職的主要任務是對功績和現在的職位進行比較，審查是否應該加以整頓。

來到安喜縣的督郵飛揚跋扈，架子甚大。如此舉動，大約是在暗示他人盡速行賄吧。劉備前去拜訪，督郵卻裝模作樣地閉門不見。劉備大怒，破門而入，將督郵綁起來杖責二百，把他打得半死，隨後又將任官的象徵官印掛到他的脖子上，揚長而去。

膽大妄為的舉動。

這件事也讓世人震驚。比起劉備的戰功，他這一個「棄官亡命」的粗暴舉動更加廣為人知。

當然，由於抗命之罪，朝廷也發出了捉拿劉備的敕令。然而世人都憎恨督郵的專橫，為劉備的所作所為拍手稱快者大有人在。因此雖然他是朝廷緝拿的要犯，但無論走到哪裏都有人掩護他。

杖責督郵的勇氣絕不尋常。

劉備此刻雖然是個通緝的要犯，但在天下更加紛亂之時，或許將會成為爭奪天下的大人物。支英算到了這一點，才命青年僧人支敬前往劉備的住處，唆使他也來搶親。

「世事如何，難以預料啊。」支英低聲歎道。

「我本來以為，你利用景妹，是為了求得與曹操、孫堅二位英雄的聯繫，原來是有三個人啊。劉備也算在裏面了。」陳潛説道。

「不是三人，而是四個。」支英的語氣不變。

「四個？那，還有一位英雄是誰？」

「是你。」

「啊？」

「陳潛……五斗米道也不是沒有可能奪取天下。到那時候，你不就是天下的宰相了嗎？」

「怎可能……」只說了這半句，陳潛便再也説不下去了。

作者曰：

通常所說的「三國志」，是指以正史《三國志》為基礎編著的《三國演義》。它是以說書的形式繼承流傳下來的，所以書中有不少潤色之處。

正史《三國志》是以曹魏為正統，而講談本《三國演義》，毋庸贅言，是以蜀漢的劉備為正統。

在我們平日所知的《三國演義》中，劉備近乎於聖人。行為舉止莽撞的，多為其部下張飛，劉備只有對此煩惱不已的份。搶親之類惡劣的行徑，絕不可能是劉備的作為。

在講談本《三國演義》裏，將督郵綁起來打得半死的，也是張飛。得知此事的劉備急忙趕去制止，督郵才得以保全性命。

然而在正史《三國志》中，無論筆者怎麼解讀，只能認為這是劉備所為。

——督郵以公事到縣，先主求謁，不通，直入縛督郵，杖二百，解綬繫其頸着馬枊，棄官亡命。

《三國志．蜀書．先主傳》中所記如上。

曹操東歸

一

「竟然如此矮小。」陳潛想。

說的是時常前來拜訪白馬寺的典軍校尉曹操的身材。

黃巾起義那一年，陳潛在嵩山山腳下的指揮部第一次見到曹操。當時曹操盤腿坐在熊皮坐墊上，所以不清楚他的身高，不過看起來模樣精悍，似乎身材高大。

曹操沒有赴任東郡太守，回到老家譙縣過了一段賦閒生活。直到中平五年（公元一八八年），才又來到洛陽擔任典軍校尉，再次步入仕途。

當年八月，朝廷新設了西園八校尉的官職。

將中央軍分成八個軍團，每個軍團任命一名統帥，稱為校尉。典軍校尉就是其中之一，差不多相當於現在的近衛師團長一職吧。

上任之後不久，曹操突然出現在白馬寺。陳潛出來迎接的時候，曹操開門見山地說：「我前來探望景妹，煩請帶路。」

景妹是客居洛陽的月氏族首領支英的養女，最近一年來一直臥病在床。此時也正在白馬寺附近的庵中休養。陳潛覺得曹操身材矮小，也就是在曹操前來探望的時候。

不知道是在第幾次探望之後，曹操在白馬寺門前等車的時候，忽然轉過臉說：「景妹差不多已經好了吧。」

「是啊。託您的福，氣色好多了，臉上終於豐潤些了。」

「有點兒豐潤過頭了吧。」

「還要再休養些時日吧。」和曹操談論景妹，總會讓陳潛的心中生起一種很奇怪的感覺。言語之間，總會擦出一些火星，就好像市井年輕人爭風吃醋一般。

「無聊。」曹操道。

「嗯？」陳潛應了一聲。什麼東西無聊？曹操突如其來的這一句，讓陳潛摸不着頭腦。

曹操沒有回答，徑直上了馬車。

就在此時——陳潛突然覺得曹操異常高大。很久以來都沒有這樣的感覺了。為什麼會這樣，陳潛自己也不清楚。

「我不會再來探望景妹了。」車輪嘎嘎吱吱地轉動起來，曹操從馬車裏探出頭來說。

好像曹操也察覺到了陳潛對景妹的愛慕之情。和一個學習《易經》、浮屠（佛教）之類的古怪書生爭搶女人，是他覺得「無聊」的原因嗎？

曹操探望景妹的時候，陳潛只是將他帶去庵中，並沒有隨他一同進屋，所以從未見過探望時的情景。也許是景妹對曹操態度冷淡，讓他覺得很沒意思，於是不再前來探望了吧。

陳潛希望原因是後者。如果景妹拒絕了曹操，那麼陳潛的希望就會更大——至少，他是這樣解釋的。

話雖如此，仔細想來，景妹卻也並沒有對曹操態度冷淡的理由。她為了能讓月氏族人在動亂中保住性命，肩負着獻身於「下一代執牛耳者」的使命。她接受的也都是這樣的教育。支英不是一直都在傾注全副心血，教導她如何討取當權者的歡心嗎？

「多日不見曹公，想必他很忙吧？」某天，景妹如此說道。看來她完全不知道曹操不會再來的事。

「啊，我也不知道。」陳潛答道。這並不是在說他不知道曹操忙不忙，而是不知道曹操所說的「無聊」究竟是什麼意思。

除此之外陳潛還有一個迷惑不解的地方。為什麼有時會覺得曹操身材高大，有時又覺得他身材矮小呢？

二

曹操為什麼會說「無聊」，陳潛終於知道了。

他是聽曹操親口做的解釋，應該沒有比這更確切的了。

景妹在月氏族人的精心照料下，經過一段時間的休養，長胖了不少。然而曹操喜歡的是身材苗條的女子。剛開始來探望的時候，景妹的身材很是苗條，正符合曹操理想中的女子形象。但隨着景妹身體開始發福，曹操漸漸也就覺得索然無味了。

「不會浪費時間去見自己不喜歡的女人。」這倒確實是曹操的風格。他最討厭徒勞無益的事情。

陳潛聽曹操説起這些的時候，已是第二年的事了。

也就是中平六年（公元一八九年）——暫且簡單介紹一下。在這一年裏，年號連續變了四次。

四月，漢靈帝駕崩，少帝劉辯即位，改元「光熹」。八月，少帝一度逃離京城，之後重返洛陽，廢掉了不吉利的「光熹」年號，改元「昭寧」。九月，董卓廢少帝，立其弟劉協為帝，又改年號為「永漢」。十二月，在這動亂的一年即將結束之際，又下詔廢除了「光熹」、「昭寧」、「永漢」這三個年號，重新恢復到原來的中平六年。

皇帝廢立的原委，後文再作説明。且説曹操召見陳潛之時，正是靈帝駕崩前夕。在這時候，陳潛當然還不可能知道日後相繼發生的巨變。

典軍校尉曹操派人來接的時候，陳潛心中不禁有些忐忑不安。曹操像這樣召見民間人士，實屬罕見。

「究竟有什麼事？」見到曹操之前，陳潛一直懸着一顆心。

曹家的宅院坐落在洛陽的永和里。洛陽共有二十四里。永和里又稱貴里，因為達官貴人大多住在這裏。單是跨過地界，就讓陳潛不由得生出一股寒意，身體也不禁微微一縮。

「啊，今天很高大。」站在曹操面前，陳潛暗想。

曹操坐在極富西域風情的椅子上，雙手搭着扶手，一副悠然自得的樣子。

「好久不見，將軍有不少日子沒去白馬寺了。」陳潛寒暄道。

「唔，好久沒去了……我不大喜歡豐腴的女子。」曹操開門見山地答道，隨後立即轉入正題。

「今天請你來，是想請教一些關於浮屠教義的事情。能不能給我介紹一二？」

「啊，關於浮屠的事？」陳潛不由退了一步。他是巴地五斗米道教團的人，奉教主之母少容之命，來洛陽學習月氏族人保身立命的方法。他自然也對浮屠的教義有所關心，但本身卻是佛教之外的立場。

「我不是佛教的信徒啊……」陳潛知道單憑這樣的理由不可能敷衍過去，但姑且先這樣回答。

「但你是白馬寺的客人。」

「是。」

「你總不能說自己對佛教一無所知吧。」

「雖然不是一無所知，但我以為，直接去問佛教的長老，也許能有更詳細的了解。」

「你說的是月氏族人？」

「正是。他們當中也有不少人精通漢語。」

「不，我想聽的就是你這種旁觀者的意見。」

「啊，既然如此，雖然不知道能幫上將軍多少忙，但在下知無不言，言無不盡就是。」陳潛明白，不能再做推辭了。

「客居京城的月氏族人，明明都是來自西域的外族，據說卻能和當地漢人友好相處，沒有什麼摩擦，我很想知道其中的原因。」曹操道。

月氏族的故地在遙遠的中亞，有人認為他們是波斯血統，也有人認為是土耳其血統，眾說紛紜。總而言之，他們的容貌、語言、生活習慣，都和中原人有很大不同。儘管如此，他們卻和周圍的漢人相處得相當融洽。不過月氏族人似乎並沒有融入漢族生活的打算。他們遵從着自己的生活習慣，特別是虔守着自己的宗教信仰，與漢族的鄰人友好相處。

「這……」陳灊一時間難以回答。他在頭腦裏飛速整理着思路。

「哪怕是我的家鄉也和鄰縣的關係不好，簡直就像仇人一樣。雖然同屬沛國，但我出生的譙縣一直受到周圍人的輕視。到我祖父出生之前，譙縣從來沒有出過五品以上的官員，而肅縣出現過朱浮、龍亢縣出現過桓榮、銍縣也出現過徐防之類了不起的人物……到了我的祖父，又是那樣的身份，難免也讓我覺得臉上無光，鄰縣諸人也是說盡了閒言惡語。我以為，所謂鄰人，無非如此而已，但月氏族人卻叫我無法理解。為何能與周遭諸人如此融洽……」曹操晃着身子說。

依照曹操的風格，此番話算是說得很長了。這或許是想給陳灊一些思考的時間吧。雖然兩人並沒有什麼深交，但陳灊卻早已知道，這位三十五歲的將軍，有着極其討厭無用多餘之事的性格。

「因為月氏族人性格溫和……」陳灊剛一開口，曹操就打斷了他的話。

「譙縣的人，本來也相當和善。哪裏有什麼不同？」說完，曹操撇了撇嘴。

三

「大概是因為他們待人接物一視同仁吧……我與他人，不存差別，這便是浮屠的教義。王侯也好，宦官也罷，都是等而視之。」就在陳灊搜刮詞句苦言應對的時候，曹操突然伸手一拍大腿，聲音極響。

「原來如此！王侯也好、奴隸也罷，都是一樣的人啊。」曹操顯得興奮異常。這副模樣，在他身上也很少見到。

陳潛說的王侯奴隸，曹操改動了後者，將奴隸換成了宦官。

「啊……」陳潛不由得垂下了頭。曹操心中的痛苦，似乎也傳給了陳潛。

「我的祖父，又是那樣的身份……」曹操剛剛這樣說過。

他的祖父乃是宦官曹騰。當時的宦官，除了犯罪受刑被迫去勢的人之外，還有不少是自願去勢的，因為侍奉皇帝也是出世之道的一種。不過所謂自願，其實也就是順從家人的意願。許多人都是在年幼不懂事的時候就被去勢了。

曹騰便是這樣的情況。少年時候便被送入宮廷，當上了黃門從官。提起黃門，在日本一般會聯想到水戶光國。而在後漢時期，黃門卻是宦官的意思。宮中的小門都塗成黃色，在這裏等候天子詔令的，全都是去勢的人。

曹騰很有學識。因為這個緣故受到提拔，成了皇太子的陪讀，這也成為他日後飛黃騰達的基礎。皇太子後來繼位登基，是為漢順帝，陪讀的曹騰也由小黃門升至中常侍，後來又晉升為大長秋。

中常侍俸祿二千石，在宦官中地位最為顯赫；大長秋同樣也是二千石的俸祿，更掌管後宮所有事務，可以稱之為後宮宰相。曹騰在宮中生活了三十餘載，先後侍奉過四位皇帝，手中隱然握有無比的實權。但凡想要出世之人，都必須依靠中常侍、大長秋這樣皇帝近側的宦官穿針引線。人事決定權固然在於皇帝，皇帝商談的對象卻正是宦官的首腦。

穿針引線的謝禮——說白了也就是賄賂，通常都是一筆重金。因此，三十餘載的宦官生涯，使曹騰積累了難以想像的巨額財富。
去勢者不可能有自己的子孫後代，但可以收容養子。曹騰便收了曹嵩做養子。曹嵩的出身不詳，可能是和曹家毫無關係的人。後來，在三國爭戰最烈的時期，「奸閹遺醜」（語出陳琳的檄文），——曹操的敵人經常這樣辱罵他。
一說，曹嵩本姓夏侯。總之曹嵩只是個普通人。然而話雖如此，他既然未遭去勢，便可以憑藉父親的關係步入官場。這個曹嵩生的兒子便是曹操。
曹騰積聚的財富使曹家成為當時首屈一指的富豪。有財富的地方就會聚集許多人，就像有蜜就會集聚螞蟻一樣。雖然大家表面上都說些恭維的好話。「閹人」——背地裏卻在如此說。
曹家財富驚人，背地裏的辱罵自然也相應極多。這些背地裏的辱罵當然不會傳到曹家人的耳中，但是善於察言觀色的曹操從少年時代開始，便在心中清楚感覺到這無聲的辱罵。
去勢者被稱為閹人。去勢之刑，一般稱為宮刑，也被稱做腐刑。這些人經常遭到世人的歧視。即使是被奉為聖人的孔子，在得知衛靈公和宦官雍渠同乘一輛馬車之後，也曾如是哀歎：「吾未見好德如好色者也！」（《史記．孔子世家》）隨即棄衛而去。
去勢者受人歧視的程度可見一斑。
曹家收容養子，隨後生下了真正的兒子，終於回到了普通人的軌道，但由於祖輩是宦官，時至曹操一輩，依然遭人鄙視。
作為富家子弟，曹操也經常與名門子弟交往遊歷。但從朋友的表情之中，他還是能感覺到自己受人歧視。

少年時候，曹操曾經在父親面前傷心落淚。

「這不也是挺好的嘛……」父親曹嵩也頗為傷感，「所以我才拚命努力，想辦法要抹去這個恥辱啊。」曹嵩本是司隸校尉，只是一個中級官吏。自從漢靈帝開始賣官，他便不斷買下朝中的要職。最後花了一億錢，終於買到了「太尉」這個官位。這是一個可以和宰相比肩的要職。

曹嵩於中平四年十一月繼崔烈之後出任太尉，翌年四月辭職。

「為什麼這麼快辭職？」曹操問父親。

「這不也是挺好的嘛……」這句話是父親的口頭禪，「因為你已經是新設的西園八校尉了。」曹嵩是個為子女操勞的人。兒子賦閒在家的時候，他自己一直在想辦法疏通關係。但其實曹嵩並沒有什麼政治抱負，更沒有任何政治野心。他花費一億錢買太尉之職，似乎也只是為了給兒子鍍金而已。即使賦閒在家，世人提及的時候，依然會說：「太尉之子。」這對於日後的復出，會是一個有利的條件吧。

曹操的心底，對於父親這般細微的關懷不屑一顧。

四

「我喜歡浮屠眾生平等的教義。」曹操說道。

「那便信教如何？」陳潛本想這麼說，不過話到嘴邊又咽了回去。如果這樣說了，曹操定會反問：「你是白馬寺的客人，為何不信？」在這一點上，曹操相當精明。他不會放過不合情理之處。

「浮屠的信眾是不是在雲遊施藥？」曹操換了個話題。

實際上信仰佛教的月氏族人想托鉢雲遊四方化緣，但當時大部分漢族人還對佛教一無所知，這種傳道方式只能說為時尚早。於是作為替代的方式，月氏族人便像化緣一樣雲遊四方，通過施捨藥物來向民眾傳教。他們一般十幾個人結為一組，一路走一路唸誦經文。在那時候，雖然漢族的信徒也開始慢慢增加，但大部分信徒還是頗具異域風情的月氏族人，走到哪裏都會吸引人們好奇的目光。

聚集民眾，施捨藥物——這一做法必然會受到世人的好評。更何況他們佈施的藥物效果也極佳。

浮屠者的施藥行——這已成了馳名洛陽一帶的事物了。

本來佛教只是客居洛陽的月氏族人的信仰。白馬寺也本是月氏族人為了禮佛弘法而建造起來的。因為浮屠教義難能可貴，所以應當也在中土廣泛傳播——此種熱情即使在信教者中也並不興盛。無論如何，說是要佈教，可是究竟該如何入手，並沒有人知道。

雖然如此，月氏族的僧人支婁迦讖，大約十年前便開始在洛陽着手將大乘教典譯成漢語。到中平六年，他完成了《般若道行品》、《般若三昧經》、《首楞嚴經》等十四部經典佛經的漢譯。

有了譯經，傳教就變得簡單了。從這個意義上說，可以認為正是因為有了傳教的意圖，才會開始考慮翻譯經文。

「聽說最近也有一些漢人加入施藥行。」陳潛沒有勸說曹操入教，轉而介紹現實的情況。

「好像雲遊的範圍也擴大了吧。」

「是的，據說走到了很遠的地方。我曾聽說他們的足跡一直延伸到燕（現在的北京附近）。」

「在我的家鄉也時常看到。施藥行好像在哪裏都能自由通行。」

「不管是哪裏，他們似乎都很受歡迎。」陳潛答道。

佛教首先逐漸在向地方鄉紳滲透。平等的教義暫且不論，對於那些樂善好施的人而言，佈施的思想可以說是自身行為的哲學基礎。

「因為有藥啊，而且還是免費的。」曹操由功利的一面如此解釋。

「啊，這倒也是……」陳潛隨聲附和。

曹操之後又問了幾個關於佛教教義的問題。

陳潛盡力依照自己的所知逐一回答，時不時伸手擦擦額頭的汗珠。此時已是農曆四月，洛陽一派夏天的景象。

「我所知道的只有這些。將軍若是想要了解更多，可以去白馬寺看長老支婁迦讖的漢譯經文。那裏應該也有能夠更好解答將軍問題的人。」陳潛如此說道。他抬頭望向曹操，乞求赦免。

高大——探望女人、考慮女人的時候，曹操會變矮小。愛得越深，變得越小。而一旦心思離開了女人，就會像現在這樣變得高大起來。

「呵，以前你說過只願終生為書生，果然是悠閒自得啊。」曹操說。這或許是在讚美陳潛吧。

「愧不敢當。」

「昨天有日食。」曹操突然換了話題。

「好像是啊……街上都在議論紛紛，大家覺得那好像是什麼事情的前兆。」說了這許多話，陳潛也逐漸適應了曹操跳躍的說話方式。

「據說日食的日期可以準確推算，並非什麼前兆。」前文也曾說過，作為一個二世紀的人，曹操能夠下令禁絕邪教淫祀，可見他是個思想相當合理的人。

「如此人物，為何會對浮屠教義心生興趣？」陳潛甚覺有趣。

「原來如此啊。」

「據說天子近日正臥病在床。」曹操又換了一個話題。

剛剛才說日食並非前兆，此刻卻又說起了仿佛是由日食預示的事情。

「啊，此事在下不得而知。」陳潛斟字酌句地說。他猜不出曹操話裏隱藏着什麼深意。

「不日我將拜訪白馬寺。」這是曹操的結束語。

「我回去以後即刻轉告長老。」陳潛低頭應道。他的背上湧出一陣冷汗。

史載，四月朔，日食。漢靈帝駕崩於南宮嘉德殿，恰是日食之後的第十天。享年三十四歲。

五

「這次恐怕連陛下都危險了。」漢靈帝駕崩的五天前，宮中開始流傳這樣的竊竊私語。

漢靈帝執政時，宮廷內有很多複雜的派系。

後漢官場常有清流、濁流之爭。貴族、官僚們自詡清流，將宦官們蔑稱為濁流。宦官則以皇帝的親信自居，將朝中的所有官員都貶稱為黨人。但實際上，黨人之間意見也並不統一。即使是在濁流內部，利害衝突、性格不合的情況也比比皆是。又有女人夾雜其中。

漢靈帝的皇后何氏本是屠戶之女，選拔宮女時因向使者行賄入選，隨後成功把握住機遇，被立為皇后。

這位何皇后同父異母的兄長何進，仰仗皇兄的身份當上了大將軍。

何皇后生劉辯，是為皇太子。

漢靈帝的母親是董太后，她的侄子董重身為驃騎將軍，手握重兵。

這位董太后當初並非皇后，她是皇族解瀆亭侯的夫人。解瀆亭侯是後漢第三代皇帝漢章帝的第五個兒子河間孝王的第四代孫。說起來是皇族，其實也不過是皇室的遠房親戚罷了。

由於漢桓帝沒有兒子，於是便從諸侯的子孫中選中靈帝繼位。當時漢桓帝的皇后竇氏依然健在，所以靈帝的母親董氏只能被封為貴人，留在自己的家鄉。

竇太后死後，靈帝才得以將生母董氏迎進宮中，尊為太后。

董太后不喜歡兒媳何皇后，就像是一般人家裏的婆媳關係一樣。

漢靈帝另有一名愛妃王氏，她給靈帝也生了一個兒子，取名劉協。由於王氏被何皇后毒殺，劉協便由董太后撫養。

以前漢靈帝生的兒子都不幸夭折，所以當年何皇后生下劉辯的時候，便依照當時的習慣，將他送至別處撫養。當時的迷信，認為這樣可以解厄消災。

皇子劉辯被送至一個名叫史子眇的人家裏撫養，故被稱為「史侯」。

同樣，由董太后撫養的劉協被稱為「董侯」。

史侯與董侯——圍繞這兩位皇位繼承候選人，宮中分成了史派和董派，時常明爭暗鬥。

「請早立太子，如此才能減少派系之爭。」向漢靈帝進諫者為數不少，但太子依然遲遲不能決定。

史侯劉辯和董侯劉協的資質天差地別，完全無法相提並論。靈帝死時，劉辯十四歲，然而舉止輕佻，生性淺浮，就連被人稱為昏君的靈帝都對他皺眉不已。相比之下，劉協雖然年僅九歲，卻顯得聰明穩重。兩人孰優孰劣一目了然。

然而漢靈帝畏懼何皇后。他內心雖然認為劉協更好，但真到了作決定的時候，又怕招來何皇后的怨恨。而劉辯又實在是太過愚弱，若是立他為太子，母親董太后定會發怒。所以，漢靈帝只得將立太子的事放到一邊不提。

不過當他知道自己時日無多之後，也就不得不開始考慮身後之事了。他臨終時把蹇碩叫到床前，將劉協託付給了蹇碩。

蹇碩雖然是個宦官，不過身材高大魁梧。靈帝任命他為上軍校尉，統率西園八校尉。

為了防止兵權集中在大將軍何進一個人身上，便要選一個與之抗衡的人。對於漢靈帝來說，這已經算是了不起的謀略了。

漢靈帝駕崩的時候，蹇碩正在宮中。他對現狀做了分析：

劉辯——何皇后——何進。

劉協——董太后——蹇碩。

若是兩派難以共存，那麼作為蹇碩這一派，應該採取的行動便是除掉何進。

蹇碩只能做出這種直線形的分析。然而其實這張派系表畫得太過簡單，本應該在其上畫出更多更複雜的人脈關聯才對。可惜蹇碩並沒有去做這種費力的事。不得不說漢靈帝託孤給他果然是個錯誤。單看他外表威風凜凜，便認為他是個人物，這也果然是漢靈帝一貫的風格。

「陛下駕崩，我等當奉陛下遺旨，擁皇子協繼位，如此必須先誅大將軍何進。為今之計，以商議陛下駕崩的後事為由召何進進宮，出其不意將其斬殺，是為上策。」蹇碩將自以為是與自己親信的諸人召集到一起如此商議。眾人意見一致，於是派使者召何進入宮。

然而事情並非蹇碩想的那麼簡單。首先，蹇碩連自己身邊的人脈關係都沒有弄清楚。

蹇碩的部下潘隱，與何進是莫逆之交。得知皇帝駕崩的消息，何進正要入宮，但此時潘隱卻候在門旁。「迎而目之。」《後漢書》中如此描寫潘隱的舉動。

潘隱向何進遞了一個眼色。也許只是輕輕搖一搖頭，除了何進，旁人誰也看不出來。

何進心領神會，立即折回，隨即便率兵闖入百郡邸。所謂百郡邸，是指百餘個郡國的藩邸。人馬佔領了此處，便可立即控制宮中的局勢。

就這樣，大將軍何進以自己手中的兵力為後盾，成功擁立皇子辯為太子。

蹇碩最早知道皇帝駕崩，卻沒有將兵力集中到身邊，輕易地喪失了有利的機會。

蹇碩隨後採取的行動，也是對人脈關係研究得不夠透徹，又犯了和以前一樣的錯誤。他給幾個主要的宦官寫去密書——大將軍兄弟秉國專朝，今與天下黨人謀誅先帝左右，掃滅我曹。但以碩典禁兵，故且沉吟。今宜共閉上閤，急捕誅之。（《後漢書·竇何列傳》）

如此勸誘。

雖然同為宦官，但其中也有和何進關係親密的人。中常侍郭勝便與何進是同鄉。郭勝向同為中常侍的趙忠建言：「碩計略粗弊，不可相從。」且將密書拿去交給何進。何進得此證據，即刻捉拿蹇碩處以極刑，趁機將蹇碩的部隊收為己有。

蹇碩空有一副堂堂儀表，行事卻如此魯莽無謀。然而在何進想要誅殺所有宦官的這件事上，他卻說對了。的確，何進對宦官積怨已久。

六

黃巾起義令後漢王朝元氣大傷，加上漢靈帝駕崩，整個漢室王朝面臨着土崩瓦解的危險。

「天下大亂啊……」曹操坐在庭院一角的蓆子上，雙手抱膝，喃喃自語。他一邊說着天下大亂這一類大不吉利的話，一面笑得露出了牙齒。

「別在那兒說些莫名其妙的話，怎麼說，試試看如何？……喂，你倒說話啊。」說話的客人盤腿而坐。這位客人正是曹操兒時的玩伴袁紹。前文已述，二人少時同在洛陽，好為遊俠，曾經一起幹過搶新娘的把戲。

雖說是從小一起玩耍的伙伴，但和祖輩做宦官的曹操不同，袁家乃是天下聞名的名門望族。朝中最高的官職是為三公，即所謂司空、司徒、太尉，統稱宰相。而袁家四代連續出現過五位三公。

「我乃清流的代表。」袁紹經常這樣意氣風發地說。對於皇帝近側作惡多端的宦官，這位名門子弟從不掩飾自己對他們的義憤。

這一天袁紹前來找曹操，也正是要商討剷除宦官的事。

「這不正是誅滅宦官的絕好機會嗎？宦官這種蟲豸之輩，若是能從世上剷除乾淨，豈非大快人心之事？」

此時的袁紹身為中軍校尉，也是西園八校尉之一。他向同為校尉的曹操建議調動軍隊，發動政變。

「說話說話，你到底要我說什麼？」曹操反問道。

「哎呀，你到底有沒有在聽？是要把那些奸閹遺醜一掃而空的事啊。」袁紹焦急地說。

「哦，這件事啊……」曹操放開雙手，伸直膝蓋，心中暗想，「嬌生慣養的人真是沒辦法。」雖然是一種近乎輕蔑的感情，其中卻也摻雜了些許羨慕。和宦官的孫子商量剷除宦官，這種豁達的心胸還真得是名門之後才能有的吧。

「怎麼樣？」這種直來直去的方式，也是袁家的特點。

無論與名門望族有多少往來，曹操也無法變得像這些人一樣。他本來就不是出身名門，又一直生活在陰影之中。甚至可以說，同這道沉重的陰影抗爭，便是他整個人生的課題。

「行得通嗎？」曹操漫不經心地問道。

「行得通。」

「如何行得通？……我今天剛剛聽說，大將軍何進向太后進言要誅殺宦官，結果被駁了回來。不管怎麼進言，放到皇太后那邊來看，一個宦官都沒有的話，實在太不方便了……後宮的雜事由誰來做？」

「後宮的雜事算什麼大事，有宮女就足夠了。」袁紹是個樂觀主義者。

「我的意見哪……」曹操又用雙手抱起膝蓋。這些話自己已經不知道說過多少次了。他一面這樣想着，一面說，「宦官的專橫確實可恨，然而並不需要盡數剷除。誅殺元兇一人，禁絕剩下的宦官插手朝政足矣。」

「你這想法太過優柔寡斷，如此萬萬不可。此時正該當機立斷……」

「不可勉強行事。失敗的可能性很大。」

「放心吧，我自有萬全之策。我正在召集四方的猛將豪傑，以顯示大將軍誅殺宦官乃是天下公論。」

「什麼，召集地方的將軍？」這是曹操第一次聽說。

「不錯。」

「太危險了。」

「什麼？」

「并州牧董卓，你也召集了？」

「那是當然。不找上他還有什麼意義？他豈不是西面最具實力的人嗎？」

「實力當然是有……」無話可說——曹操如此想。

董卓也許是有實力，然而其人見利忘義、薄情寡義。袁紹這傢伙到底有沒有想過，招來這樣的人物，會給將來埋下怎樣的禍根？

這個時候，最大的行政區劃「州」的長官職位，已經由刺史改稱為牧了。刺史本是民政長官，改名後的牧則兼有兵權。以戰前的日本比喻，相當於縣知事兼師團長的職位。

「如何？」袁紹向前探了探身。

「且讓我考慮考慮。」曹操答道。

七

靠着當上皇后的妹妹，由屠戶一步登天的大將軍何進，行為舉止卻與小丑無異。對宦官抱有極大反感的本都是名門士族。平民出身的何進並非生為貴族，卻總喜歡以貴族自居。受袁紹的鼓動，何進自己也非常熱衷於征討宦官。在他之前，朝中還從未有過肅清宦官勢力的人物。若是能夠做成此事，便可以名留青史。

然而何進到底不是貴族。貴族的思慮要深刻得多。瞻前顧後、疑心重重，總是想方設法要探清水面之下的東西。宮廷中的處世哲學，其實也就是探秘的學問。也正因為這一點，平民出身的何進才會輕信於人。如果他是真正的貴族，大約也不會輕易被殺了吧。

太后召見。——有使節來見何進。

新皇帝尚未成年，便由太后攝政。太后身為女人，常有難解之事，每逢此時便會找來自家兄長商談。

「總是這樣喊我過去，我也很忙啊……」何進倒也並非真有不滿。他大搖大擺剛一走進宮門，便被宦官們捉住，轉眼就丟了性命。

「大將軍謀反！已然伏誅！」宦官們見了鮮血，興奮起來，在宮中連聲高呼。

袁紹的堂弟袁術，正統率二百精銳護衛宮廷。

「謀反的乃宦官！」袁術的這一聲大叫，乃是意味着一場前所未有的慘劇上演。

「只要是宦官，通通殺掉！」

「一個都不留！」士兵們紛紛拔刀，追殺宦官。鮮血四濺，到處都是割下的人頭。南宮嘉德殿青瑣門裏火焰騰空。那是要把宦官首腦一個個熏出來。袁紹也率兵闖入宮中。

此時被殺的宦官已達兩千餘人。其中也有因為沒長鬍子而被當成宦官誤殺的人。去勢的男人趨於中性化，長不出鬍子。

宮中盡是奇異的光景。

男人紛紛解開褲子，露出男性的象徵。要是被誤殺那可不得了，還是乖乖亮出那個東西才算明智。

幾個宦官首腦悄悄挾持少帝及其弟陳留王，想要逃去宮外，然而還沒有逃出多遠，遠遠就見董卓率兵從西邊趕來，終於也只有仰天長歎的份。

部隊的最前面打着纛旗，上面寫着「討閹奸」幾個大字。閹即指去勢。纛旗上的意思就是說，要討伐奸惡的宦官。

宦官首腦無路可走，一個個投黃河自盡。董卓不費半點氣力，便得到了皇帝兄弟。

百足之蟲，死而不僵。天下雖然岌岌可危，然而漢室的皇帝依然是最大的王牌。正因為擁戴皇帝，宦官們才可以橫行無忌。

如今董卓拿到了王牌。

進駐洛陽的董卓，提出要廢立皇帝。

「十四歲的皇帝太不穩重，反而是九歲的皇弟非常出色，很有當皇帝的器量。正應該趁此機會，給他們換個位置。」董卓與重臣們如此商議。

其實說是商議，實際上卻是強迫他們接受。雖說大家都承認，弟弟劉協無論哪個方面都比兄長更加優秀，然而廢立已然即位的皇帝，實在不是一件小事。

董卓是想借廢立之事區分敵我。贊成者即為親信，反對者當然便是異己。袁紹第一個逃去了冀州。依靠貴族敏銳的嗅覺，他知道都城洛陽不可久留。

董卓手中既有王牌，更有人馬，他的下一步動作必然是要打擊各個競爭對手。此時的洛陽，若要論及誰有能與董卓對抗的實力，首先便非袁紹莫屬。他的身後是整個袁氏家族的力量。董卓應該正在考慮如何除掉自己吧——袁紹看穿了對手的心思，搶先一步作出了對策。

「這可如何是好……」聽說袁紹逃出洛陽的消息，曹操不禁仰天長歎。

袁紹的出逃會讓城中加強戒備吧。如此一來，要想逃出洛陽，必然更加困難。

若要論及袁紹之後的最具實力者，那便是曹操這個名字了。

未過多久便有使者自董卓處來見曹操。

「請任驍騎校尉，助我一臂之力。」使者如是說。

「改日遣使答覆。」曹操對董卓的使者這樣回答。

明裏是給官位，實際是奪兵權。之後要殺要剮，就看董卓的喜好了。

這時候九歲的皇弟已經即位。他便是身負後漢最後一位皇帝宿命的漢獻帝。

八

十二月，洛陽東。

眼前便是被稱做聖嶽的嵩山。四年前陳潛在山腳下遇到了曹操。那時候曹操還是鎮壓黃巾起義的官軍統帥，而此時的曹操卻身穿粗布灰衣，腳蹬草鞋，踏雪向東而行。陳潛也在曹操身邊。

一行十五人。——浮屠的施藥行。也即是近來市井鄉間廣受好評的慈善雲遊僧。他們免費施捨西域名藥，因而備受世人的歡迎與尊敬。

從相貌來看，這一行人幾乎都是月氏族人。但若仔細觀察，也有兩張漢人的面孔。這也是最近施藥行的特色。以前隊伍中俱是月氏族人，如今也慢慢會夾雜一兩個漢族人在內了。

「南無阿彌陀佛……」一行人齊聲唸誦。

月氏僧人支婁迦讖，正是在這一年完成了譯經工作。

「最近，浮屠經文也開始能用漢音唸誦了啊。」

「冒着寒風四處雲遊，真是大善人哪……」

「是啊，是啊……」路上的行人紛紛點頭。

從清晨開始，天空中便一直烏雲密佈，過了中午才顯出些許微弱的陽光。道路上的霜凍逐漸化開，這支隊伍在泥濘中艱難行進，一直走到黃昏時分。領頭的月氏僧人仿佛想起來了似的，開口唱誦經文，一行人也與之唱和。唱經之聲中聽不出半點疲勞。

「已經沒事了吧。」陳潛低聲問曹操。

「還不能掉以輕心……董卓這傢伙也該發現我逃了吧。剛才有幾匹快馬過去……說不定就是把我的事通報各地官員的使者。」

「是嗎……」

「很煩哪。」

「不過曹將軍的腿腳也很強健啊。」

「身為武將，豈有沒鍛煉過的道理。」曹操的臉上顯出微微的笑容。

曹操扮作施藥行的一員，平安無事地逃脫出戒備森嚴的洛陽城。這一次的施藥行，也是因為曹操之託，倉促之中集結而成的。

「助人不也是浮屠的宗旨嗎？」曹操如此遊說長老。

「不錯，」長老應道，「將來，你也許會幫助我們。這便是緣……浮屠謂之為緣。」冒着嚴寒匆匆離開白馬寺的月氏僧侶，沒有一個人說過半句怨言。

「了不起啊……」臨近傍晚的時候，曹操忽然讚歎道。

「啊，什麼？」

「浮屠的信眾啊……對我毫無怨恨，啊不，不如說是在熱烈歡迎我。」

「因為你又給了他們一次傳教的機會，大家都很高興。」

「這可是個強大的力量……以苦為樂的士兵……一定是一支無敵的隊伍。」

「浮屠信眾不會成為士兵。」

「為什麼不會？」

「他們要是成為士兵，除非是為了保護浮屠的信仰。」

「是嗎……」曹操説了這一句之後便閉口不言。

陳潛也在考慮別的事情。浮屠的佈施精神，是否也可以借用到五斗米道中來？這次施藥行之後，應當盡速給巴寫信——不求報酬的善舉，救民水火的施藥……

抵達中牟縣城時，太陽已經落山了。

每到一處縣城，施藥行的一行人首先便會去縣衙送藥。在鄉間可以直接將藥物發到個人手中，而縣城裏因為人口眾多，很難逐一發放，所以只有統一送到縣衙門。這種方式在教團裏頗受爭議，但又苦於沒有其他更好的辦法，暫且只能如此。

「諸位辛苦了。你們的善舉真是令人欽佩。民眾也都在翹首期盼啊。」縣裏的主簿這樣説道。

施藥行的十五個人排成一排，主簿一一與之寒暄。陳潛站在隊伍的最邊上，正挨着主簿的桌子，無意間瞥了桌上的文書一眼，頓時倒吸了一口冷氣——亡人曹操。這幾個字躍入眼簾。亡人指的便是逃亡之人。文字下面似乎還畫有曹操的人像。

陳潛偷偷望向身側。

曹操正看着天花板，似乎什麼都沒注意。

陳潛輕輕地碰了碰他的胳膊肘。

曹操是個敏鋭的人物。他的臉依然朝向天花板，只用眼角的餘光掃了掃桌上的文書。臉上神色絲毫不變。

收取藥物的主簿此時正在觀察曹操的容貌，側頭不語，心中暗想，此人與適才京師送來的人像十分相似，難道說……主簿急急轉身走向桌邊，他是想再仔細看看那張畫有人像的文書吧。主簿一邊走，一邊依舊盯着曹操不放。

曹操明知他是要去看自己的畫像，卻依然神色自若。

恰在此時，房間邊上的一個功曹從椅子上站起身來，朝曹操走去。功曹是負責記錄功績的人，也就是相當於今天績效考核員的角色。

「哎呀，我還以為是誰呢，這不是琅琊（山東省）的呂淵先生嗎……難怪聽說你入了月氏的白馬寺……你還記得我吧？我是同村的許禮啊。」這位功曹向着曹操說。

「認錯人了嗎……」這種想法在陳潛的腦中一閃而過，然而功曹的表情非常自然，不像認錯人的樣子。

而且曹操異常沉着，沒有半點異樣的表情。

「啊，果然是許禮先生。適才我就覺得眼熟，可又怕認錯人，沒敢和你打招呼。」曹操說道。

陳潛漸漸有些明白了。

功曹早就注意到了曹操，然而不知出於什麼原因，他似乎想助曹操一臂之力。

陳潛猜不出功曹的動機。或許是久仰曹操大名，或許只是出於同情，又或許是想賣一個人情給他，希冀有朝一日能夠有所回報……

曹操也是隨機應變，拉住這個功曹許禮的手。

「好久不見了……」兩人抱在一起，擺出一副親密無間的模樣。

「啊，原來是許先生的同鄉……我還以為……啊，沒事，沒事……」主簿顯得有些尷尬，將目光從放着畫像的桌上移了開來。

曹操逃過一劫，順利抵達了父親所在的陳留。

作者曰：

關於曹操的出逃，《魏書》寫過這樣一段故事：太祖（曹操）從數騎過故人成皋呂伯奢，伯奢不在，其子與賓客共劫太祖，取馬及物，太祖手刃擊殺數人。

若果如此，也算是正當防衛。

然而《世語》中卻說，伯奢不在，他的五個孩子熱情款待了曹操。但曹操因受通緝，疑心過重，擔心他們告密，於是將他們斬殺之後逃走……

如此卻是太過敏感了。斬殺熱情款待自己的人，不得不說是一種無法原諒的行為。

在孫盛的《雜記》之中，曹操聽到食器的響聲，懷疑呂氏一族懷有二心，於是殺了他們。

「寧教我負天下人，休教天下人負我。」殺人之後如是宣言。

在講談本的《三國演義》裏，曹操斬殺呂伯奢的孩子之後倉皇出逃，途中遇上了呂伯奢。兩人擦肩而過，曹操卻又返身折回，連同呂伯奢一併斬殺。據說他是在想，假若置之不理，呂伯奢回家之後看到屍骨，定會對自己懷恨在心，還不如趁現在將其斬殺，免得將來留下禍根。

在正史《三國志》中如此記載：太祖乃變易姓名，間行東歸。

其中也寫到他在中牟縣受人懷疑，幸得相識者所救之事，但對於路過呂伯奢家的事情卻隻字未提。

正史《三國志》的作者陳壽，是與魏國對峙的蜀漢遺臣。他編撰此書的年代又是魏國滅亡、司馬家的晉朝興起的年代。也就是說，作者當時完全沒有必要迴避曹操的醜事。不論怎麼看，他更應該着力渲染曹操的惡行才是。然而即使如此，《三國志》中卻並沒有記載曹操背恩殺人之事。想來這不可能是作者在給曹操文過飾非，而是如此的故事並非事實的緣故吧。

由於諸多小說家言偏好蜀漢的傾向，曹操在這些不以嚴謹見長的書中被塑造成反面人物，許多滔天罪行都被硬加到他的身上。呂伯奢的故事大約也是其中的一例吧。

洛陽入我斛

一

起初，陳潛以為，聚居於聖地白馬寺的月氏族人，不過是好奇心很強而已。然而隨着與月氏族人的往來日益密切，陳潛逐漸意識到，那並不是單純的好奇心。為要了解各種各樣的事情，就必須儘可能多搜集情報，然後通過分析這些情報來決定自己的行事方式。為了生存下去，必須儘可能了解所有的事情。因此月氏族人才會竭盡全力收集情報，這遠不是一時無聊，更不是單純好奇心的驅使。

「這一條不可不學。」陳潛想。

他所屬的五斗米道，也有許多需要向佛教學習的地方。兩個教派似乎具有一種使命感，想要成為民眾精神的寄託。相比之下，月氏族人要顯得更加努力，這可能是因為他們身為異族、客居此地的特殊關係吧。

「對了，挾持天子逃出宮城的諸多宦官投河自盡，真是因為看到董卓的軍隊？」支英問。

眼光銳利的支英是客居洛陽的月氏族首領之一。被問的人是漢族信徒張某。在當時，漢人中信奉佛教的還不是很多。那天，他恰巧身在洛陽城外的小平津附近，目睹了皇帝逃出都城之後的樣子。

「津」字意為渡口。所以河川附近，多以此字命名。即使是在今天，洛陽城北也有名叫孟津的縣城。後漢時期的小平津也是這樣的渡口。從地名中的「小」字可以看出，這裏並非繁華之地，只是河邊的一處小渡口，附近也沒有幾戶民家。

那天晚上張某正在此處垂釣，他知道哪裏容易釣到魴魚。

日本沒有魴魚。去過中國的人，因為這種魚身體扁平，將之稱為「鯿魚」。這魚的小刺很多，但是味道非常鮮美。

「豈其食魚，必河之魴。」（《陳風．衡門》）《詩經》中便有這樣的句子。

意思是說，都是吃魚，又何必一定要吃黃河的魴魚？這是在建議不妨將就一些吃點別的魚算了。這首詩的後面一句是，「豈其取妻，必齊之姜」，意思是說，都是娶妻，又何必一定要娶齊國的美女？齊國美女確實美豔溫婉，然而人不可期望太高，別的女子就不能勉強接受嗎——大意如此。可見，自古以來人們就對黃河魴魚情有獨鍾。

那晚張某正在河邊垂釣，天子一行來到了附近。當然，起初張某並不知道那是當今天子。

「又失火了？……唔，不是我家的方向。」張某一邊垂釣，一邊眺望洛陽城裏的火光。河邊築有河堤，張某的垂釣之處是在越過河堤、靠近河邊的地方，也就是說河堤在他的身後。

忽然間河堤上傳來說話的聲音。

「累了嗎？」一個聲音低低地問。

「還行，不太累。」有個孩子的聲音即刻應道。

「累得不行了，到底要去哪裏啊，還是回去吧……」這是另一個孩子可憐兮兮的聲音。

「兄長請振作一點！」適才的聲音斷然道。聽起來抱怨的似乎是哥哥。

就在此時，遠處傳來隆隆戰鼓聲。一隊人馬手舉着火把油松沿河堤直奔過來。

「是敵是友？」

「還是先避一避的好。」

「快，快……」幾個大人慌慌張張跑下河堤，躲進河邊的槐樹叢中，彎腰蹲下身來。這些人的藏身之處就在張某的旁邊。張某也趕忙丟下魚竿，躲到柳樹後面。

亂世之中盜賊橫行。若是單搶錢財衣物也算好了，有些時候甚至連命都要搭上。

「哎呀，糟了，是敵人。」槐樹叢裏的人低聲道。

「旗上寫的是『殺宦官』……完了完了，肯定是西面董卓的軍隊。聽說其中多是蠻人……走投無路了啊。」

那隊人馬一路擂着戰鼓，然而看起來不過數十人而已。前面的兵卒扛着大旗，借着火把的光亮，旗上的大字清晰可見。張某雖然不識字，不過聽到槐樹叢裏有人唸做「殺宦官」，也就明白了事情的原委。

宦官橫行無忌，人所共知。

「天下豪傑，正要趕來洛陽誅殺宦官。」市井之間早就悄悄傳開了如此流言。

「這一天終於來了嗎……」張某暗想，自己只是個平民，與這等事情全然無關，莫要受到什麼牽連才好。

他屏息靜氣躲在樹後，這時候那支隊伍已經走了過去。河堤上的腳步聲逐漸遠去，卻彷彿過了許久一般。又過了很長時間，一個筋疲力盡的聲音說：「已經逃不了了。他們恨的只是我們這些陛下側近的宦官。事到如今，我等已然不能再為陛下與殿下效勞……投河而死，至少能保一個全屍……」

話未說完已是泣不成聲。

張某大吃一驚。

他雖是無學平民，但也知道「陛下」、「殿下」這類稱呼只能用在何種人的身上。

「陛下」一詞始於秦始皇。秦始皇採納李斯的提議，規定這個詞只能用於天子一人。由此之後，「陛下」一詞的用法始終未曾變化。至於「殿下」，則是用在皇太子及諸王的身上。

「這是不得了的事啊……」張某只怕受到牽連。無論如何，自己還是趕緊想辦法離開這個是非之地才好。

二

張某當然沒有想到，那些人也在想着如何才能離開此地。

「此時放棄為時過早，還是該想辦法逃出去才是。」孩子的聲音說道。

那聲音不是被稱做陛下的少年，而是那個殿下的聲音。

「啊，難道他便是陳留王？果然是……」洛陽城中不知自何時起便開始流傳皇宮的秘事逸聞。何皇后之子劉辯雖然繼承了天子之位，然而生性頑劣，遠不如王夫人所生的兒子劉協——這與其說是傳言，不如說是公開的事實了。

適才抱怨說「累得不行了」的就是十四歲的少帝劉辯，鼓勵宦官說「此時放棄為時過早」的則是年僅九歲的陳留王劉協。

果然與傳聞的一樣。

因為陳留王的鼓勵，十幾個宦官終於還是爬上了河堤。這些人平日在宮裏養尊處優，這時候一個個的動作都緩慢遲鈍，跌跌撞撞，差不多都是在沿着河堤爬行。雖然周圍一片昏暗，這一行人還是頗為顯眼。

忽然間一陣馬蹄聲由遠及近。

一隊騎兵看到了河堤上的人影，正朝這裏策馬飛奔。

「看，陛下在那裏！」騎兵隊中有一個人曾在早朝時見過皇帝，他借着火把的光亮看到河堤上的這一行人，立刻放聲大喊，跳下戰馬跪倒在地。

「啊，啊……」皇帝緊張得連話都說不出了。

「臣乃河南督郵閔貢。聞知宮中情勢危急，連夜趕來護駕。此次禍端起於宦官專權，故有雷霆之勢掃蕩奸佞，與陛下無涉。國不可一日無君，還請陛下盡速還朝。」

閔貢跪着說完這番話，立刻重新站起了身子。這是個身材魁梧的大漢。他對宦官怒目斷喝：「汝等敗類！汝等同黨早已在洛陽宮中橫屍就戮，汝等竟然還在苟延殘喘，妄想挾持天子出逃，無恥至極，無恥至極！速速自裁，莫要污了我的寶劍！」說着閔貢拔出佩刀，逼向宦官。

十幾個宦官之中，張讓和段珪同為中常侍。他們兩人見事已至此，只得向皇帝道一聲，「臣等就此赴死，陛下殿下保重」，轉身跳入黃河自盡。

騎兵隊接收了皇帝兄弟，又將剩下的宦官一個個踢下了黃河。

張某一直躲在柳樹後面注視着眼前事態的發展。

馬蹄聲終於漸漸遠去，然而張某依舊茫然而立。適才這一切真如一場噩夢，久久不能醒來。

「喂，救命……」聽到呼喊聲，張某才終於回過神來。

借着微弱的月光，張某凝神細看，只見有個男人正在掙扎着想從河裏爬上來。張某慌忙過去將那人拽上河岸。那人全身濕透，狼狽不堪。

「畜生，真是畜生，給我記住！」那人咒罵道。

「你是宮裏的宦官？」

「別開玩笑。我要是宦官的話，被殺我也認了。可我只是個半路被抓來的車夫啊！」男人一邊說一邊打着噴嚏。

宦官們在逃亡途中強征此人做了車夫。然而皇帝剛坐了一會兒車，宦官們又說：「追兵會聽見車輪的聲音。」又棄車而逃。

「那你不是就可以回去了？」張某問。

「哪有這等好事。車沒了我就得背着皇上……我成了馬車了。畜生！……啊，好冷……冷……」這人雖然嘴上罵得起勁，身上的傷卻是不輕。那些騎兵也以為他是斬殺之後的屍首，直接踢進了河裏。若是周圍再亮一點，恐怕就要多刺上幾刀再踢下河了。

黑暗救了這男人的性命。

張某將他帶回白馬寺，給他治傷。
「我姓張。」男人說。
「我也姓張。」
「啊，那就叫我拉車張吧。」
「那我就是釣魚張。」
「哈哈哈……」這兩個張姓的人，一起經歷了這一場生死際遇，便成了無話不談的好友。
「那個揮刀的差點要了我的命。下次看我要他的命！」拉車張整天如此唸叨。
釣魚張救了拉車張之後，並未在現場停留很久。那些人離開之後去了哪裏，他當然無從知曉。不過小平津發生的事件究竟如何，恐怕再無人能比他更加清楚。畢竟他是現場唯一的目擊者。
聽完張某的話，支英沉思了片刻。
「你的說法，應該不會有錯。如此一來，世間的說法就是誤傳了……然而這種誤傳又是怎麼來的呢？」
支英抱起胳膊。
世人皆說，宦官們是因為看到了董卓的軍隊，無奈之下投河自殺。然而依照張某的說法，宦官雖然看到了董卓的軍隊，卻是躲在樹叢後逃過了一劫。他們之所以跳河自盡，是因為受到自城中趕來搜尋皇帝的閔貢逼迫。
「世上流傳的多是錯誤的說法。」一旁的陳潛說道。他這話並非是在解釋什麼，只是隨口一說而已。
「這不像是傳言之中自然而然的歪曲，卻像有人故意捏造一般……是有什麼陰謀嗎……」支英歎息一聲，放開了抱在一起的雙臂。

三

動盪的年代，人們傾向於往中心靠攏，因為邊緣的動盪只會更加劇烈。人們總覺得，越靠近中心，動亂就會越少。

後漢時期，中心即是天子——這一點無人置疑。

得知天子被宦官挾持的消息，洛陽附近的官員們幾乎紅了眼，四處尋找皇帝的下落。應大將軍何進的召集，董卓也率兵緊急趕往京城。還沒到洛陽時，他就看到了洛陽城內升起的火光。依靠探馬送回的消息，他也得知了天子失蹤的事。天子似乎已經出了洛陽。

擁戴了天子，便意味着控制了中央。

這絕對是個天賜良機。

「不是打仗，而是尋人。全軍散開去搜！」董卓下令。

打仗需要集中兵力，儘可能積蓄爆發力。然而尋人這種事情，分散開來才是上策。唯有如此才可以進行細緻的搜索。哪怕找不到目標，也可以儘量鋪開情報網，獲得更多的信息。

擂鼓走過小平津的那隊人馬，正是分散搜索的分隊之一。可惜他們並沒有去搜尋防護堤下面的地方，很遺憾地錯過了找到天子的機會。不過，董卓派出的人馬傳回了這樣的情報：入夜，城北車馬出入頻繁；天子一行大約是自洛舍街道向洛陽方向南下。

此時董卓的主力正在向城西的顯陽苑前進。

大軍本計劃在那裏停留一夜，第二天早上進入洛陽城。但從目前的情勢看來，恐怕不能歇息了。

「一晚不睡也困不死人。此時正是大好時機。是要做個小兵了卻此生，還是要封侯裂土享盡榮華富貴，一切便在今晚。跑，跑！快，快！」董卓督促部下，向東急行。

軍隊來到白馬寺門前的時候，寺門前燈火通明，五隻大甕火光熊熊。

月氏族的長老僧人排列門前，支英代表眾人寒暄道：「將軍遠道而來，甚是辛苦。弊寺為西域浮屠（佛教）僧院，略備茶水，請各位慢用。」

「哦，浮屠信眾啊……」董卓是隴西臨洮人。今天也有同名的城市，位於甘肅省省會蘭州的南部。董卓生長在往西域的入口，而且從小遊歷於羌族人中，他曾在桓帝末年時以戊己校尉的身份駐守在西域天山南麓。和當時一般人比較起來，董卓對於佛教的了解要多一些。他的部下也有許多來自羌族和西域，其中也有佛教徒。

「不勝感激。」董卓雖然率了三千人馬赴京，然而倉促間得知天子出城的消息，便分了人馬四散搜索。此時手邊的兵力不足千人。

趁着士兵們歇息的時候，支英走到董卓身邊，小聲道：「似乎不是很多啊。」

「什麼？」董卓瞪起了眼睛。兵力不足是他的弱點。倉促出兵，又是長途跋涉，能有三千已是極限。就連三千軍兵的輜重糧草，也是一路上徵發而來。

「適才所見，似乎不足千人。」支英道。

「人馬都去搜尋天子了。」

「兵分三路，此處只是其中一路嗎？」

「唔……」董卓重新打量眼前這個月氏族首領的臉。此人說得分毫不差。雖說也許只是軍事常識，然而對於僧人而言，能看出這一點，十分不簡單。董卓頓時起了戒心。

支英臉上顯出溫和的微笑。

「大將軍何進與弟弟何苗慘遭殺害，實在令人痛心。」

「探馬已經報知了此事。」

「此即是說，都城裏有許多失去將帥的兵卒。若是能將他們歸於麾下，那兵力可就不容小視了。」

「唔……」董卓點頭不語。自聽到大將軍何進遇害的時候開始，他一直在想的便是如何才能把何進的軍隊據為己有。

「方法有很多吧……」

「等一下，」董卓看了看四周，然後說道，「去那邊屋簷下，兩個人坐下來慢慢說……」

「哦，將軍想說什麼？」

「想聽聽你的方法。」

「方法很簡單。兵士天性喜歡依附強者。越是強盛，越是可以吸引更多的兵力，然後便可以成就霸業。」

「三千……」

「豈止三千。可以變作六千、一萬……」

「唔，走吧……」董卓朝着屋簷的方向走去。

兩人正在屋簷下談話的時候，至急探馬傳來了消息：天子正向北芒方向行進，據說準備在那裏休息。

董卓立即站起來，肥碩的身軀左右搖晃。他大聲喝道：「快，出發！」

四

北芒又名邙山，是位於洛陽城北的一座矮山。自古以來王侯公卿多葬於此，山上陵墓眾多。因此後來「北芒」一詞也逐漸演變成了具有「墓地」含義的名詞。

陶淵明曾有這樣一首詩：

古時功名士，慷慨爭此場。

一旦百歲後，相與還北邙。

這首詩是《擬古九首》中的第四首。

古來有多少人在此追逐功名，追逐時又是如此激昂慷慨，仿佛人生最大的追求莫過於此，然而到頭來，這些功名之士百年壽盡，也只有同歸墳墓的命運——這便是詩的意思。

「在北芒歇息……對漢室而言，這可是不祥之地啊。」董卓的軍隊出發前，支英像是自言自語一般低聲道。

策馬向北行軍的路上，董卓忽然想起了支英的話。支英似乎是在故意強調「對漢室而言」這幾個字。

「雖說是不祥之地，卻是對漢室而言……不是對我……」董卓騎在馬上想。

漢室衰頹，豈不是坐等某人奪取天下嗎？此人會是誰呢？

「我也可以吧……」董卓差一點脫口而出。

天色微明。城內的廷臣聽說了天子的去向，紛紛趕出城北的穀門（魏以後改稱廣莫門），火速去往北芒。為了向中心靠攏，一刻也耽誤不得。早一刻找到中心，早一刻才能安心。

時刻尚早，平日裏本應城門緊閉，可是這一天城門一直都在敞開。

這是發生在農曆八月二十七到二十八日的事。

本來這次出逃，十四歲的少帝已是心驚膽戰，好容易來了幾個相識的重臣，他的恐懼才稍稍減輕了一些。然而還沒有來得及喘一口氣，董卓便帶着三千騎兵驟然而至。

趕往北芒的路上，董卓分散的部隊已經逐漸歸隊，現在可以說是全軍而上。

晨曦微露，然而北芒四周仍是一團漆黑。突然出現的三千兵卒，簡直如同妖魔鬼怪一般——至少被嚇得膽戰心驚的少帝禁不住這樣想。

「啊，啊，啊……」皇帝嚇得說不出話。他臉色蒼白，兩頰抽動，最後竟嗚嗚地哭出聲來。

「兄長請振作！」弟弟陳留王劉協雖然只有九歲，卻仿佛教訓哥哥一般厲聲道。然而皇帝實在沒有出息。

「我怕，我害怕……」依舊哭個不停。

董卓跳下戰馬，大搖大擺走到皇帝面前。

「臣董卓拜見陛下。聽聞漢室有難，特來護駕。」董卓身壯體肥，剛才那幾句話像從腹部擠壓出來的聲音。皇帝見此情狀，更加驚恐起來。

「我害怕……」皇帝不禁全身顫抖起來，放聲大哭。

「陛下不必害怕，是將軍董公護駕來了。」重臣們連忙安慰。

然而他們雖然嘴上安慰，手腳卻也顫抖不止，一個個都想扭身逃跑。兩個廷臣一左一右扶住皇上，輕拍少帝的後背。

董卓冷眼旁觀，心中不齒。

「董公，聖旨已下，且請退兵。退兵……快。」一位大臣忍不住說道。

皇上的話即是聖旨。既然說自己害怕，那便也可以解釋成詔令退兵的意思。然而董卓聽了之後，眉頭緊鎖，眼神愈發淩厲，向前逼了一步。

「諸公在說什麼？諸公雖然守在天子身邊，卻置皇室於不顧，以致國家淪入如此混亂的境地！為救少帝，我等不辭辛苦，遠路率兵前來救駕。行軍勞頓，苦不堪言。糧草不精，馬匹不足，就連車輛也甚為匱乏。我等這些響應勤王號令招來的兵士，豈能輕易言退？聖上不想看看千里迢迢趕來救駕的忠臣嗎，難不成還想看看京城裏這些朝臣的嘴臉？」連珠炮般的話語，有如火焰一般。

少帝身旁的廷臣聽聞此言，一個個低頭掩面，沉默不語，驚恐而退。

董卓轉向皇上，甕聲道：「陛下，還不想見見臣的兵馬嗎？」

「這……什麼，什麼……那個……」少帝的舌頭好像大了一樣，說不出完整的詞句。

這時候，九歲的陳留王在旁邊說道：「我替陛下說幾句。董公人馬不退也可。遠路而來，確實辛苦。犒賞三軍也是理所當然。且待陛下回宮，內府自然會有賞賜……董公忠義，陛下也會嘉獎一番。」

與少帝的表現截然不同，陳留王這幾句話說得甚是流暢，又是肺腑之言。

「遵旨！」董卓不禁當場拜倒。

於是，天子一行人在董卓人馬的護送下返回了洛陽城。

「唔，果不其然啊……白馬寺的支英讓我極盡所能斥責群臣，沒想到還真取得了意想不到的效果。」董卓如此暗想。的確，群臣根本沒有訓斥董卓無禮的資格。

可以說天子已然落入董卓之手。這一行人，便在此種狀態下返回了京城。

五

宵禁。

這是動亂時期經常採取的措施。

——夜間外出者斬。因為有戒嚴令，城門附近的警戒極為嚴格，尤其是西面的廣陽門、雍門、上西門這三座城門，似乎最為緊張。

晚上沒辦法出城釣魚的釣魚張，和陳潛說起了這件事。

「西門嘛……」陳潛有些意外。現在駐守城門的士兵都是董卓的手下。董卓的根據地在西方，從西面來的人應該是他的親信才對。他必須防備的應該是反董卓勢力最強的東面才對。

「拉車張那傢伙啊……」自詡為釣魚高手的張某換了個話題。

「怎麼？」

「他混進金吾衛當了雜役。」金吾衛是維護京城治安的部門，相當於現在的警備廳。其長官稱為執金吾。後漢光武帝劉秀還是一介草民的時候，曾經看到過執金吾巡察時的雄壯隊列，如此讚歎道：「仕當執金吾。」

執金吾每月領兵巡察京城三次。後面跟着緹騎（着紅色衣服的騎兵）二百人、持戟（拿兵器的徒步士兵）五百二十人。隊伍之壯觀，據說連道路都映得光彩奪目。

光武帝劉秀雖然沒有當上執金吾，卻成了皇帝。而且，他還娶了絕世美女陰麗華為妻，也就是溫婉賢淑的陰皇后。人們於是傳誦說：「仕宦當做執金吾，娶妻當娶陰麗華。」以此表達人生的最高理想。

拉車張到底用了什麼手段，當上了金吾衛的雜役？

陳潛感覺釣魚張似乎有些擔心，便又問道：「他的傷還沒全好？」

「嗯，還沒好。他隱瞞傷情，就是想去那邊。」

「他很想去？」

「是啊。」

「是有什麼事情嗎？」

「拉車張聽說，在小平津逼他跳河的那幫人因為救駕有功，都被派到金吾衛當差去了。」

「他想幹什麼，報仇嗎？整天掛在嘴邊啊。」

「說不定啊……不過那時候天那麼黑，到底被誰打的、讓誰踢的，他應該不知道的吧。」長相當然不可能每個都記住，但至少有一點可以確定，這支隊伍的長官是河南中部地方的督郵。說起來只是地方上的雜牌軍，不過因為迎駕有功，便被調去了連中央部隊都羨慕的金吾衛。

「他想怎麼報仇？」

「他自己也說不清。上回在路上碰見他，我也這麼問他。他說他雖然不知道踢他的人長什麼模樣，但是不管怎麼講，先殺了金吾衛的長官再說。」

「金吾衛的長官？他是想殺執金吾嗎？哈哈哈……」陳潛不由大笑起來。執金吾相當於今天的警備廳廳長，主要職責便是緝捕京城的各色罪犯。想要殺掉執金吾，就好比竊賊要偷警察的錢包一樣，怎麼聽都讓人覺得可笑。

此時出任執金吾一職的乃是曾做過并州（太原）刺史（地方長官）的丁原。他接到大將軍何進討伐宦官的命令，最先趕到洛陽，隨即接管了手握帝都守備兵權的執金吾要職。

然而在洛陽，比丁原的名氣更響的卻是他的部將呂布。據說呂布相貌出眾，氣宇軒昂，薄唇細目，行事果斷。他身上總帶着一股說不出的可怕，讓人一望便會心生畏懼，很適合指揮軍兵。因而，丁原便將金吾帳下數萬軍馬守衛交給呂布調遣。

「是啊，真是可笑得很。丁原大人也就罷了，旁邊還有呂布虎視眈眈。一旦什麼地方露出馬腳，豈不立刻就要給撕成碎片了……真是個笨蛋啊……」

「其實也不用擔心，憑拉車張的身份，他也不可能輕易靠近執金吾。」

「說得也是，不過……拉車張生性有點兒無法無天，不曉得他會幹出什麼事情。有句話不是說視死如歸嗎，拉車張已經死過一回了，好像什麼都不怕了。」

「他肯定是對那些人恨之入骨吧。」

「那是當然。差點被他們送了命啊。」

「唔，是啊。不管是什麼人，生命都是最重要的吧。要是被人家拿自己的命不當命，不惱火才怪。」

「哎呀，光顧說話了，差點忘了時間，我得回去了……」釣魚張看見日頭偏西，急忙告辭離開了白馬寺。要是再磨蹭一會兒，宵禁一旦開始，他就回不了家了。

送釣魚張出了白馬寺，陳潛在正門旁停住了腳步。支英和年輕僧人支敬正在這裏。

「你們這是要去寺庵？」陳潛問道。

支英的養女景妹養病所住的寺庵裏還住着十幾個女子。由於目下時局動盪，支英讓幾個男子住在庵中，負責她們的安全。

「啊，是啊。近日宵禁，我有點兒擔心那邊。」支英答道。

「今晚我也去借宿一晚如何？好久沒有探望景妹了。」陳潛說道。

這些日子，典軍校尉曹操一直沒有來探望景妹。為曹操引路的陳潛當然也就很長時間沒能去景妹居住的寺庵拜訪。

想去借宿一晚，陳潛隨意說了這一句，卻發現對面的人神色有些尷尬。支英倒是沒有什麼不快的模樣，支敬的臉上卻有些為難的神色。

「怎麼，不行嗎？」半晌沒有回答，陳潛只好又問了一句。

「啊不，沒關係，歡迎歡迎……好了，一起去吧。」支英笑着回答說。

六

從白馬寺到景妹住的寺庵，步行不過十幾分鐘。陳潛提出想去借宿一晚的時候，對方顯出的尷尬神色，讓他有點兒不解。

不愧是經驗豐富的支英，一眼就看出了陳潛的疑惑。三個人來到庵門前的時候，支英笑着說：「你來的話，確實讓我們有點兒為難。」

「那你一開始直接告訴我不就得了，都已經到門口了……好吧，我回去就是。」陳潛有些憤憤不平，他轉身就要往回走。

「別，別，既然已經來了，就不要回去了。」支英趕緊拽住了陳潛的袖子。

「不回去不是會給你們添麻煩嗎？」支英搖了搖頭，說道，「今晚請早些休息。若是怎麼都睡不着的話，只希望你能把晚上看到的事情都給忘了。」

陳潛推開庵門走了進去，心中還是有些不平。

景妹的氣色很好，她的身材略為豐滿，顯出獨有的女性魅力。不過曹操不太喜歡景妹這副模樣，所以很長時間沒有再來登門拜訪。

「今晚會有什麼事嗎？」聊了一會兒家常之後，陳潛如此問道。

「啊，什麼？」景妹側過頭問。

「文英讓我忘記今晚看到的事。」

「哦，是那件事嗎？哈哈哈……」景妹舉袖掩口笑了一會兒，隨即正色道，「這是我們族人為了生存的無奈之舉，也是迫不得已呀。」

「無奈之舉？」

「你看了就知道了。這座寺庵與往日不同，女人很多，男人也有不少。」

「這麼說……」一進寺庵陳潛便注意到了這一點。與往日的寧靜不同，好像有什麼地方活了起來，可以說有一種充滿生氣的感覺。

後世的寺院常常有些居所，供年老的僧侶和尼姑隱居用，一般都建在寺院的附近。這座寺庵差不多也是如此，不過庭院相當寬敞，庵房僅佔其中的一個角落，其餘的地方建了許多倉庫。專門收藏經文和佛具的建築坐落在寺院裏。而庵舍的庭院中則是有些臨時建築，都是用來製作佛具的作業工場。

當時佛教在中土還沒有傳播開來。製作佛像之類的事務還需要靠客居洛陽的月氏族佛教信徒親自動手完成。華香、伎樂、繒蓋、幢幡，諸如此類供奉需要的器具，也得他們自己來做。因此，月氏族人特意從遙遠的西域母國請來專業工匠，將製作的技藝傳授給弟子。

在寺庵的院子中，陳潛看見了一位月氏族的老婦，她是刺繡的名手，擅長繡錦旗。

「可能最近有什麼法事，正給它作準備吧。」陳潛想。

然而景妹雖然說是「事」，卻在後面又加了一個形容詞：無奈。對他們來說，如果是給法事作準備的話，不應該無奈啊。

「到底出了什麼事情？」不管陳潛怎麼問，景妹只是回答說，「到了晚上你就知道了。」

陳潛只好一個人住進了庵舍旁的房間裏。當然，他已經打算好了，不親眼看到發生什麼事，堅決不去睡覺。

夜深了。已是二更時分——也就是現在的晚上十一點鐘——院子裏突然擠滿了軍兵。

從門縫裏看到這一幕，陳潛不禁大吃一驚。如此寬闊的庭院竟然被士兵佔滿了，而且只在院子的角落點着一支小小的火把，簡直就是在避諱什麼的模樣。

陳潛的後背忽然冒出了冷汗。

「亡靈的軍隊……」他的腦中不禁生出這樣的念頭。

院裏至少有兩千人。這樣一支大部隊，居然悄無聲息地出現在這裏，實在是一件令人難以置信的事。

當時的軍隊，為了顯耀聲勢，行軍時經常擂鼓而進。其實不僅後漢末期如此，直到近代為止，喇叭和戰鼓都是行軍打仗必不可少的裝備。

然而眼下這支隊伍卻悄無聲息地來到這裏，既沒有擂鼓，也沒有鳴金。按理說，人馬足有兩千之多，怎麼都該有些不小的動靜才對。這些士兵仿佛從天而降般地出現，一定是有人下令不許發出任何聲響吧。

可這究竟是為什麼？除了偷襲，還有什麼時候需要悄悄行軍？然而此處乃是城西，這支隊伍從西而來，難道是想偷襲洛陽？又是想偷襲哪支人馬？

陳潛的腦海中首先浮現出曹操的身影。曹操身為典軍校尉，手下有數千禁軍人馬。這些人馬只是歸他指揮而已，並非他的直屬親兵。若是埋伏在此處的軍兵驟起偷襲，只怕曹操會落得片甲不留。

該去緊急通報一聲才是，可是城門緊閉，又是宵禁。自己無論如何也去不了曹操那裏。

「都趁現在睡一會兒，離天亮時候還早。」有個將校模樣的男人說，只是聲音並不很大。他在隊伍中來回走動，士兵們本來坐在地上，聽到這話都紛紛躺下睡覺了。

此時正值農曆九月初，露宿野外倒也並不怎麼辛苦。

馬匹的嘶鳴聲——寺庵的外面似乎還有許多馬匹，大概也有車吧。

「可是，總覺得有點兒怪……」陳潛想。

這麼多人馬悄無聲息駐紮在此，必然是得到了白馬寺的默許。從支英的語氣中也能推測出，他知道今晚會有什麼事發生——就是這件事吧。

七

陳潛靠在柱子上，一宿未眠，一直熬到天亮。門縫間漸漸透出光線的時候，外面終於開始有沙沙的響聲。

陳潛又把眼睛湊到門縫上向外張望。士兵們已經都站了起來，列好了隊。

「唔，做得不錯吧。」有一個熟悉的聲音說。聽上去像是白馬寺的男眾之一，和陳潛相熟，年近半百，也是個製旗的好手。

陳潛把眼睛緊貼在門縫上，想要儘可能看得廣闊一點。終於製旗的那個人出現在視野裏。他扛着幾杆大旗，身後還跟着五個僧侶模樣的人。

「辛苦了，辛苦了。」將校慰勞道。

「這是昨晚連夜趕製出來的，手上半點都沒有停過。」製旗人將大旗遞了過去。

「啊，真是漂亮。」將校展開大旗。大紅的旗幟上繡着綠色的圖案，好像是個什麼字，只是剛好被將校的手擋住了，看不清楚。等到手放下來的時候，陳潛終於認出了旗上的字——董。

「董卓的軍隊？可是……」陳潛還是疑惑不解。

據說董卓在陝西、甘肅一帶擁兵二十萬。他的部隊應該是自西而來。不過為了響應何進的召集，董卓馬不停蹄趕到京城，隨身帶來的軍隊並沒有那麼多。

洛陽城中有個禁衛軍團，即所謂西園八校尉，但合起來也不過一個軍團的兵力。董卓若想獨霸京城，必須從西面補充兵力才行。

難道是增援的隊伍到了？

然而若是如此，又為何要在白馬寺中製作戰旗？

那一晚因向董卓軍獻茶，白馬寺與董卓也有了聯繫。那時候陳潛還看到支英與董卓在屋簷下竊竊私語的模樣。難道就是在那時，董卓向白馬寺要求給自己的援軍製旗嗎？

「出發！」將校大聲喊道。大約這時候已經不必再掩人耳目了吧。

昨晚在寺庵庭院中埋伏的兩千軍兵，此刻看來就像換了人似的，個個都精神百倍。

自打離開寺庵開始，他們便擂起戰鼓，吹響了喇叭。

「脫了馬的草鞋，換上鐵靴。」陳潛聽到將校下令的聲音。

在那個時代，為了保護馬蹄，一般民間會給馬匹套上草鞋。而戰馬則是配上鐵靴，用皮繩繫在馬蹄上。給馬蹄釘蹄鐵的做法，要到大約千年之後才開始流行。

難道是從民間徵集了馬匹，套上戰馬用的鐵靴？還是說，先給戰馬穿上草鞋，然後再換上鐵靴？如果是後者的話，那麼穿草鞋的理由又是什麼？——是為了行軍不發出聲響？然後，太陽升起之後，再有聲音也沒有什麼關係了，所以又換上鐵靴？啊不，耳中還能聽到戰鼓之聲。看來不是發出聲音也沒關係，而是要刻意多發聲音營造聲勢吧。

士兵們昨晚也一直都悄聲潛行，大約也和給馬匹套上草鞋一樣的目的。可究竟是什麼目的？

部隊的移動極為隱秘，這一點絕無疑問。然而正是在這一點上，陳潛疑惑不解——他本以為這支人馬是要前去偷襲，然而似乎並非如此。人馬出發之時，鼓聲震天，這怎麼也不是偷襲的模樣。打出新製的纛旗張揚而進，這支人馬一公里之外就能看到了吧。

據《洛陽伽藍記》記載，白馬寺位於洛陽城西門外三里的地方。當時的「一里」是四百多米，總共大約不到一公里半的距離。

忽然門縫一黑，什麼都看不到了。有什麼人走過來擋在了門前。緊接着門外傳來說話的聲音，陳潛這才知道外面的是支英。

「那今晚鄙寺還是恭候大駕。」

「不敢不敢，給貴寺添麻煩了。董將軍也是非常高興，說白馬寺的支英先生若能做將軍的軍師就好了……」

「董公謬讚……殊不敢當啊。」

「先生過謙。洛陽的三千人馬趁夜潛出西門，再於第二日堂堂入城，讓人以為是來了援軍，此等計策，絕非常人能想。」

「那只是無意中想到的……」

「豈止豈止，先生平日也是智慧超群啊。」

光線又一次透過門縫照了進來。陳潛在門縫中看到，支英和董卓軍的將校正要離開。

「原來如此……」陳潛跌坐在地上。

為了讓眾人以為援軍源源不斷趕來洛陽，董卓採納支英的計策，將這座寺庵用作中轉。

客居漢土的月氏族，為了能在動亂的年代生存下去，有時也不得不做一些結交權貴之舉。當然，若是做得太過明顯，會遭人嫉恨，所以這種聯繫必須悄悄地進行。

支英為董卓獻計獻策，建立了聯繫。這種計策本身也不能公之於眾，恰恰適合支英秘而不宣的期望。

陳潛又等了一陣，這才站起身，走出門外。初秋的朝陽灑下明亮溫暖的陽光，陳潛伸手揉了揉自己的眼睛。

這時候恰好支英送走軍兵回來寺庵。他看見陳潛的身影，立刻問道：「聽見什麼了吧？」

看起來，支英故意與將校站在陳潛的房前說話，就是為了讓躲在屋中的陳潛聽到。

「啊，是。」陳潛答道。

「若是有什麼萬一，也會放過白馬寺不燒。和他們約定的就是這個。」支英説道。

無奈之舉。此種無奈之舉一直持續了五天。

失去了主將的何進、何苗兩兄弟的數萬人馬，終於歸順到董卓麾下。——兵士天性喜歡依附強者。

失了大將漂泊無定的軍隊，總是會這樣考慮自己投身的方向。

董卓的援軍接連不斷自西而來，其力量深不可測。世人皆如是想。

八

將何氏兄弟的軍隊收於麾下的董卓，總算感覺鬆了一口氣。

不過單靠這些兵力依然不能為所欲為，還要更多人馬才行。然而洛陽城中已經再沒有如何進兄弟的人馬那般漂泊無着的軍隊了。

這一次落在董卓眼中的是金吾軍。這是最有可能搶到手的人馬。之所以這麼說，是因為執金吾丁原並非實權在握，統領軍隊的人實際上是呂布。

只要得到了呂布，差不多就等於得到了金吾軍。而呂布並非忠義之士，素有「狼將軍」之稱。若是對呂布誘之以利，未必不能使其動心。

董卓派呂布的同鄉去遊說他。

呂布是五原人。五原位於今天的內蒙古自治區，地處包頭市西北，如今那裏仍然還有同名縣。呂布自幼在蒙古族地區長大，部下的士兵也有許多是蒙古族。「弱肉強食」的規律，對於北方的遊牧民族而言，遠比南方的農耕民族理解更加深刻。

力量就是一切。不夠強大就是死路一條，不然也要盡力向強大勢力靠攏。呂布的性格中便有此種北方遊牧民族的特點，這也是他易受引誘的原因。——取丁原首級，攜其部屬投我，騎都尉之職便是你的。此外，我還收你做養子。

假如將曹操所任的西園八校尉比做師長，那麼騎都尉一職便相當於旅長。曹操於二十九歲時（光和六年，即公元一八三年）官拜騎都尉。雖然《三國志》與《後漢書》中都沒有記載呂布的年齡，不過這時候呂布應該還不到三十歲。曹操之父曹嵩曾經官居朝中最尊的三公之位，他的兒子也只在三十歲前後才當上騎都尉。對於鄉野出身的呂布而言，騎都尉本是個高不可攀的職位。

呂布按捺住心中的激動：「怎能如此輕易弒殺主公？」

呂布並非是在拒絕。他若是憤怒叫出了這句話，那才是拒絕吧。可是，呂布只是動動嘴唇說出這話而已。

這番試探讓董卓感覺到事情還有交涉的餘地。

「再來一次看看。呂布若能歸順於我，洛陽城就唾手可得了。」董卓如此想。

正在考慮該加什麼籌碼的時候，呂布提着丁原的首級來了。

「哦，這是……」突如其來的變化讓董卓不禁有些慌張。

「在下前來赴約。」呂布將首級放在董卓面前，深施一禮，「公若不棄，布請拜為義父。」

「唔，」董卓點點頭，隨即問了他最關心的事——「金吾的兵馬，都追隨你來了嗎？」

「那是自然。」

「你殺丁原的時候，有人拔劍而去嗎？」

「一個也沒有。」

「很好很好。丁原的首級無關緊要，金吾人馬能否歸順才是……」董卓終於說出了真心話。

「請容布再說一次，金吾眾將絕無半點騷動。一個兵卒都沒有離隊，全都收在布的麾下。」

「是嗎，很好很好……」至此為止，洛陽城中董卓便已無所畏懼了。袁紹曹操之類，可以慢慢收拾。無論如何，兵力上就有了懸殊的差距——董卓此時已經有了奪取半分天下的感覺。

「殺了主帥丁原，就會失去人心，大半將士恐怕都要離心離德了吧。」呂布遲遲未殺丁原，原因便在於此。

然而一件突發事件消除了呂布的顧慮。

某天晚上，主帥丁原正在設宴款待手下幾個主要的將校，忽然間一個男人走進來。那人身上穿着雜役的衣服。

起初大家都以為這是來收拾宴席的人，恐怕丁原也是這樣以為。武將出身的軍人，喜歡用手直接抓着羊腿之類的肉食大啖，吃完便隨手扔在旁邊。宴席將終之時，雜役就會進來收拾。

不過眼前此人勢頭不對，而且手上也沒有提着裝垃圾的東西——雖然也有人覺得奇怪，然而那男人的行動卻更快一籌。

那男人徑直走到丁原身邊。此時丁原恰好一手抓着羊肉，一手舉着酒杯，兩隻手都空不下來。若是哪怕只空着一隻手，也一定能制住那個男人吧。

雜役打扮的男人雙手握着一把鋒利的匕首，他湊到丁原身邊，一刀捅進了丁原的胸口。

鮮血噴湧而出，濺上白色的帷帳。

「啊……啊……啊……」丁原大叫。

「有刺客！」在場的諸將，全都站了起來，圍住了雜役打扮的男子。男子無路可逃。不過看起來這男子從一開始就沒打算要逃的模樣。

匕首直刺進去，又從丁原的胸部拔了出來。雜役打扮的男子搖搖晃晃起身之時，被旁邊的呂布一把抓住。

「混賬，你在做什麼？」呂布大聲斷喝。

「做，做，做什麼？我要報仇……殺了他！」雜役打扮的男人掙扎着大喊。

呂布手上稍一施力，這個男人頓時昏了過去。

「孬種，沒用的傢伙……」呂布一腳踢上那男人的肩膀。

「不對……這廝好像已經受了重傷。」一個將校看見男子臉上有道新近的傷口。雖說是新傷，卻並非是呂布剛剛弄的，因為呂布並沒有拔刀。

一個懂醫術的人過來查看了一下丁原的傷勢，低聲道：「已經不行了。」

「諸位，怎麼辦？」呂布掃視在場的諸人問。

「大卸八塊！」一個紅臉大漢道。

「大卸八塊也好，扔鍋裏煮了也好，等下再説也不遲。我問的是咱們兄弟的前途。主帥不在了，咱們可就沒有依靠的人了。」在丁原的屍首前，呂布向諸人問起了將來的前途。

「怕什麼，咱們手裏有兵，很快就會有人來遊説咱們加入的吧。」有人如此回答。

「遊説的人早前就有。董卓曾經跟我許諾過，只要拿着丁原的首級去見他，自有榮華富貴可享。」

「真的？」

「嗯，不過董卓若是説話不算怎麼辦？」

「那去投袁紹曹操如何？」

「他們倒是也來遊説過，不過沒有許過咱們一官半職。話説回來，他們也沒有能力許諾官職吧。」

「這樣説來，還是董卓……」話既至此，結論已是呼之欲出了。

此時那個擅闖營帳的男子已然恢復了意識，眾人隨即開始拷問。男子沒有半點掙扎，一五一十地回答眾人的質問。

從男子的回答中得知，此人姓張，早前曾經險些在小平津丟了性命，為了報仇雪恨，特意潛來刺殺執金吾。

「會不會是董卓收買了呂布，指使這人刺殺丁原？」在場諸將中也有人如此懷疑，不過看了呂布和張某的表情便知道兩人毫無關係。

拉車張被當場斬首。斬首之前他已昏迷不醒了。小平津的傷勢本就不輕，再受了眾人的拷打，早已支撐不住了。

「若是讓人知道實際上是這個人殺了丁原，董卓還能給咱們封賞嗎……」有一人慢悠悠地道。

其實此刻在場諸人心中都在琢磨這件事。呂布也正等着這句話。

「這話説得正是。人死不能復生，知道真相的也只有在座諸位。依我看，不如將錯就錯，對外就説是咱們殺了丁原，如此一來董卓也會依約封賞，諸位意下如何？」呂布本來就握有實權，此刻他所提的建議又合情合理，自然無人反對。

於是呂布未丟一兵一卒，便投靠了董卓。自此之後，董卓終於可以在洛陽城中橫行無忌了。

如前所述，他先是廢了愚鈍膽小的少帝劉辯，立聰穎善言的弟弟劉協為帝，隨後便打算動手收拾袁紹。袁紹在洛陽的兵力雖然不及董卓，然而袁家世代三公，在河北地方振臂一呼便可召集十數萬乃至幾十萬的兵力，確實是個潛在的危險對手。

袁紹察知不妙，連夜潛出洛陽。

董卓的目光便落在曹操身上。曹操也越過層層封鎖，逃回東方。此事已如前述。

兩人能夠僥倖逃脫固然也是幸事，然而卻也使得洛陽城中的人馬盡數落入董卓之手。只不過，此時的董卓依然談不上高枕無憂。

作者曰：

講談本《三國演義》中說，應何進之召率兵趕來洛陽的董卓，其身份是西涼刺史。然而實際上董卓是在這一年的四月被任命為并州牧的，只是不能肯定他是否真去赴任。因為此前一年董卓曾有拒絕出任少府的經歷。少府乃是公卿，官位極高，主司宮中的衣錦、寶物、珍膳等諸般事務——但說到底這終究是個虛職，董卓在陝西、甘肅兩省擁兵自重，手下有二十萬大軍，對此虛職自然不屑一顧。

——所將湟中義從及秦胡兵皆詣臣曰：「牢直不畢，稟賜斷絕，妻子飢凍。」牽挽臣車，使不得行。（《後漢書・董卓列傳》）

董卓以此藉口拒絕赴京上任。徵調董卓出任并州牧，當然也是朝廷的意思。董卓在西北地方日漸坐大，朝廷對此也頗為忌諱。

這次的任命，董卓也拒絕了嗎？

若是拒絕了的話，何進徵召之時，董卓便該身在涼州（現在的甘肅省武威）一帶。作者自北京出發，坐了將近四天的火車，方才到達新疆維吾爾自治區的烏魯木齊市；從武威至洛陽，即使是快速列車也要一天半的時間。二世紀時的人馬調動，沒有三十天恐怕是到不了的，更何況何進的密使自洛陽趕來傳令的時間也要計算在內才行。

如此說來，果然還是如《後漢書・董卓列傳》中所載：「於是駐兵河東，以觀時變。」

所謂「以觀時變」，自然是董卓以為天下將亂，須得觀望形勢，趁便而行。正因為如此，他才能火速抵達洛陽。然而他手中只有很少的兵力，二十萬大軍遠在西北，倉促之間不可能徵調來京。但都城情勢緊迫，亟需展示兵力。因此，董卓只有施展謀略，將自己手中的三千人馬於夜間悄悄潛出城外，再於翌日大張旗鼓入城示人。

關於此計，《後漢書》中如是寫道：「洛中無知者。」

確實施展得十分巧妙。

董卓的人馬之中有不少羌族士兵，丁原、呂布等人的部隊裏也有許多蒙古士兵。從這個意義上看，與其說《三國志》是中國式的作品，不如說它是呈現了亞細亞全貌的鴻篇巨著。

在此作品中，既有大漢氛圍，又有水鄉情緒，讀者盡可以陶醉在歷史的雄渾壯闊之中。

鐵騎去白波

一

「認錯人了嗎？」起初陳潛如此想。

同巨鹿城中太平道本部見過的一人實在很像。那人的名字好像叫韓暹。

據說他地位很高，不過不是本部的高官，而是地方上「方」（軍團）的渠帥，偶爾會來本部聯絡事務。因為不是經常見面的人，也許是自己認錯了吧——陳潛本來還在這樣懷疑自己，然而到了第二次照面的時候，便有如此的直覺：「沒有錯。」

看他眨眼時眼角的神色，此人必是韓暹無疑。真是膽大包天。

太平道裏黃巾起事。自漢室的立場看來，黃巾軍便是叛軍，通常只以黃巾賊相稱。而且此時總帥張角、二弟張寶、三弟張梁這些最高首腦早已一個個身首異處了。

當然，張氏兄弟身死，並不意味着黃巾之亂的平定。無論如何，太平道在百姓之中早已根深蒂固，地方各處都還潛藏着不可等閒視之的爆發力。據説在青州（現在的山東）、徐州（現在的江蘇）一帶仍然存在黃巾軍的政權。

非但青州、徐州這樣路途遙遠的地方，有人説就連都城洛陽附近也有黃巾餘黨出沒。據説汾水流域便有黃巾軍的據點。

話雖如此，能在洛陽城中看到黃巾軍中主帥級的人物，也是件令人意外的事。

陳潛回到城外的白馬寺，探望住在白馬寺附近庵舍中休養的景妹，順便説起了這件事：「洛陽城中盡是些無能之輩，光天化日之下，居然能讓叛軍首領自由行走於街頭。」

聽到陳潛這樣説，景妹沉吟道：「難道説，黃巾軍已經走投無路了嗎？連首領都不得不親自出馬了呀……對了，你在哪裏見到那人的？」

「上西門內的木匠場附近。」

「兩次都是？」

「嗯，不過那人倒也沒有如何張揚。」

「是啊，畢竟還是官府通緝的要犯，必須多加小心才是。他沒有注意到你嗎？」

「沒有。在巨鹿的時候，因為他是個大人物，我出於好奇才多看了幾眼。巨鹿那麼多人口，他應該不會記得我的長相。」這樣説着的時候，陳潛的腦中回想起在洛陽城中看見韓暹的情景。

第一次是陳潛把頭巾忘在了木匠場，回去取的時候看見他的。那時候韓暹好像是在打探洛陽的動靜，他沿着木匠場的圍牆走過，後面似乎還跟着幾個隨從。

第二次見到他是在三日後。陳潛正要離開木匠場，一推開門就和他打了一個照面。韓暹彎着腰，裝出一副什麼都不知道的表情，不住眨眼，似乎是說：「我只是路過此地的平民百姓。」

正是這個表情，讓陳潛斷定此人就是韓暹。

「對了，工事何時開始？」景妹換了一個話題。

為了客居洛陽的月氏一族而建立的白馬寺，至今已有一百二十年的歷史。到這時候，漢人中的信徒也終於開始漸漸增加，也出現了一些想要皈依的婦人。

「建尼姑庵吧。」從幾年前開始，月氏族人之中便在討論此事了。

信仰堅定的人們憧憬着能夠建一座尼姑庵，然而務實的人對此卻不甚積極。

客居洛陽的月氏族人，大多是沿着絲綢之路經商的商人及其家小。然而時下正逢亂世，並不適於經商。商隊一方面要武裝自己，另一方面又要時時賄賂當地的權貴，如此才能保證自己的安全。這類事情必然耗費金錢，兼之中土漢人購買力也因動亂下降，收入隨之減少，像新建寺院這般耗資巨大的工程，確實也非當今時事所容許。

不過話雖如此，信仰之聲也不能無視。於是，支英便想出了一個折中的方案——眼下先給皈依佛門的女性修建一座臨時寺廟，等天下太平之後再建富麗堂皇的廟宇。

既然是臨時寺廟，就可以採用現成的材料，如此便能節省不小的經費。支英看中的，乃是洛陽城中傾頹的宮殿。十常侍之亂時，不少宮殿毀於戰火，但其中多少還是剩下了一些斷壁殘垣。只要將這些柱子房樑一類的材料收集起來，修建一座寺廟應該是綽綽有餘的。

支英向洛陽城的實際掌權者董卓提出了此項申請。

董卓的人馬臨近洛陽時，白馬寺曾給將士獻茶，支英向董卓授計，使他能將三千軍隊偽作數萬軍兵。於董卓的霸業而言，白馬寺居功甚偉，董卓自然也對月氏族充滿好意。

「不必搜集那些破爛，直接用新的來建就是。錢的事情你們不用擔心。」董卓如此提議，然而支英堅辭不受。

「浮屠之人，重在節儉。」他只是請董卓將舊材料免費賜給白馬寺。

月氏族人中也有人對支英的行徑不解——既然有位高權重的董卓大人做主籌措新材，自然不會要我們花錢。何況他不也說了不用擔心錢的事情，為何一定要推辭？

對此疑問，支英並無辯解，一笑置之而已。然而陳潛知道支英的想法。

今日的董卓正是橫行無忌之時。廢帝辯為弘農王，立其弟協為天子，又將辯母皇太后何氏毒殺，更將皇太后之母舞陽君暴屍示眾。此外董卓還任「相國」之職。

四百年前，漢高祖一統天下之時，曾任蕭何為相國。自那以後，再無人擔任過此項官職。之所以四百年間再沒有第二個人出任此職，乃是因為相國職權之重，除天子之外，再不做第二人想的緣故。

上朝時依例臣子應當碎步小跑趕至天子面前，此稱為「趨」，然而相國可以不依此例；又，天子面前任何人均不得攜帶武器，然而相國也是例外。

董卓便是如此橫行無忌。然而此種橫行不可能一直持續下去。董卓物慾太重，早已成為洛陽城中人人厭惡的對象。

民心既失，必不久長——支英認定董卓的暴政不會長久，所以刻意同他保持一定的距離。若是與他過從太密，一旦下一任掌權者出現，要肅清董卓餘黨之時，恐怕就要大難臨頭了。

至於建寺用的舊材料，這種程度的賞賜接受下來應該還是在限度之內的吧。

董卓為月氏族人提供了處理廢舊材料的場地，地點就在上西門內的木匠場。尼姑寺的設計圖已然完成，柱子和房樑也都依照圖紙加工成合適的尺寸。雖然都是些廢舊的材料，可經過加工之後，倒也顯出煥然一新的模樣。

經過這幾番周折，木匠場如今已經成了月氏族的工作場所。佛教的建築，漢人本來也插不上手，更何況月氏族的工人們也不願向佛教徒之外的漢人傳授技藝。連陳潛也進不了木匠場的裏面，他能做的只是有時候幫忙清點一下舊材料的數目而已。

「工事何時開始，不會告訴像我這樣的外人啊。」陳潛答道。

二

「還真是不太平啊。黃巾軍的首領竟然潛入了都城……城門不是戒備森嚴的嗎？」景妹怕陳潛覺得自己被當成局外人而心中不快，急忙將話題轉了回來。

「只在出城的時候盤查嚴密，差不多要把全身上下都搜個遍。進城的時候遠沒有那麼嚴格。」

「原來如此，果然是相國的一貫作風，哈哈哈……」景妹笑了起來。

「洛陽城中的一切俱是我囊中之物。」相國董卓便是這樣的想法。不單是洛陽的大街小巷，就連居住於此的人和他們的財物，所有這些都是他的東西，甚至連天子也可以隨意廢立。

「洛陽的東西，一針一線也不可外流。」董卓搖晃着肥滿的身軀道。

「遵命。」手下諸將自然俯首聽命。

「好好看住城門。」董卓下令。

所以說出城的盤查異常嚴格，任誰都帶不出半點東西。

與前漢的都城長安以及後來的唐代時候的長安相比，後漢的都城洛陽規模要稍小一些。漢光武帝的性格就是想要諸事盡在自己掌控之中，都城的建築風格大約也體現出他的此種性格。不過話雖如此，後漢時的洛陽也有南北五十公里、東西二百五十公里的規模，四周則是高高的城牆。

洛陽城的南面有開陽、平、苑、津四門，北面有夏、穀二門，東面有上東、東中、望京三門，西面有人、物兩門，共計十二座城門。

無論是人是物，除了這十二座城門，再無別的通道可以出入。

由於物慾太強，又多少有些孩子氣的地方，所以董卓幾乎想讓人們的呼吸都受他的控制。權勢慾與物慾結合在他身上，產生了近乎變態的獨佔慾。

自從緊閉了十二座城門之後，他便開始了對整個洛陽城的掠奪。

勾結叛黨——以此理由加罪於富豪名門，強行掠奪其財產。

掠來的黃金熔化製成金條，印上「董」字。做到如此程度，他的病態顯露無遺。

董卓只怕財產外流，對於進城的人，幾乎不會盤查身份。反正洛陽城盡在掌握，一有風吹草動就可就地擒拿，董卓以為，沒有逐一盤查的必要。

「話說回來，韓暹此人的手下應該有數萬之眾吧……」陳濳沉吟道。

「會不會都散了？或者，也許都駐紮在白波谷吧。」景妹道。

黃巾餘部還有相當數量，據說集結於汾水流域的白波谷，也就是現在山西省南部汾城東南方向的谷地。此處地勢險要，正適合作為據點；但也正因這裏是險峻之地，要想維持一支大部隊的給養也是一件難事。

起初黃巾餘部還可以從附近住民處徵用補給，但因盤剝太烈，附近住民難以為繼，種地的百姓紛紛離鄉逃難，再也徵不到足夠的糧食。如此一來，身為首領，韓暹的第一要務便是想辦法籌措糧草。

然而來洛陽城籌措糧草，可說是來錯了地方。權傾一時的相國董卓牢牢掌控着整個洛陽，連一根繡花針都惜之如命。

「也許是他不想幹了，隻身離去……」陳濳如此推測。就在這時，從庭院處傳來一陣可愛的叫喊聲。

「姐姐——」一個六七歲的小男孩站在那裏。

不是附近的孩子，因為衣着打扮與眾不同。他身上穿着毛皮背心，袖口繡着鮮豔的紅綢。

「哎……馬上過來，豹兒。」景妹一邊笑着一邊應道。

「誰家的孩子？」陳濳問。

「是匈奴的王子哦。」

「啊，是那個龍門的……」

「是的。經常被家臣帶來這裏。這幾天我一直陪他玩耍，他很開心……今日又來了。他一個人怪可憐的，只有我陪他玩了。」景妹一邊說一邊站起身。

「身體沒什麼不適了吧？」

「嗯，好多了。而且也需要和匈奴人搞好關係的呀……」

景妹穿上鞋子，走去了庭院。

「是嗎……」陳潛低低自語了一句。

月氏族人必須和所有人搞好關係，這是他們的宿命。就連正在養病的景妹也深知自己的使命。匈奴是蒙古血統的遊牧民族，後漢時候分裂成南匈奴和北匈奴。南匈奴臣屬於後漢，棲息在西河的美稷一帶，也就是今天的山西省離石縣。這些遊牧民之所以來到漢朝都城附近，乃是因為家族糾紛的緣故。匈奴王被稱做「單于」。單于之下有左賢王和右賢王輔佐。

中平四年（公元一八七年），中山太守張純造反，勾結鮮卑族劫掠漢土，於是朝廷向南匈奴下詔——配幽州牧劉虞討叛。

當時的單于奉詔命左賢王率騎兵奔赴幽州，而且不斷派兵增援。然而此舉卻引發了南匈奴族人的不滿——單于太過好戰，如此下去，我族子弟恐怕將要盡數充軍了。於是十餘萬民眾揭竿而起，攻殺單于。

於是右賢王於扶羅自立為單于。

然而於扶羅本是被殺的單于之子，造反的族人懼怕他報復，便又擁立了須卜骨為單于。

也就是說，至此南匈奴出現了兩位單于，而大部分民眾承認的是須卜骨。

於扶羅只有率領自己的數千騎兵南下。

南匈奴的宗主國乃是後漢。——覲見漢帝，以求正名。於扶羅來到洛陽，想向天子面陳經過。此時正是中平六年。於扶羅想見靈帝，卻遇上了靈帝駕崩的事，之後又發生了十常侍之亂，後來便是董卓入京，廢立天子。

南匈奴的單于究竟哪個才是正統，此時誰都無暇顧及。於扶羅不得不帶着部下的數千騎兵浪跡於洛陽城周圍。

說不定哪天天子會下詔召見，所以不能離洛陽城太遠，於是於扶羅便在龍門附近屯兵駐紮。然而從董卓入京後的情況來看，想蒙天子召見，多半已是希望渺茫。當下於扶羅最頭疼的乃是部下的伙食問題。這樣一支非生產性的大部隊要想生存下去，唯一的出路只有掠奪一途。

來景妹這裏玩的正是於扶羅的兒子豹。

景妹拿了一個球，和年幼的匈奴王子玩了起來。從她的神情動作中看不出半點是為了遵照月氏族的方針而故意做出來的模樣，倒像是處於憐愛幼童的天性一般。

「這就是佛教吧……」陳潛從白馬寺的僧眾處聽來的佛教真髓，全都凝縮在眼前與匈奴王子豹玩耍的景妹身上。

不知為何，陳潛的眼睛有些濕潤。身居巴地的少容那久違了的美麗身影，隱約浮現在朦朧的淚眼之中。真是久違了……

三

依照設計圖紙將舊木材切割成適當的長度，再經過木工處理，給連接處加上榫卯，同時又在白馬寺寺庵的庭院裏打好一根根基石。只等木匠場翻新的木材運來，便可以輕鬆搭建尼姑庵了。

然後便到了搬運的日子。

儘管原則上不許外流一草一木，但有董卓的許可自然另當別論。白馬寺搬運木材一事，當然是有董卓的許可。

白馬寺準備了三輛大車。恐怕三輛大車也不夠用。畢竟木材堆積如山。當然，木匠場中究竟有多少木材，「外人」陳潛無從知曉。

支英又向董卓借來戰馬。將馬拴上大車，後面再跟上十幾個人。

「你也跟着來吧。」支英招呼陳潛道。於是陳潛也加入了押送大車的隊伍。

每當支英招呼自己的時候，必然會有所收穫。而且得到的這些知識，對於日後自己回到巴地，將五斗米道傳於亂世之時，多少都會有所助益的吧。

洛陽城中街頭巷尾議論不斷。

「討董卓！」人人都在交頭接耳，說此句口號正在山東一帶傳揚。

這種話當然不能大聲張揚。若是被董卓手下聽到，恐怕會被當場下獄，弄不好還要落得身首異處的下場。

這裏所說的山東並不是今天的行政區劃山東省，而是指太行山脈以東地區，大多泛指都城的東方。

據說反董卓的聯軍勢力極盛。當然，這也可能是人們一相情願的臆測。

無論如何，董卓做得實在過分，不單是財物，就連他人的妻子女兒，只要稍有姿色，便不問貴賤佔為己有。「若是有人能夠早日誅滅此賊就好了……」每個人的內心深處都這樣暗暗祈禱。

貨車的車輪在道路的坑窪中顛簸，發出很大的聲響。伴着嘈雜聲，陳潛與支英說起了反董卓聯軍的事。

雖然那個年代沒有報紙，董卓又對外界的消息嚴密封鎖，但洛陽城外的動靜還是能傳到城中住民的耳朵裏。

「能不能齊心合力，這是一個問題啊。」陳潛說道。

反對董卓的人有很多。洛陽城中的人在董卓的恐怖統治下固然束手無策，但身在城外的人卻可舉兵征討。

後漢社會從二百年前的創建期開始，便一直處於地方豪族林立的狀態。即使始祖光武帝的即位，也只是相當於坐上各地豪族盟主位置的感覺。

不過儘管中央政府權力不強，但因為地方諸侯都是各自為政，無法結成足以對抗朝廷的力量。可以說後漢的王朝就是在這種平衡中建立起來的。然而經過與黃巾軍的戰事，地方諸侯的武力得以強化。若是能將各地分散的兵力集中到一起，也許便可以把董卓趕出洛陽了。這便是諸侯討董卓的要點所在，陳潛如是說。支英點頭贊同。

「不管怎麼說，如今似乎已經集結在一起了。」支英說道。

月氏族人有自己的情報網，支英不會說沒有根據的話。

「我，我……」佔山為王般的各地諸侯之中，一旦問起誰來統領全局，一個個都會爭着如此回答。不過此刻彷佛已經推選出領軍人物了。

「盟主已經選定了嗎？」陳潛問。
支英點點頭。
「誰？」
「你不妨猜猜看。」支英笑道。
「渤海袁紹？」
「正是。」
「冀州的韓馥能服他嗎？」韓馥素來固執己見，天下無人不知，是個典型的土匪般的人物。
「他的部下有個了不起的人物，名字叫劉子惠，我聽說……」根據支英的描述，劉子惠如此向主公進言——兵者凶事，不可為首。今宜往視他州，有發動者，然後和之。冀州於他州不為弱也，他人功未有在冀州之右者也。（《三國志．魏書．武帝紀》）言之有理。韓馥接受了劉子惠的意見，將討董聯軍的盟主之位讓於袁紹。
各地諸侯之所以集結在一起，起因乃是在京城輔佐天子的三公發出的密詔。——見逼迫，無以自救，企望義兵，解國患難。（《三國志．魏書．武帝紀》）
其實這份密詔並非出自洛陽的三公。洛陽城戒備森嚴，連一草一木都流不出去，更何況傳密詔這種極度危險的事情。
這份密詔乃是東郡太守橋瑁私自編造、送往各地的。雖然是偽造的密詔，不過也確實寫出了洛陽三公的心情。

偽造的密詔終於讓各地的諸侯聯合在一起，至於盟主之位這一最大的難題，也因為劉子惠的勸說，以韓馥讓步於袁紹而得到解決。

「這是東西決戰啊。」陳潛長歎了一口氣。戰爭中最大的受害者，其實是與權力之爭毫無關係的百姓。

「哪裏，只不過是戰爭的緒端而已。這一次的戰爭……大概會持續很久吧。」支英仰天望去。

「兵力支撐得了嗎？」

「軍隊這東西，要多少有多少吧……好像要下雨了呀。」

這一年從六月開始直到九月，雨幾乎沒有停過。何進殺宦官、皇帝兄弟落難出逃、董卓入住京城，所有的一切都發生在淅淅瀝瀝的霖雨背景之中。舊曆九月正是最需要日照的時候，然而眼下這一收穫的關鍵時期卻總是秋雨連綿，這差不多可以説是天下凶年的惡兆了。連吃飯都沒有着落的人們，最簡單的生存之路便是參軍。凶作之年，徵兵最為容易。

「曹操那邊的消息呢？」提到曹操這個名字之前，陳潛悄悄打量了一下四周。

「好像已經募集了五千人馬……」齒輪嘎吱作響，拉車的戰馬停住了腳步。

一行人已經來到了城門處。支英從懷裏拿出通行許可，不緊不慢地向守城的士兵走去。

「這是董大人親筆寫的許可。」支英將書狀打開給士兵查驗。

「啊，原來是白馬寺的……好，請……」將校恭敬地說。

一行人未受檢查便通過了上西門。

四

出了上西門，便是城外了。

這話說得好像有些多餘，不過三百年後的北魏太和年間，洛陽城本來的城牆外面又建起了一道城牆，因此自北魏之後，出了上西門（後改名為昌闔門）依然是在城內。

後漢三國時代，白馬寺是在城外，但到了北魏時候卻變成了城內。

出上西門不遠，有條叫做穀水的河從此流過。據說，後漢時候的洛陽以此為護城河。

走過穀水橋。到這裏才終於有了出城的感覺。解脫之感——洛陽城中，董卓的壓迫如此苛刻，甚至讓人感到窒息。一行人中傳出了歌聲——

百川東到海，何時復西歸。少壯不努力，老大徒傷悲。

「大家好像都鬆了口氣啊！」陳潛說道。

「政治也好權力也好，明明都是些毫無關係的人……可只要待在城裏，誰都喘不上氣啊。」支英搖頭歎息。

他是考慮到董卓也有奪取天下的可能，這才為了月氏族人為董卓出謀劃策。也因為他有功於董卓，這時候才能順利通過城門。

但是，已經不能再對董卓有所期望了——對於此刻支英的神情，陳潛心中做了如此解釋。

過了穀水，一行人便轉向北面的白馬寺，走到西北兩個方向的岔路口上，忽然從旁邊的草叢裏擁出一群拿着兵器的男人。

「啊！」牽馬走在最前面的人大聲驚叫。

從左右擁出的足有百餘人，全都用黃色包巾裹着頭。黃巾軍——如此眾多的叛軍竟然敢在光天化日之下出現在緊鄰都城城門不遠的地方，簡直可以說是膽大包天了。

「啊，韓暹……」不知從哪裏出來了三個騎馬的男子，橫在裝載着木材的貨車前。當中一人正是韓暹。

「想活命就把這三輛大車留下！」韓暹叫道。

其餘兩匹馬上的二人，一個手裏拿着槍，另一個蓄着鬍鬚的男子腋下夾着長柄大斧。木材押送的隊伍一共只有十幾人，而且都沒有武裝。

「貧僧這廂有禮了……」支英上前一步，雙手合十施了一禮。

「少廢話，你留不留車？」

「只得如此。」

「唔，倒算是識時務。」

「話雖如此，我們運的只不過是些木材……將軍想要的只是這三匹戰馬吧？若是如此，戰馬就請施主牽去，我們自行把車拖走。」

「不行，馬和車我都要。」

「可這些木材是些用過的舊木材，只是經過了一些加工而已，都是些不值錢的東西。」支英稍稍顯出困惑之色。

陳潛也有同樣的疑問。雖說拉車的戰馬是從相國董卓處借的，但也並非什麼名馬。陳潛對於相馬是個外行，不過也能看出這三匹都是腿短的劣馬。為了這三匹劣馬，至於出動百人以上全副武裝的士兵嗎？黃巾軍的做法真讓人捉摸不透。更何況運送的貨物都是些近似破爛的舊材料，只是做了一些翻新的處理而已。為了這點東西，有必要讓韓暹這樣的首領親自出馬嗎？

「嘿嘿，我要的就是這些用過的材料，」騎在馬上的韓暹說道，「這些木頭不都是用來做宮殿柱子的嗎？都過了一二百年了，相當乾燥，馬上就能用的吧。」

「應該是吧……將軍是要在山上築城搭寨嗎？」

「哈哈哈……築城搭寨，有的是沒用過的木頭。咱們要造的是宮殿。在白波谷造個金碧輝煌的大宮殿。哈哈……」韓暹放聲大笑。

「是在白波谷嗎？」支英微微皺眉問道。

「別說廢話了！」韓暹噴着唾沫大聲喝道，「還不快給我動手！」聽到他這一聲喊，白馬寺的十幾個男丁慌慌張張從大車旁邊跑開，躲到了路邊。

只有牽着第三匹馬韁繩的男丁左右張望，不知該如何是好。衝過來的黃巾軍男子喝了一聲「滾」，一把將他推了一個跟頭。百餘號黃巾軍一起從草叢中躥出來，將三輛馬車團團圍住。

「嗷——嗷——嗷——」黃巾軍高舉手中的兵器，放聲高呼勝利。

「走！」一直等到歡呼的聲音消失，韓暹方才吼了一句。

駕！揚鞭驅趕馬車的聲響，連同着車輪碾壓沙子的聲音一起，慢慢消逝在道路的遠方——

五

就在此時。穀水另一側，在一座不高的小山腳下揚起了沙塵。

騎兵隊。隊伍中旗幟飄揚。看起來足有數千人之多。

「真是愚蠢啊……如此大聲張揚，不是引起官軍的注意嗎？韓暹也太有點兒得意忘形了吧。」

陳潛心中倒有些偏向黃巾軍。同是道教的團體，他自己也曾經滯留過太平道的本部，於黃巾軍也算是一種緣分吧。況且現在被搶的不過是些翻新的舊木材而已，沒有大動肝火的必要。

反而是官軍——也就是董卓軍，實在令人厭惡。

官軍既然出現，而且數量遠多於黃巾軍，又是清一色的騎兵——來自白波谷的韓暹等人，無論如何都沒有勝算。

要麼逃走，要麼被殺，總之免不了落荒而逃的下場。雖說如此一來這些舊木材又可以交還給白馬寺，然而陳潛心中卻沒有半點喜悅之情。

沙塵漸散，此時騎兵已將白馬寺的眾人和黃巾軍團團圍住，但也並非是完全包圍，倘若從後面突圍，未必不能逃脱。不過能夠逃走的或許只有韓暹三個騎馬的首領而已，其餘的都是徒步，無論如何也逃不過對面的騎兵。況且韓暹也並不想逃。

「不好！啊——呀。」韓暹低低歎了一聲。

黃巾軍為了百姓揭竿而起，自稱「義軍」。義軍的首領，又豈有捨棄部下自己逃生的道理。

「豬公！」馬上的韓暹惡狠狠罵了一句。

所謂豬公，是給彪肥體胖的董卓起的綽號。若是在都城說起這個詞，一旦傳到差人的耳朵裏，必定會招來殺身之禍。

「不對，好像不是董卓的官軍……旗號好像不一樣……」支英伸手指着說。

「你是說，對面並非豬公的軍隊？」韓暹坐在馬上，探身問道。

沙塵之中旗幟招展。旗上畫的好像是馬。

「哦，文馬……」韓暹自語道。

文馬指的是畫有馬匹圖案的布，當時臣屬漢朝的南匈奴經常用它作為旗幟。黃巾軍也知道，南匈奴的單于於扶羅為了爭奪正統滯留京城求見天子，只因董卓不予理睬，不得不率領部下在洛陽城外遊蕩。

韓暹催馬一個人來到匈奴軍面前，大聲斷喝。

「於扶羅大人何在？我等是白波谷的黃巾軍，同大人並無過節，為何要將我軍包圍？」這時候匈奴軍的左右也揚起了沙塵，隊伍轉成圓形，自隊伍的前面驅出十騎戰馬。

文馬的大旗迎風飄揚。十騎之中又驅出一名武將，身穿玄端紅色絮衣，頭戴朱紅色盔甲，他來到距離韓暹面前十米左右的地方，勒住了馬。

所謂玄端，乃是當時的一種黑色禮服，多在上朝或祭祀時穿着；而絮衣則是以結實的麻布製成，一般刀箭無法刺透，是可兼做鎧甲的衣服。

「我便是單于於扶羅。」來將通名道。

他將紅色絮衣右臂的袖子脫掉，儼然漢朝的武將作風。雖說是匈奴一族，此時的南匈奴基本上都已經漢化了，尤其是軍人的服裝更是如此。他們拿着漢朝的俸祿，自然也該依漢朝的習慣。

「我們無意與黃巾軍為敵。」於扶羅繼續說道。

「既然如此，那就請讓一條路吧。」韓暹的臉漲得通紅，大聲喝道。兩人相隔不過十幾米，本不用喊得如此大聲。

「且慢，且慢……」於扶羅也不肯示弱般地大聲喝了回去。

「人馬既出，便沒有輕易退兵的道理。若是留下這三輛馬車，我軍倒可以考慮考慮。」

「馬車上裝的是些舊木頭，只是經過了一些加工而已，都是些不值錢的東西……」韓暹把剛才支英對自己說過的話說給了於扶羅。

「舊木頭也沒關係。難得來到這裏，豈有空手而回的道理。」於扶羅邊笑邊說。

「你是要欺我軍勢單，想以強淩弱不成？」

「你不也是欺搬運之人勢單，以強淩弱的嗎？我們在山腳下的時候都看見了。」被於扶羅這麼一說，韓暹頓時啞口無言。他支吾了半晌，終於又大聲說道：「要是在這裏空手而回，豈不是墮了黃巾軍的名聲。哪怕戰到刀斷弓折，也要拚死力戰到底。就算我等於此全軍覆沒，我們還有友軍十萬，他們終會找到你於扶羅的乞食軍，給我們報仇雪恨。」

「友軍十萬嗎？呵呵，我倒是聽說白波谷的人口不過兩萬而已。好了，閒話少說，且讓我領教領教你的本事吧。」於扶羅如此應道，隨即喚了一聲，「豹兒，上前來。」

一個白鬚老將從十餘騎縱馬出來。他的身前載着一名少年，那少年七八歲的模樣，眼睛溜圓，是個圓臉的男孩。

「啊，這孩子是……」陳灊一眼認出他就是在白馬寺庵舍裏與景妹一起玩耍的那個孩子。

「豹兒，打你出生以來，還沒見過真正的戰鬥。今天就讓你開開眼界，見識見識匈奴鐵騎是如何作戰的。」於扶羅說道。

「是，我一定認真看。」豹兒用稚氣的聲音答道。

於扶羅右手的鋼鞭高高舉起。鞭子一抽下去，便意味着戰事的開始。

六

「且慢，且慢……」白馬寺的支英雙手合十，趕到韓暹和於扶羅父子中間。

「哦，你有什麼事？看來你是月氏族的人？」於扶羅將手臂在空中畫了個大圈，然後放了下來。這是取消作戰的信號。

月氏族人長着藍色的眼睛，褐色的頭髮，很容易同漢人區分出來。

四百年前，匈奴和月氏族乃是仇敵。月氏族在與匈奴的戰鬥中落敗，逃到西面。漢武帝為打擊匈奴，想與月氏族聯合，自東西兩面夾擊匈奴，於是派遣張騫出使月氏族。只是這時的月氏族已在中亞富饒的綠洲定居，對匈奴全然沒有了敵意。

月氏與匈奴的戰爭過去了三百年，兩者之間已經沒有了怨恨。而且雙方都是塞外的民族，說他們彼此之間反而生出一種親切感也不為過。

「我是白馬寺月氏族的支英。我們月氏族人信奉佛教，不想看見爭鬥殺戮。現在若是因為我們的貨物引發紛爭，實在讓我們於心不安。無論如何，請各位不要動手。」支英跪在地上，雙手合十說道。

「那你說該怎麼辦？」韓暹問。

「這三輛馬車本來是我們白馬寺的東西，現在當然不歸我們所有了，但作為佛家的弟子，如果這些馬車成了爭鬥的根源，我就不得不說上一句話了。黃巾軍和單于大人，你們一起分了這三輛馬車吧。這裏的黃巾軍雖然人數不多，但是白波谷尚有數萬的民眾。我看，把其中兩輛馬車分與黃巾軍，剩下一輛分與單于，兩位意下如何？」支英說到此處，輪流打量韓暹和於扶羅。

兩個人在馬鞍上陷入了沉思。

在此斬殺黃巾軍，然後等着黃巾友軍復仇？就算能在此處全殲黃巾軍，過後再受報復也沒關係嗎？其實雙方都想避免流血。兩邊都想有個台階好下。

支英來到兩人中間，提出這樣的分配方案，不正給了雙方一個台階嗎？

恰在此時，外面又來了一匹馬，騎在馬上的人頭上裹着白巾，白巾隨風飄揚。

他從匈奴軍包圍圈的空隙中闖了進來。

「急報，急報！」這人直奔到韓暹和於扶羅的面前，方才將馬勒在韓暹的身後。

陳潛記得自己見過這個男子，他是白馬寺中的漢人。

「皇太后的殯葬隊要由此處經過，隊伍就要從皇宮出發了。」男子跳下馬，一邊大口喘氣，一邊說道。

他所說的皇太后，指的是已經駕崩的靈帝的皇后何氏，也就是廢帝劉辯的母親。

太后蹴迫永樂宮，至令憂死，逆婦姑之禮。——董卓以此理由毒殺了何太后。

何太后與婆婆董太后一直關係不和，董太后終於在前一年憂鬱而死。董太后之侄董重與何皇后的兄長何進爭權奪勢，何進偷襲董重迫其自殺，董太后得知此事後一直悲傷不已，最後更是憂鬱而死。

——民間歸咎何氏。（《後漢書．皇后紀》）

如《後漢書》所寫，世人都很同情董太后，責難何皇后。

董卓毒殺何氏，便是想偽裝成正義的化身。如此既可以賺取世人的同情，也可以將何進的餘黨一網打盡。然而這一次世人卻又開始同情起何太后，董卓的名望愈發低落。

董卓雖然向來不太看重人心向背，這一次卻也難得說了一句：「合葬文昭陵。」

何太后死於九月三日，入殮後又在宮中放了很久，世人都以為何太后的屍首會被草草埋葬。可是不知董卓究竟出於何種目的，忽然下令將其與靈帝合葬。

何皇后之前，靈帝還有一位宋皇后，因受讒言誣陷被廢，死在暴室（宮女的監牢）中。她的屍首一直被棄之不顧，是宦官憐其可哀，共同出錢把她埋葬在宋家的墳地。後來雖然洗清了宋氏的罪名，卻也終於沒有改葬。

而這一次的何皇后，儘管是獲罪而亡，卻被合葬在先帝的陵墓中。

安葬靈帝的文昭陵坐落於洛陽城外西北約十公里的地方。何皇后的靈柩既然要運去那裏，必定會有大批人馬跟隨。

因為是與先帝合葬，所以必須依皇后之禮節而行。皇后的靈柩須由三百名宮女拉曳，這是從後漢成立之初便定下的規矩。靈柩之後也要有數千人送葬。此外還須有無數士兵隨行護衛。

在這種時候，若是還要再為這三輛馬車混戰一場，結果會很危險。如果葬儀的隊伍即將從皇宮出發，那麼護衛的部隊此刻恐怕已經上路了。

「結盟如何？」突然之間，於扶羅拋出了這句話。

或許並不突然吧。何太后下葬的消息大約只是個契機，於扶羅在此之前就已經拿定主意了吧。

七

於扶羅所說的「結盟」，並不只是分了這幾車木頭這麼簡單。

「我們這三千五百鐵騎自西河長途跋涉而來，卻受董卓這廝的輕視，別說是朝拜天子，就連洛陽城都不讓我們進，我們已經等得煩了。既然如此，還不如靠武力遂願的好。我想與你們黃巾軍結盟，讓天下看看誰才是匈奴正統。」於扶羅如此說道。

「求之不得。」韓暹答道。

白波谷的兩萬黃巾軍自身也並不安定，隨時會遭官軍的討伐。唯一可以依靠的只有武力。

三千五百。數量雖然不多，但這些都是在朔北大漠鍛煉出來的精銳騎兵，看起來很有實力。

「白波谷的其他將軍不知有何想法？」支英問道。

「白波谷還有胡才、李樂這些人，不過都是我的副將。我的意思就是白波谷的意思。」韓暹挺胸答道。

「既然如此，西面有一座無人的寺廟，諸位可以在那裏歃血為盟……不過我等本是浮屠信者，不便擔任結盟的主持……」支英回頭望着陳潛，「此事只有勞煩陳潛先生了。」

中國古代結盟，要殺牛歃血，立誓永不棄約。支英是佛教徒，戒律上不允許沾染血腥之事。而陳潛只是白馬寺的門客，並非佛家弟子，所以支英請他主持盟約。

三千五百匈奴鐵騎，百十餘黃巾軍，再加上白馬寺的一行十幾人，急匆匆趕到支英所說的寺廟。時間緊迫，董卓軍的送葬隊伍恐怕已經從洛陽城出發了。

匈奴士兵殺了一頭牛，把牛頭拿到廟內供上。韓暹和於扶羅相對而立。主盟的陳潛手拿小刀切下牛的左耳。他的手微微抖動，將牛耳上的血滴了幾滴到下面的盤子裏。歃血只是個形式，不需要太多的牛血。

「請以年齡為序。」陳潛說道。結盟的時候如何排序總是會爭吵不休，不過依照年齡排序一般都沒什麼異議。

「那麼我先來。」韓暹啜了一口盤中的血。

陳潛接過盤子，又遞給於扶羅。於扶羅也啜了一口剩下的血。於是陳潛手攥牛的左耳，低聲吟誦誓言：「白波谷統帥韓暹，南匈奴單于於扶羅，對天盟誓結為兄弟。旗下各眾，皆為兄弟。既為兄弟，必將同心協力，共舉大義。若有背信棄義之舉，人神共戮……」

廟門大敞，外面三千六百多人都在注視着結盟的儀式。儀式結束。陳潛將牛耳放回桌案上。

這類結盟的儀式在古代很是盛行，當然細節上多少有些差異。主持結盟的人，被稱為「執牛耳」。這句話也傳到了日本，所以人們會將獲得領導地位的人稱為「執牛耳」。

從廟裏出來，於扶羅立刻跨上戰馬，放聲大呼：「將備馬借給黃巾兄弟，咱們這就出發！不回龍門了，去白波谷！」

陳潛跟隨於扶羅和韓暹從廟裏出來。他看見摟着皮球的豹兒站在門邊。

「這個球很不錯呀。」陳潛道。

豹兒看了看陳潛，隨即露出一副他還記得陳潛的表情。開始的時候還板着臉，過了一會兒便露出了笑容。

「姐姐給我的。」他説。

「是嗎，真可愛啊。」陳潛情不自禁地伸出手，想要撫摩豹兒戴着氈帽的腦袋，但是立刻又縮了回去。他看到自己手上還留着切牛耳時沾上的血。結盟的匈奴與黃巾軍西奔而去，捲起滿地黃沙。三輛馬車也被他們帶走了。

「終於走了啊。」陳潛向支英説道。

支英一動不動，目送兩軍離去，仿佛直到陳潛和他説話才終於回過神似的。

「合二為一，也就變大變強了啊。總有一天，東方的諸將大約也會如此的吧。」

「被帶走了呀。」

「啊？」支英好像一下子沒有反應過來，稍稍怔了一下，「啊，是説木頭啊……」他説着笑了起來。

「只是些不值錢的木材，為何臉色都有些不對呢？」陳潛問道。

「唔……」支英微微一笑，換了一個話題，「董公為什麼要將何太后與先帝合葬，你知道嗎？」

「不知道，董公本來不是這樣的人啊。」

「他是為了盜取在文昭陵裏陪葬的金銀珠寶。」

「什麼……」陳潛驚得目瞪口呆。

然而董卓本來就有着近乎變態的佔有慾，這種推測也是合情合理的吧。啊不，不如說，董卓若是沒有這樣的想法，才是不合情理的。

據記載，靈帝的文昭陵是個方形的陵墓，長三百步，也就是四百米以上，高約十二丈，也就是二十七米。靈帝的靈柩入葬之時，有許多財寶陪葬，最後蓋上封土。若是與何氏合葬的話，必然要將封土除去，打開陵墓。在這時候取出裏面的財寶，可以說是易如反掌。

八

各地群盜猖獗。

皇帝駕崩，繼位的皇帝被權臣恣意廢立。太后先被軟禁，後遭鴆殺。異變接連不斷，又加之大雨連綿，顆粒無收。

如此不安之年，又怎麼會有太平之日？

「先生可以去趟陳留嗎？」白馬寺的支英拜託陳潛道。

陳留位於洛陽的東側，也就是今天的河南開封一帶。據說從洛陽逃走的曹操，已經在那裏集結了五千人馬。

以橋瑁偽造的密函為契機，各地諸侯逐漸聯合起來。在諸侯的聯軍中佔據怎樣的地位，取決於各自的兵力。召集人馬是一方面，另一方面也必須增強人馬的戰鬥力。由此又需要有優良的兵器、充裕的軍糧，當然也不能少了士兵的軍餉。這些都是些耗費錢糧的事。

「是送東西吧？」陳潛問道。

支英點頭。

「到處都是盜匪啊。」陳潛說着，向窗外望去。

對面的倉庫大門緊閉。那裏面堆着由董卓處領來的木材。

何太后下葬當日被匈奴和黃巾軍奪走的木材，只不過是受領木材中的一部分。整個木材加起來一共裝了十五輛馬車，白波谷劫去的只是其中三輛。剩下的十二輛已於當日從廣陽門出城，安全送抵了白馬寺。

尼姑庵目前還是鋪設基石的階段，還沒到用木頭的時候。

「盜匪也有不想出手的時候啊，有些東西太麻煩，又不值錢，搶了也沒意思。」

「木材是嗎？」

「哈哈，果然明察秋毫啊。」

「洛陽陶固來了這許多次，我總該注意到了。」陶固是洛陽城內首屈一指的大富翁，近日卻不斷出入白馬寺。每次只有在他來的時候，倉庫的大門才會臨時打開。

「不愧是陳潛先生……」

「上西門裏的木匠場不讓我進啊……說是要保守建造寺院的秘密，不過看起來並非如此啊……是把木材掏空了吧？」

「哈哈哈，確實如此。」洛陽城門的盤查相當嚴格，但凡值錢的東西，半點都拿不出去。而且，有着病態佔有慾的董卓已經將斂財的魔手伸進了富戶家裏。這些富豪只能眼睜睜看着自己的財產被董卓掠走，卻找不到轉移出城的辦法。

不過，凡事皆有例外。董卓親令的時候。白馬寺受領木材，便是董卓的親令。不受盤查便能搬出城外的機會，支英這樣的人怎麼可能不加利用？哪怕只是極小的一部分也是好的。掏空木材，將裏面裝上珠寶。當然，為了掩人耳目，外面還要封上蓋子。這種方法雖然裝不了太大的東西，至少像黃金白銀珠寶之類的小東西還是可以裝上不少的。

許多人都想把財寶運出城外。客戶太多，白馬寺自然要嚴加篩選。第一要求便是要能守口如瓶。另外，白馬寺的支英當然也會提出附加條件。

「寺裏能得多少？」陳潛只問了這一句，支英便明白了他的意思，苦笑着說，「三成。」

「唔，真是不少啊。」

「放在洛陽城裏，可就連一成都剩不下了。」

「就是拿寺裏的分成做誘餌，引誘了白波谷的黃巾軍嗎？」陳潛道。

據說白波谷的黃巾軍數以萬計，而且臨近都城，是不可忽視的勢力。作為白馬寺而言，無論如何都要設法與這樣的勢力搭上關係。

獻金——這未免太過輕易了。與其如此，不如將財寶的所在和運送的消息密報給他們，讓他們自己過來搶奪。這樣一來，就會給對方留下深刻的印象，而且也使黃巾軍與密報者之間產生同舟共濟般的親密感。

前幾日的事件，大約便是支英一手導演的獻金遊戲吧。

因為事先得到了密報，韓暹才會親自潛入洛陽城內探查消息，而且一直在木匠場周圍徘徊。
「看起來我真是瞞不過你啊。」支英的這句話，無疑是肯定了陳潛提出的疑問。
「哪裏哪裏，我也是事後才明白……對了，匈奴軍又是怎麼回事？」
「於扶羅的事，是景妹想出來的。那個叫豹兒的孩子來玩的時候，她想起要追加一封密函。浮屠本就有四海同胞的教義。我們也一直想與匈奴取得聯繫。於扶羅身處異鄉，帶着大軍四處徘徊，此時的幫助更能讓他們銘記於心吧。」
「黃巾軍和匈奴既然結盟，日後談論這件事的時候，不會覺察出異樣嗎？」
「不會不會。韓暹是我暗中聯繫的，於扶羅是景妹去見的。聯絡完全不同……」
「何時去陳留？」陳潛問道。
「越快越好。最好馬上動身……局勢動盪，早一刻也是好的。但是不能用馬拉車，要用人拉，多帶些人，輪流換班。」
「用人拉車，恐怕很晚才能到達。」
「用馬拉會引起盜匪的注意啊。雖然沒什麼人會對笨重的木材感興趣，但是馬匹本身比較危險。還是謹慎行事吧。」
「好，我這就去準備。」陳潛站起身來。
動盪不安的中平六年（公元一八九年）終於快要結束了。
街頭巷尾流傳着董卓派部下牛輔征討白波谷黃巾軍的消息。然而黃巾軍實力強盛，連番苦戰，牛輔佔不到半點便宜，最終只能退兵。

據說黃巾軍中竟然混有匈奴鐵騎。這等事情此前可謂聞所未聞，更有傳言說董卓軍損失慘重。

西北白波谷的黃巾軍固然無法降服，另一方面東邊的反董卓聯合軍的聲勢也日益壯大。董卓也開始愈發焦躁。他的焦躁通過加快掠奪財產的速度這種形式表現出來。

「局勢果然動盪不安啊……」陳潛一邊自語，一邊開始做出行的準備。

作者曰：

日語中有「白波五人男」一詞，其中的「白波」就是盜匪的意思。這個典故便出自於白波谷的黃巾軍。在中國，一般會將「谷」字省略掉，直接稱之為「白波賊」。

同於扶羅爭奪正統的須卜骨一年後死去，但是南匈奴的民眾依然不願於扶羅回來，單于的位置也就一直空在那裏，由長老主持族內事務。

在異地自封單于的於扶羅七年後死去，其弟呼廚泉繼位。然而故國的族人依舊不肯接受這支血統的單于。在呼廚泉任單于的時代，於扶羅的兒子豹被任命為左賢王。

西晉末年，劉元海建立趙國，史稱前趙，揭開了五胡十六國的序幕。這個劉元海，便是豹的兒子，也就是於扶羅的孫子。

前趙建國距離於扶羅遊蕩的時代已經過了一百二十多年。依常理而言，劉元海應該是於扶羅的曾孫才對。不過假如豹是在七十歲左右才生的孩子，年齡上倒也能說得通。據說劉元海稱帝時也已經六十多歲了。

匈奴人在改作漢人姓名的時候，經常以劉姓自居。這是因為當年漢高祖劉邦與匈奴的單于結為兄弟，劉姓的公主（內親王）也常常被許配給匈奴王的緣故。

後來於中國北部的五胡十六國中出現的民族大遷移現象，早在一個世紀前的三國時代，便已經有了一些端倪。我們也能從這部《三國志》中窺見一二。

匈奴的於扶羅與白波谷的黃巾軍結盟一事，作為民族遷移的一例，也值得大書特書吧。

唯餘白馬寺

一

「最愛洛陽城。」大富豪陶固經常這樣說。

「一提到，陶固的眼睛都會發亮。」白馬寺的長老支英，對着月氏族的信徒們邊笑邊說。

陶家雖然擁有幾代人都享用不盡的財富，但因家事紛繁複雜，家庭關係又欠圓滿。

「除了家，陶固發自心底的最愛是什麼？」支英解釋道，洛陽首富陶固最愛的是「洛陽」。

陶固來白馬寺後潛心學習佛法，熱衷於西域異國的故事。雖然還沒有成為正式信徒，但從他的態度就可以看出，陶固是在認真地追尋着什麼東西。

「先生引以為榮的洛陽城，似乎也要有所變故了呀。」支英對前來白馬寺祝賀新年的陶固這樣說道。

的確，自董卓掌權以來，洛陽城中發生了許多可怕的事。董卓認為洛陽的所有東西都是他的囊中之物。

陶固不愧為精明的商人，他早就通過白馬寺把自己的財產秘密從洛陽轉移了出去。不管再怎麼熱愛洛陽，也沒有為這座城市殉葬的必要吧。

「這並不是拋棄洛陽。洛陽總有劫後餘生之時，到那時候，我好助它一臂之力。」陶固對自己的行為如此辯解。

但這一次要轉移的卻不是財產了。他來拜年之後，便再沒有回城裏的打算。連人一起逃了出來。

「相國許可嗎？」支英問道。

此處所稱的相國，就是挾天子以令諸侯、被稱為洛陽城主的董卓。城內的所有富豪都是他的財產，任其隨意榨取。因此，出城絕對不會許可。即使是因拜年或有事臨時出城，若是不能馬上回來的話，不知道他又要找什麼藉口生事了。

「我說要改造府邸，所以暫時借住在城外的親戚家。」陶固如此答道。

「他准了嗎？」

「花了很多銀子。」陶固苦笑着慢慢地點了點頭。

「那也好。再稍稍忍一忍吧。其實我也正想勸先生設法逃出來。」

「有什麼變故嗎？」

「變故倒也沒有……不過依我之見，洛陽乃是危險之地……特別是對於富人來說。」支英如此回答道。然而實際上，他確實得到了一點消息。

世人對月氏族的挖掘技術評價頗高，董卓也向支英提出借二十個挖洞工匠的要求。

挖洞幹什麼？說是要借二十人，那就是要挖個很大的洞了。要在洞裏埋藏財寶吧——怎麼想都只有這一種解釋。

若真如此，顯然接下來的掠奪會更變本加厲了。借人挖洞就是不久前的事，支英並不打算對陶固明言。畢竟董卓曾經叮囑過他：「此乃機密。」

不過陶固已經知道了。

「我聽說你們曾在西域大漠挖井求水……相國似乎很是欣賞此種技藝啊……」洛陽的大富豪說道。

「呀，先生連這個也知道啊。」

「我也是在努力搜集信息啊，哈哈哈……」陶固無奈地笑道。

月氏族的故鄉是在西域的沙漠地區，如果不能解決水的問題就無法生存，所以他們尤其擅長汲水之術，很少有別的民族比得上。

沙漠上除了綠洲，其他地方要想取水，唯一的來源只有天山和崑崙山的冰山融雪。不過不能在地表挖水道引水，因為炎熱的沙漠瞬間就會將水吸收，最多只能剩下一些鹽分很高無法飲用的咸水。所以只能通過挖掘地下水道來引水。他們還發明了一種行之有效的辦法，每隔一定的距離就豎着挖一口井，每口井都能連接到地下水。阿拉伯語中這種井稱為「卡納特」，波斯語中稱為「坎納孜」，中國的新疆維吾爾自治區則稱之為「坎兒井」。

居住在沙漠地帶的月氏族人都是挖井的能手，曾經任職於西域的董卓很清楚這一點。

過了年便是後漢獻帝初平元年（公元一九〇年）的春天了。

上一年靈帝駕崩，繼位的皇帝又有廢立之事，但依照漢朝的慣例，新帝繼位更改年號要在第二年進行。

「未過正月裏就和先生商談工事，甚是抱歉。先生適才提起改造府第之事，單靠這一個藉口恐怕也難以掩人耳目吧，無論如何總要實際動工才是。所以我想和先生商議，改造之事是否能讓月氏的工匠來做呢？」支英說。

「如此甚好，我也正想從你這裏請些木匠師傅過來幫忙。總之所謂改造，只是個託詞而已，也不用過於認真。」說着陶固垂首施了一禮。

二

烏合之眾。《史記》中未曾出現過這個詞，然而後漢的著作中卻頻繁出現。由這一點上看，這個詞可以算是後漢時期的流行語了。

東方諸侯舉兵討伐董卓，董卓得知此事後大為震怒，立刻就要下令出兵。此時卻有尚書鄭泰如此進諫——非謂其然也，以為山東不足加大兵耳。明公出自西州，少為將帥，閑習軍事。袁本初公卿子弟，生處京師，張孟卓東平長者，坐不窺堂，孔公緒清談高論，噓枯吹生。

常言道，山東出相，山西出將。

這裏所說的山，指的是位於洛陽和長安之間的聖嶽華山，而非今天的行政劃分山東省和山西省。大致說來，都城以東稱為山東，都城以西則稱山西。

山東出相，就是說東部多出文官政治家；山西出將，則是說西部是軍官武將輩出的地方。

董卓出身隴西，和大戰匈奴的悲劇式將軍李陵屬同鄉，骨子裏就是武將。相比之下，自東方起兵的人，與其說擅長征戰，不如說更擅長謀略。

「如卿此言，兵為無用邪？」董卓頗為不悅。

鄭泰連忙解釋：「今山東合謀，州郡聯結，人庶相動，非不強盛，然光武以來，中國無警，百姓優逸，忘戰日久。其眾雖多，不能為害。明公出自西州，少為國將，閒習軍事，數踐戰場，名震當世，人懷懾服。」

這番話並不單是對董卓諂媚。出生於開封的鄭泰，在當地擁有四百頃田地，自然不想讓中原變成戰場。雖然已經遭遇過黃巾軍的劫掠，再要把這裏變成爭權奪利的戰場，他可實在忍不下去。

當初何進計劃清剿宦官，召傳董卓入京的時候，反對最堅決的便是鄭泰。後來他又成了反董卓運動的首謀。所以此時他說的上面那一席話，不過是阿諛奉承的苦肉之計而已。

「人懷懾服嗎……」董卓低低重複了一句。

在董卓看來，要想人懷懾服，就是要除掉他的對頭，縱觀當今天下，最恨自己的會是誰呢？

董卓以為，自己廢了劉辯，貶其為弘農王，普天之下恐怕再沒有比他更恨自己的人了。他召來郎中令李儒，命其鴆殺弘農王。

李儒道：「請服藥。」

將酒杯遞給劉辯。劉辯馬上明白酒裏有毒，他拚命搖頭，大喊道：「不喝不喝！我沒病，你們是要殺我嗎？」

「不想喝也得喝。」李儒冷冷地說道。

劉辯知道自己已經無路可逃，只得死心認命。

「我想與親人擺一桌離別宴。」劉辯說道。

他已經有了妻室，妻子乃是會稽太守唐瑁的女兒。他將毒酒一飲而盡，眼望嬌妻，大慟作歌——

天地易兮日月翻，棄萬乘兮退守藩。逆臣逼兮命不久，大勢去兮空淚潸。

十常侍之亂的時候，劉辯逃至北邙山，由於過度驚恐，惶惶然口不能言，董卓因此覺得他難成大器，於是逼他遜位。然而此刻他卻在死前把酒吟歌，也可以說出乎意料。

唐姬乃豆蔻少女，翩翩起舞，作歌對曰——

天將崩兮地欲裂，身為姬兮恨不隨。生死別兮從此至，奈何煢兮心中悲。

劉辯諡號懷王入葬，唐姬則被送回了故鄉潁川。

因為沒有被授予皇帝的封諡，也就意味着他的帝位不受承認。在順帝之前也有一位同樣未受承認的少帝。除去這兩個人，現在的皇帝劉協（漢獻帝）也就成了後漢的第十二代皇帝。

帝京十一世，遷都則可續。——當時，市井之間悄悄流傳起了這樣的傳言。據說這是一本叫做《石包室讖》的預言書中所寫的讖語。

亂世中總會流傳一些對將來的預言，無論古今俱是如此。大約正是因為世人無法預測明天將會發生什麼，才會更加依賴於預言吧。

上面那句預言的意思是說，帝都將會於第十一世皇帝時終結，需要遷都才能延續王朝。說起來，前漢是在孺子嬰時候滅亡的，除去呂后立的兩個不成事的幼帝，算起來也剛好是第十二代。

「不能不考慮遷都了……」董卓在重臣的會議上說道。

「市井流傳的預言不可不信啊，有時候越是老話越顯靈驗。」董卓的心腹立即隨聲附和。其餘人等則默不作聲。

大部分朝臣都是久居洛陽，早已習慣了這繁花似錦的都城，誰都不想搬去別的地方。董卓想將都城遷至西面的長安。

華山以西才是他的根據地。他手下的二十萬大軍都在那裏。只要到了那裏，他就安全了。

「目下正是四面受敵的時候，朝中諸朝臣也不服我。倘若形勢對我稍有不利，這些人必然是要群起而攻之的吧……」董卓雖然掌控了整個洛陽城，但還是絲毫不敢大意。

此刻他的處境確實也不安定。軍隊的核心不是他的直屬親兵，而是呂布率領的金吾衛的部隊。

董卓費盡心機，偽裝出手下人馬數量眾多的模樣。他夜晚遣隊出城，早上再大張旗鼓地入城，讓人以為他的親兵源源不斷自西而來。當然，確實也有他的人馬來到京城，不過數量遠沒有偽裝出來的那麼多。

一旦洛陽城知道他部下人馬的真相，那就是他沒落的日子了。

白馬寺的支英想出的計策，暫時還可以蒙混過關，但是想要一直蒙混下去是不可能的。

「聰明人要不了多久就會識破這個計策吧。」不能再猶豫了。

「雖說要遷都長安，可是長安城早在兩百年前便因王莽篡位與赤眉之亂化為了廢墟。用它來做大漢的都城，恐怕不大適合吧。」反對者中態度最強硬的要數城門校尉伍瓊和尚書周毖。他們二人手中也有頗具實力的人馬。

「難道說，這兩個人發現我的人馬有什麼不對？」董卓心中暗驚。

其餘的朝臣畏懼董卓，不敢當面反對。

「二位所言極是……」有人含糊應道，「不過這預言之事，也不能不加考慮。我聽說，不單有《石包室讖》，還有雍門賢者也主張遷都啊……」

「雍門賢者？」董卓問。

「到底是賢者還是狂人，至今還沒有一個定論。不過近日確實有人經常在雍門附近聚集民眾，宣稱自己傳達上天旨意，諫言遷都。」鄭泰解釋道。

「速將此人帶來，我要親自問問。」董卓說。

三

《石包室讖》是一本高深莫測的預言書，據說本來藏在一間用石頭圍起來的密室當中，其中有關於遷都的記載。

但是其實這裏面有個秘密。這本預言書，原來是董卓命人撰寫的。董卓的目的不言而喻，就是為了遷都一事製造輿論。

「讖」在漢代十分盛行，有無數預言書流佈於世。為了讓書中的預言顯得神秘，許多時候都會有說法稱這些書秘藏於山中的石室。

因此可以說，「石包室讖」這個詞既是專指，又是泛指。

人們很久以前就聽說過這個名字，但是真正讀過的人卻很少。而且應該存在多種同名的書，所以就算是讀過的人當中，各自的說法也常常千差萬別。

董卓正是看中了這一點。

此時的洛陽城便流傳起偽造的讖語了。

「都在按計劃進行啊。」董卓內心頗為得意。然而這時候卻又出現了意外情況。

雍門賢者——這人竟然也鼓吹遷都，對於董卓來說，無疑是錦上添花的人物。

「我並未派人做這件事啊……」董卓之所以說他想要親自問問，也是因為他很想知道這人究竟有什麼目的。

雍門賢者被帶到了董卓的官邸永和里。只是此時董卓事務繁忙，暫時沒有時間詢問這個癲狂的人物。

東方的反董卓聯軍，正如鄭泰所料，只是虛張聲勢，並不打算真正開戰。

「膽小如鼠！」董卓聽到稟報，暗自冷笑。然而一到二月，就傳來了敵軍攻到滎陽的消息。

第一報只報說有敵軍，並不知道是聯軍中誰的軍隊。

黃河北岸，是被推舉為聯軍盟主的袁紹與王匡的人馬。他們的後面則是負責後勤的韓馥，駐紮在鄴城周圍。洛陽南部的潁川，有孔伷的軍隊在休整。潁川以南，盟主袁紹的弟弟袁術已經駐入魯陽。再往南，長沙太守孫堅也正在北上。洛陽東面的酸棗，有張邈、張超兩兄弟和曹操、劉岱、橋瑁、袁遺、鮑信，共計七將。

「這不知死活的大將是誰？」董卓問第一報的探馬。
「這個……沒有得到渡河的消息，應該不是北岸諸將。」將校搔首答道。
「最不知死活的當屬長沙孫堅，不過他路途遙遠，這時候應該還沒有到南陽吧。孔伷、袁術之類南方的諸將不會這麼不知死活。」董卓所說的「不知死活」，差不多也就是勇氣的同義詞。
「如此說來，會是酸棗七將中的哪個呢？」
「讓我猜猜看……」
「是。」
「一定是曹操。」第一報的探馬還在董卓身邊，第二報又到了，這是個個頭頗高的羌族士兵。他一邊喘氣一邊匯報說，「襲擊滎陽的，乃是曹操的軍隊。」
「看，我說中了吧。」董卓看了看一報的探馬，捋起了自己的鬍子。這是他得意時候的姿勢。
「董大人明鑒。」一報的將校垂首施禮。緊跟着呂布麾下的蒙古族士兵帶來了第三報。
「我軍徐榮正在汴水附近迎戰。戰勢於我有利。」
「好！」董卓大聲說。
「是否給前線下令？」蒙古士官問道。
「傳令下去，不要深追。」這道命令的前提是要取勝。取勝不言自明。「要想勝我，只有一個辦法……」
——西面。反董卓聯軍自北、東、南三個方向進逼洛陽，偏偏沒有在西面派兵包圍。這是為何？因為他們害怕。世人都以為西面的董卓人馬源源不斷增援洛陽。董卓也是挖空了心思營造出這樣的假象。然而實際上西面來的軍隊不過是些障眼法而已。

董卓的剽悍人馬正從西面接踵而來，大街小巷滿是他的手下——董卓的權力便是建立在這樣的虛構之上。若是被人知道這些都是虛構的，那董卓也就大禍臨頭了。

「白馬寺戰法」畢竟不是長久之計。首先就是實行計劃的士兵難免會走漏消息，終究不可能一直堵住他們的嘴。

「第一個發現我這要害的，果然還是曹操啊……」董卓心想。

不管怎樣，遷都才是當務之急。不管是反董聯軍，還是反對遷都的朝臣，對董卓來說都是敵人。反董聯軍因為懼怕董卓的「大軍」，所以不敢從西面進兵。對於反對遷都者，也必須讓他們懼怕些什麼才行。

他召來呂布：「斬了伍瓊、周毖。」

「遵命，義父。」呂布是董卓的義子，所以稱他「義父」。呂布剛要走出房間，忽然又像想起了什麼似的，回頭說道：「白馬寺的人已經開始挖掘了。工事周圍禁止任何人靠近。」

「嗯，靠近者斬！」

「是……另外，洛陽城中的富豪名單已經製成。所有人或多或少都和賊人有些關聯。」呂布所說的賊人不是指黃巾軍，而是指反董聯軍的諸將。

在洛陽城若是夠稱得上富豪二字，多多少少都要和袁家之類的權臣有所聯繫才行。查出這些聯繫，按上一個「勾結叛黨」的罪名，然後便是直接處斬。當然，根本的目的還是要沒收財產。

「好，速斬。」董卓連下了幾道斬首之令。再不儘早將城中富戶斬盡殺絕，連清點財產的時間都沒有了。

「全都是我的！」

掠來的財產運都運不完。所以像金銀之類不會腐爛的東西只有埋到地下。為了這個目的，董卓才找了白馬寺挖洞的工人。

「陶固已經開始動工改造府邸了。」呂布像是突然想起來似的，追加了一句。

「蠢貨，還以為他會比旁人聰明點。商人到底還是商人啊。」這個時候董卓還沒有決定要燒洛陽，不過遷都已經是決定了的事情。既然要遷都，洛陽必定會變得萬分蕭條，在這時候改造府邸，絕非明智之舉。

「不過，陶固這傢伙畢竟不知道遷都的事啊。」呂布的口氣像是在為陶固辯護一般——這也有他的道理。無論如何，呂布收了陶固不少的錢財。

「不要說遷都的事情，這傢伙連自己的命運也不知道啊……哈哈哈……」董卓放聲大笑。

「確實如此。」呂布心中暗笑。他收了陶固的大筆錢財，給了他出城的許可。看起來，陶固對自己的命運也不是一無所知啊。

這個許可日後可能會被董卓追究。畢竟陶固乃是洛陽城的首富。不過即使到了那個時候，呂布也有推脱的藉口。

「陶固改造府邸之事，已經向義父稟告過了。既然是改造府邸，暫居別處也是理所當然。我以為義父大人也知道此事……」這番話應該足以搪塞過去了。

董卓可能會有所不悦，但至少不會把自己斬首吧。

「況且斬首乃是我的拿手好戲……誰斬得了我？」呂布搖擺身軀往外走去，心中如此尋思。

「陶固府第就在附近吧？」董卓突然在呂布背後問了一句。

「是。」呂布一驚。

「真是在改造嗎？見到工人出入了嗎？」

「確是在改造。我看到有不少工人出入陶府。」因為本就是他親眼所見，呂布回答起來底氣十足。

「知道了。」董卓總結似的說了一句。

四

慘敗。曹操知道自己會敗，但完全沒想到會敗成這副慘狀。

因為整個戰線都處於膠着狀態，曹操本來的打算是，自己主動出擊，讓戰況有所變化，聯軍便可伺機攻佔洛陽。然而如今卻敗成了這副模樣。所謂讓十萬聯軍進攻洛陽的計劃，也只有宣告流產。

「不管怎樣，還是要堅持下去才行啊。」由白馬寺去往陳留，然後又跟隨曹操出戰的使者陳潛，如此向曹操說。

「是啊，咬牙也要堅持下去……可是苦於兵力不足啊。」曹操揉揉鼻子，說道。

「需要多少兵力？」陳潛問。

「我倒也並非想要取勝，能堅持十天就行了……要想取勝，至少要五萬兵馬，不過若是只堅持十天的話，只要五千就夠了……可是話雖如此，倉促之間也招不到五千兵馬啊。」

「酸棗不是有十五萬兵馬嗎？」

「有是有，但那到底是旁人的部隊，我沒法隨意調用。」

「既然只要五千人，不妨去借借看……一氣敗了三十里，還好對方沒有乘勝追擊的意思。不管怎樣，我們至少要回去二十里吧。這樣友軍也會有所振奮。」

「唔，我也想再攻回汴水一線啊，如果可能的話……可是向誰借兵呢？誰也不會無條件借兵啊。」

「有錢就行。」

「錢的話，現在張氏兄弟最缺。他們招太多的兵，正為軍費支出頭疼。」

「那看起來有點兒希望。」

「先生為我去走一趟？」

「好，我這就去。」

陳潛折回酸棗，從張邈那借回五千士兵。曹操終於用這五千援軍維持住了戰線，再次逼回了汴水一線，也終於能與董卓軍對峙十餘日。

董卓強行遷都的時候，恰在曹董兩軍隔汴水對峙的當中。曹操聽到董卓遷都消息，不禁喜出望外。

「真是天助我也！」他於汴水對峙董卓之舉，在外人看來與自殺無異，不過曹操想的是由自己的行動振奮反董卓聯軍的士氣。他想，既然董卓將要放棄洛陽遷至長安，聯軍中的諸將也該抖擻精神了吧。

「這可不像是相國的作風啊。」陳潛很是疑惑。

陳潛雖然不是曹操的軍師，卻經常被喚去議事。他是局外人的立場，其意見或許有更多值得參考的地方。

「確實不像。」曹操點了點頭，臉上的笑容也慢慢退去。

他們二人的對話簡潔明快，毫無多餘的廢話。兩個人有着許多共識，在這基礎上的對話自然不需要多作解釋。譬如此處的所謂不像董卓作風的話，到底什麼才是董卓的作風，兩個人本就見解一致，用不着多費口舌。武將出身的董卓，一切行動都由兩個字決定：得失。名譽也好、道義也罷，這些東西在他看來都純屬多餘，一概不予考慮。

在山東十萬餘反董聯軍的面前遷都，顯然極為不利。雖然西面的長安是董卓的根據地，要比洛陽安全，但在戰勢正酣時突然從敵人面前後退，帶來的後果不堪想像。放棄洛陽這個大據點，任由敵人處置，確實不像善於計算得失的董卓所做的決定。

曹操抱起胳膊。

「那個人……他不會特意把洛陽拱手相讓啊。」

「唔……可歎啊。」兩個人雖然只是簡簡單單的幾句話，卻已經勾勒出洛陽城的命運了。

「今晚就會聽到洛陽起火的消息吧。」當時的洛陽，坐落於今天的洛陽城東面，而且距離甚遠。不過即使在當時，洛陽距離滎陽也有二百多里。不管洛陽城火勢如何之大，哪怕是大到染紅了夜空，從曹操駐紮的地方也是看不見的。然而他往西派出探馬應該會看到洛陽城中的異變。

果然不出所料，當日夜裏——洛陽起火。

這道消息傳到了曹操的軍中。

「出擊嗎？」這話並不是在問什麼人，而是曹操的自言自語。

「請千萬小心。」陳潛應道。

「那人是想儘量爭取點時間吧。哪怕只有半年一年……能拖得越長越好，待到新都逐漸成形，他的形勢就會更加有利了吧。」曹操的語氣不像是往日同陳潛對話的模樣，而像是在說給自己聽似的，所以比平時的話數要多。

「可是……果然還是要出擊啊……」曹操轉過身，背對着陳潛自語道。

五

朝中大臣都對洛陽戀戀不捨——不單是大臣，洛陽的黎民百姓也都深愛着洛陽。

「好，那就讓你們徹底死心！」董卓在最後時刻，終於下決心將洛陽付之一炬。

讓他做出這個決定的直接原因，則是他對雍門賢者的詢問。

詢問開始的時候，雍門賢者守口如瓶。——我言乃是天意。

真如狂人相仿。然而董卓識破了他的偽裝。

「此人肯定是受了誰的指使。」董卓確信。

除了自己，還有誰人對遷都如此熱心？——董卓頗感興趣。

「嚴加拷問！」雖說這人是在給自己的計劃推波助瀾，但董卓不知道真相的話，心中總是不甘。

他頗有虐待狂的傾向，山東的士兵落在他的手裏，都是先用布條纏綁全身，然後澆上豬油點火活活燒死。董卓喜歡看着他們在火裏痛苦掙扎。

不過眼下是要讓雍門賢者坦白交代，不能用這種置人於死地的刑罰。

於是便將他吊在房樑上，用裂開的青竹抽打，這是拷問的基本方法。雍門賢者已經年過六十了，拷打得過重說不定會要了他的性命。

「下手不必太重。」董卓吩咐道。

畢竟這人是幫他傳播了遷都的「天意」，董卓對他並沒有什麼怨恨。雖說下手不必不重，幾下抽完老人身上也已經血肉模糊。

這個老人終於忍受不住。「我說……我確實是受人之託……大人恕罪……我不是要蠱惑人心啊……饒命……」他喘着粗氣說道。

「託你的那人是誰？」審問的官吏大聲喝道。

「我不知道他的名字。」聽了雍門賢者的回話，官吏立時揚起青竹，狠狠抽了下去。裂開的青竹聲響很大。雍門賢者皮開肉綻，鮮血直流。

「果真不知啊……果真……哎喲。」老人連聲慘叫。慘叫聲還未停歇，就又聽見青竹抽進肉裏的聲音。

「好了，先聽他說。」董卓坐在朱椅上，抬起一隻手做了個暫停的示意。

「快說！」差人將青竹狠狠抽在地上，向吊在半空的老人咆哮。

「我在雍門遇見一個瘦弱老者，他說……只要將遷都說成是『天意』……就給我錢……我以前從來沒見過他，不知道他叫什麼名字，更不知道他住哪裏……」

「你是說，你受了一個不認識的人指使？」官吏狠狠地瞪了老人一眼，又回頭看了看董卓的臉色。

董卓撅了撅厚厚的嘴唇。

「你為了錢什麼都肯幹嗎？放火殺人，什麼都行？」

「不……不……」

老人拚命搖頭，繩子隨着他的動作左右搖擺。

「不只是為了錢吧？」董卓將聲音放低，與官吏的喊聲形成鮮明對比。

「因為……因為我也有同感……」

「什麼東西有同感？」官差扯着嗓子高喊。

「是遷都的事！」

「為什麼？」

「我生在洛陽……長在洛陽……是個地地道道的洛陽人。比誰都愛這裏。為了洛陽城，希望相國能去別的地方……只要相國去了長安，戰場就會轉向長安……如此一來，洛陽就又活下去了……我和那老人的想法一樣……」雍門賢者斷斷續續地說。

董卓全身的血都沸騰起來。

「竟然將我視作瘟神！」董卓怒火中燒，表面卻顯得異常冷靜，說話的語氣也是相當沉着。

「天子雖然西幸，我這相國還是駐留洛陽。洛陽到底還會變成戰場啊。」

「不行！不要！」雍門賢者叫道。

「是啊，不行啊。這件事情我當然明白。不能讓這裏變成戰場。在那之前先放一把火把它燒成灰燼吧……好了，就這樣決定了。讓你們深愛的洛陽城，就讓它一夜之間灰飛煙滅吧！」

董卓從椅子上站起來，冷笑着望了一眼吊在半空的老人。在他眼中，老人的臉仿佛與朝臣的臉重疊在一起了。

斬了反對遷都的伍、周二人之後，朝臣中再無膽敢反對遷都的人了。但是多數大臣依舊不願離開洛陽。不僅是大臣，就連一般市民也對洛陽戀戀不捨。

「只要洛陽化為灰燼，所有的事都會迎刃而解了吧。」可以說是老人的供詞讓這座千年的王城毀於一旦。是誰指使的這個老人，董卓已經沒什麼興趣了。是誰都無所謂，反正他已經明白了，全洛陽城的人都把自己看做瘟神。全洛陽城的人都是指使的人。

「打入大牢吧。」董卓命令道。

「再來幾下就會供出指使者的姓名了……」官差略顯不滿地說。

「他自己也說了，他也不知道那人是誰，而且我也沒興趣了……等到洛陽火勢最旺的時候，淹死這個洛陽瘋子。讓他嘗嘗水深火熱的滋味。」

董卓丟下這句話便離開了。他事務繁忙，有很多事情等着他處理。不過，比所有事情都要重要的，便是放火燒城了。

拷問的官吏們也隨着董卓一起離開，去令下人將雍門賢者打入大牢。

吊在大廳房樑上的老人還在絕望地大喊：「萬萬不可啊……萬萬不可燒毀洛陽啊……我說，我什麼都說……不能燒啊……讓我傳播流言的是陶固啊……我招了……我招了……別燒洛陽城啊……」

他喊得聲嘶力竭，但即使是用盡了全身的力氣，也只能發出微弱的叫喊。至少官吏們都沒聽見。即使如此，老人依舊在喊着：「不要燒毀洛陽啊——」

喊聲耗盡了老人的體力，終於奪去了他的性命。雍門賢者，便是如此吊在房樑上氣絕身亡。

雖然是個悲慘的下場，但至少不必遭受虐待狂董卓為他準備的「水深火熱之苦」了。對於雍門賢者而言，這大約也可以算是一種幸福吧。

六

說是遷都，其實並非說說這麼簡單。新都長安基本上就是一座空城。

在前漢末年的動亂中廢棄的長安，又在光武帝建武二年（公元二十六年）正月，被赤眉軍縱火焚燒。長安為虛，城中無行人。——成了如此狀態。

長安更近隴右，木石磚瓦，克日可辦，宮室營造，不須月餘。——董卓為遷都舉出這樣的理由。

舉出木材和磚瓦的理由，只不過是在說建造都城是有可能的。換言之，此時的長安城中，宮殿家宅一無所有。

當然也沒有住民。就算建造了宮殿，召集了群臣，沒有住民還是算不上都城。況且宮殿又由誰來建造？還是要有勞役才行。

「驅洛陽之民同行。」董卓如此決定。

洛陽的百萬市民被趕上通往西面長安的道路，他們的腳步必然是依依不捨的吧。——哪怕是為了斬斷他們的不捨，也要放火燒了洛陽城才行。

當然，放火之前，董卓已經治了城中富戶的罪，將他們的財產一個個盡數收繳上來。

接着又命呂布掘開北芒歷代皇族公卿的陵墓，掠走了其中陪葬的無數珠寶。

「都是我的……都是我的東西。」董卓一個人在屋子裏踱來踱去，一遍又一遍暗笑。

真是個佔有慾極強的怪物。能運走的財產，他都令弟弟董旻監督運到了西面。那些運不盡的金銀珠寶就悄悄埋在自己的府邸。

當然，藏寶的地方不能被人知道，於是董卓便找來了沒有私慾，而且守口如瓶的佛教徒挖洞。

「是人不可能沒有私慾啊……」斂財越多，董卓就越貪婪，佔有慾也跟着越強，隨之而來的影響就是愈發的多疑。在他眼中，所有人都有私慾。現在這二十名在自己的府邸挖掘洞穴的月氏信徒知道財寶的所在，難保這些人不會把自己的財寶偷走。

董卓打算的是儘可能多爭取一些時間，然後遷去新都長安。他所擔心的還有遷去長安之後的事。

「這些傢伙也要殺了才安全。」董卓已經成了一頭野獸了。

洞穴長三十米，深十五米，呈方形。永和里整條街都是董卓的家宅。經過精心挑選，洞的地點就選在宅裏，挖得再深也不會滲出水來，用來埋藏寶物最合適不過。

將木箱裝滿金銀珠寶，一個個放到洞底。

「好了，上去吧，用土封上。」挖洞的工頭說。

「你們不用上來了，我們來封土就行。」上面如此回答道。

洞穴周圍圍的都是董卓的侍衛。沙土如雨點般落到洞裏的二十多人頭上。為了便於出入，東面的洞壁被做成了階梯狀。董卓的侍衛守在這裏，將那些想從這裏爬上去的人一個個踢了下去。周圍的士兵也紛紛拔出刀劍。

「你們這是自掘墳墓啊，哈哈哈……」侍衛們放聲大笑。堆在地上的土逐漸被回填到洞中。

「去西邊！」慘叫聲中有人如此高喊。

「繩子，抓住白色繩子。」又傳來一個聲音。這時候正值半夜，洞的周圍也像潑上了一層薄墨一般，模糊一片。

「笨蛋，還想靠着繩子爬上來！」拔刀的侍衛破口罵道。

沙土不但沒過了洞裏藏寶的箱子，也掩埋了揮舞雙手的工匠。洞穴深度有十五米。沙土沒過了工匠的頭頂，還在不停地流入洞中。拔刀的侍衛也都紛紛將刀放下，一起幫着向洞中填土。

「哇！」填到大半的時候，接連響起了一聲聲的慘叫。

填土的侍衛一個接一個的掉進了填到一半的洞裏。都是被人從後面砍了一刀之後推下去的。填土的大約有二十幾人吧。也許是因為他們太過專心填土，疏忽了背後的偷襲，不過能將他們一個一個殺了推入洞裏的人，確實也是個極厲害的人物。因為他們身後只有一個人。眨眼之間所有人都被解決了。

洞裏的沙土還沒有踩實，掉進去的人都因為自己的體重慢慢陷了進去。那光景真如地獄一般。

「刀刃鈍了，要好好磨一磨了……」那個舉着長劍的男人，長着一張格外白皙而又年輕的臉。

——董卓的義子呂布。

保存下來的漢代刀劍很少，不過越南北部的河內博物館卻存有一把長一百一十厘米的劍。雖說單憑一把寶劍不該妄加推測，不過漢代的武將是否真的特別喜歡長劍呢？尤其呂布體格健碩，用起長劍來應該遊刃有餘吧。

「不愧是我兒奉先……」慢慢朝呂布走來的，正是相國董卓。

呂布露齒而笑。令人毛骨悚然的場面。

「剩下的土只好由我和義父兩人來填了。」呂布說道。

「啊，好的，我的氣力還夠用。」董卓彎下腰，用兩手將身旁的沙土推到洞中。

「刷」的一聲，呂布將劍收入劍鞘，挨着董卓彎下了腰。

「全都是我的了……」董卓自語道。

「恭賀義父。」呂布說道。

七

聽說洛陽城起火，曹操決定再次攻擊滎陽。滎陽應該會有董卓的援軍，而且依照戰事的發展，虎牢關的守兵說不定也會出擊。也就是說，曹軍不可能取勝。

儘管如此，曹操還是想要奮勇出兵，試圖創造戰局的轉機。董卓的部將徐榮是位猛將，手下更有大量兵力。

董卓帶着天子、朝臣以及洛陽城的百姓一起遷往西面長安，但他的大部分部隊依然留在洛陽。西面都是他的人馬，而且沒有敵軍。他自己也在畢圭苑設下總部，親自督戰。

所以徐榮不缺後援。若是酸棗六將全部出擊的話，也許真正演變成一場東西決戰。可是誰也不願出兵。張邈雖然借給曹操五千人馬，但也不是沒有條件的。那是用陳濳自白馬寺帶來的錢財換來的。哪個諸侯都不想損失自己的兵力。「來日方長，不可着急。」大家都如此打算。

根據各人的戰功，諸將會有所差別。然而若是因為急於立功而損傷了兵馬，實力就要下降了。眼下想要取勝並不容易，況且還是揭幕之戰，按兵不動靜觀其變才是明智之舉——諸將一邊觀察旁邊友軍的動靜，一邊打着各自的算盤。

諸將彼此還有好惡糾葛。

劉岱與橋瑁以前就有不合。自從在酸棗聯合以來，兩個人的關係變得更加緊張。

「準備突襲。」當然，曹操的決定也是經過深思熟慮的。果敢之師——若是能得到諸將如此的評價，即使他們不肯出戰，自己也有出擊的價值。不過，既然要在友軍面前顯示自己的果敢，哪怕是敗，也不能敗得太慘，曹操想讓眾人刮目相看。

曹操奮勇出戰。此時他年方三十六歲，精力充沛。這一日的武將風範，在他日後的生涯中有着深遠的回響。

「不用擔心，我會珍惜性命，英勇作戰。」出戰之前，曹操對叮囑他保重的陳濳說道。

英勇作戰與生命安危，兩者之間只有一步之遙——要在兩者之間找到平衡，需要有相當的智慧。

事實上曹操也確實使用了不少計謀，造出比實際情況更加壯烈的場面。他大張旗鼓調動部隊，雖說作戰中本不需要如此張揚。這都是為了讓友軍能看得更清楚一點。

在樹林中休息的時候，他把鎧甲脱下來掛在樹枝上，對着它射箭。那時候的鎧甲多為鐵製，不過高級將領更喜歡銅質的鎧甲，因為打磨之後會閃閃發亮。鎧甲本身是用皮革和銅片連接而成的，力道強勁的箭支會深深紮進皮革的部分。曹操這是打算穿着紮滿箭的鎧甲回到友軍的營地。

儘管如此，曹操並不只是熱衷於粉飾自己的勇敢。無論如何，這一次確實是有對手的。而且實際上他也遭到了伏兵襲擊，差點丢了性命。

後來他數過鎧甲上的箭支，這才發現比他自己插的多了兩支。敵人的箭還射中了他的戰馬。

當時他身邊只有幾騎侍衛。若是失去戰馬，要想突出重圍，可以説難於登天。將坐騎讓給曹操的是他的從弟曹洪。

「公急上馬，洪願步行。」

「賊兵趕來，汝將奈何？」曹操問。

「天下可無洪，不可無公。」曹洪斬釘截鐵地説道。

「吾若再生，汝之力也。」曹操跨上了曹洪的戰馬，殺出一條血路折回了酸棗。

到達友軍陣營的時候，他的果敢已經不必再做什麼修飾了。血、汗、泥土全都混在一起，確實是經過了一場殊死戰鬥的模樣。

「正合我意啊……」自歡聲雷動的友軍中經過，曹操的心中暗自計算他計謀的結果。

「喂——」遠處傳來了呼聲，馬蹄聲也越來越近。曹操轉過頭去看。

「啊，曹洪！」曹操立刻跳下戰馬，等着趕過來的曹洪。曹洪在汴水邊將自己的馬給了曹操，此時他也平安回來了。

「這馬是？」曹操問。

「我搶了敵人的馬，一路趕過來的。」曹洪一邊用嘶啞的聲音說着，一邊下了馬。他好像是在抑制自己激動的心情。一步、兩步，第三步好像就邁不出去了。

「好，演戲！」曹操在心中暗暗給自己下令。他猛然一把抱住了曹洪。

「平安無事便好！」曹操說道。

只此一句，不用再多說什麼了。汴水邊的奮戰也是無可爭議的事實。不相信的自可以去問目擊者。他只要在兩邊的人牆中抱住曹洪就行了。

半晌之後，他終於放開了曹洪的肩膀，大口喘息了一會兒。這時候，人牆之後走出了陳潛，他向曹操說道：「太好了。」是的，太好了。這一句話裏包含着很多很多的意思。

不怕死的曹操——世人如此稱讚。經此一戰，他的大名響徹諸軍。只要聽到他的名字，無論武將士卒，心中都會生出一股莫名的戰慄。

這一點給曹操今後的歲月帶去了多大的便利，恐怕是無法估量的吧。

八

有說一百萬，有說數百萬。

這是被董卓帶到西面的百姓人數。

據《後漢書》郡國一項記載，包含洛陽在內的河南尹，有戶數二十八萬，人口一百萬左右。所以說數百萬的數字是有些誇張了。

不過，上面的統計是在永和五年（公元一四〇年）進行的，這之後已經過去了五十年。而且按照當時的人口統計方法，一般會把不受平等待遇的奴婢等人排除在外，所以實際人口應該多於一百萬。另外，由於黃巾起義，中原地區的治安惡化，人們為了尋找一個安定之處，紛紛擁來洛陽，遷入的人數應該也不會少。

無論如何，總之被董卓趕往長安的人口數量相當巨大。

路上的糧食怎麼解決？住宿又怎麼辦？這些問題一概不予考慮。

「隨我到達長安的只要強者就行了，走不到的死了也無所謂。」董卓如此說過。

洛陽到長安約有五百公里。沿途既沒有食物，也沒有可以借宿的住家。唯一能依靠的只有自己的腳，能夠走下去的人才能活下去——啊不，就算是到了長安，也不見得一定會有住所。自從二百年前因赤眉之亂而遭荒廢之後，長安城已然成了廢城一座。

人們對前途抱不了任何希望，只是向前走着。前面的人餓得連走路都踉踉蹌蹌，被後面推搡，被馬蹄踐踏，紛紛倒斃在路旁。

真如人間地獄一般。「積屍盈路。」《後漢書》中如此寫道。屍體在路旁堆積成山。

到底有多少人活着抵達了長安，史書上並沒有記載。

有人中途想逃回洛陽，可是那裏已經沒有了住的地方。董卓為徹底粉碎朝臣和百姓們心中的眷戀，不單燒毀了洛陽，就連附近的小村莊也全部燒得一乾二淨。

史書如此寫道：「二百里內，室屋蕩盡，無復雞犬。」

那時的一里相當於今天四百米。依此計算，這場大火造成了方圓八十公里地區的徹底毀滅。剩下的只有雍門以西三里的白馬寺。

十二層的佛塔矗立在餘煙未盡的廢墟中——自建塔以來，人們第一次如此深刻地感受到它的存在。

「真像是專為今天而建的啊。」陳潛從酸棗曹軍營地回到白馬寺，仰望佛塔說道。來迎接他的支英沉默不語。

「你的一片苦心，終於有了回報啊。」陳潛說。

他說的苦心是指支英給董卓獻計獻策，討其歡心的事。所謂回報，則是指董卓下令禁止燒毀白馬寺。

「不，也許……連白馬寺也該一起燒了才對。需要濟渡的百姓都失去了家園，只剩下白馬寺還有什麼用處……我以前的做法，是不是錯了呢……」支英輕輕搖頭，開口說道。

「是嗎……這份心情我也能理解……」陳潛不知道該說些什麼。若是換作五斗米道又該如何？要想拯救人類的靈魂，恐怕就不得不承受痛苦啊……

「潛先生，我有一事相求。」支英好像忽然想到了什麼。

「唔？」

「能否幫我把寺裏的二十幾人，以曹軍士卒的身份帶出去？」

「寺裏的人？」陳潛不明白支英的意思。

「相國為了防止去長安的人逃回來，把白馬寺中的相關人等都做了記錄。寺裏若是留有他人，一律視為逃亡者斬首。」

「你是說，寺裏有二十名外人？」

「不，這二十人本就是寺裏的。」

「那為何……」

「相國以為這二十人已經被活埋了，所以我們上報名單的時候必須將這二十人扣去，不然就會與他的名單不符。」支英在石階上坐下，將事情的原委說與陳潛。

自從答應董卓借他二十人去挖洞，支英就知道這二十人的性命難保。雖然董卓也知道月氏的佛教徒無慾無求，但他自己的佔有慾太強，當然也不會信任別人。這也就是說，董卓不會放這些知道財寶所在的人活着出去。

恰好這時候董卓府邸附近的富豪陶固為了避難，找了一個改造宅邸的藉口。支英便將月氏的工匠送到了陶固那裏。其中便有精於挖掘沙漠地下水道的人物。根據此人的指揮，月氏工匠先挖了一個豎洞，然後又橫向挖開通道，一直挖到了董卓的宅邸。多虧了專家的指揮，他們得以正確測定橫向通道的走向，並且也順利完成了排水等諸多作業。

董卓這邊的工匠們把裝滿財寶的箱子放到洞底的時候，陶府的一組已經挖到了董卓府邸洞穴的西壁，只留下薄薄的一層土。這樣就可以及時將其鑿開，把那邊的二十人解救出來。

董府這一組的負責人也知道此事，所以當上面落土下來的時候，招呼眾人趕去洞的西壁。陶府這一組人鑿開西壁，拋下繩子，把這邊的二十人救了上來。

這邊的二十人事先當然也帶了許多木板下來，上面落土的時候，他們就將木板搭在裝滿財寶的箱子上，儘量給自己多爭取一些空間。

不過這二十人雖然獲救，卻不能將他們的名字登記造冊。

「原來如此。」陳潛點頭道。

這時候距離董卓縱火已有數日了，然而洛陽城依舊灰煙繚繞。煙氣滲進陳潛的眼睛，他不禁連連眨眼。這大約不單單是煙氣的緣故吧，看上去仿佛是由心底淌出的淚水。

「煙真嗆人哪……」文英也眨着眼睛。

陳潛仰頭望向十二層佛塔，他對着蒼天頻頻點頭。

作者曰：

北魏楊衒之撰寫的《洛陽伽藍記》中有如下記載：

永和里，漢太師董卓之宅也。掘此地者，輒得金玉寶玩之物。邢鸞家常掘得丹砂及錢數十萬，銘云：「董太師之物。」後夢卓夜中隨鸞索此物，鸞不與之，經年鸞遂卒矣。

邢鸞死於延昌三年（公元五一四年），距離董卓把洛陽燒成灰燼已經過了三百二十四年。人類的「慾望」是多麼可怕啊！

董卓去到長安之後，再也沒有回過洛陽。知道財寶所在的呂布，也在三國初期被殺了。

白馬寺的人雖然知道財寶的下落，卻從沒有去動過一分一毫。

第二卷

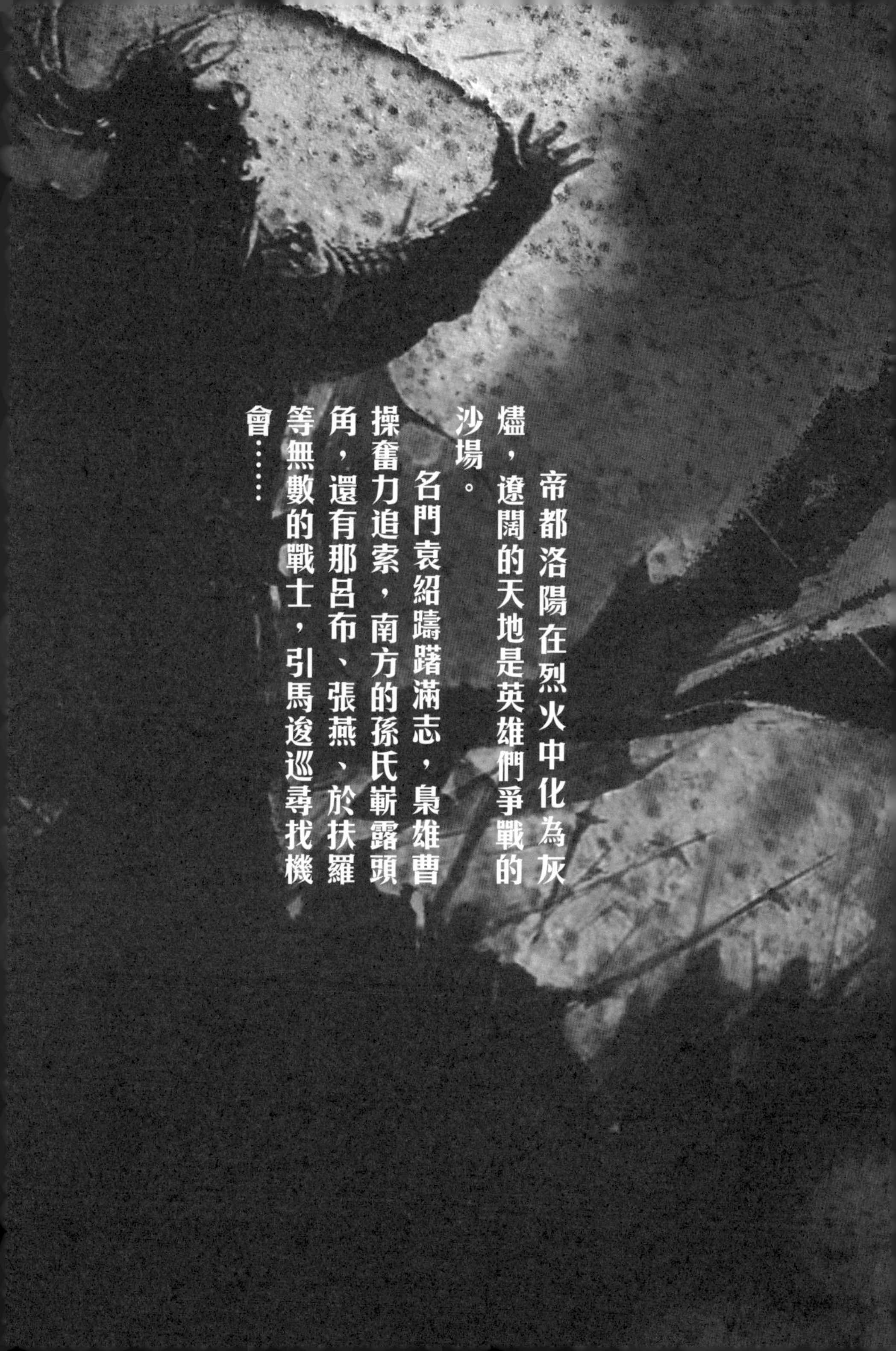

帝都洛陽在烈火中化為灰燼，遼闊的天地是英雄們爭戰的沙場。

名門袁紹躊躇滿志，梟雄曹操奮力追索，南方的孫氏嶄露頭角，還有那呂布、張燕、於扶羅等無數的戰士，引馬逡巡尋找機會……

風姬之舞

一

「大人並非真的生氣吧。」陳潛說道。

曹操的眉毛微微一挑，隨即又恢復了原來的表情。

「為何這麼說？」一陣沉默之後，曹操不動聲色地問道。

「因為當時孟德大人的身材看起來並不高大。」陳潛回答道。孟德是曹操的字。

「真是奇怪的鑒別法。」曹操只說了這一句。陳潛的鑒別法是對是錯，他並沒有給出評價。

酸棗的反董聯軍七將，將自己的營寨紮成聯營。黃河對岸則有盟主袁紹與王匡。洛陽城的南面則是孔伷、袁術。然而真正出兵的卻只有曹操一人。看來，其餘諸人從一開始就沒有打算取勝一般。

曹操勇猛果敢，令人畏懼。——曹操的出擊，也只是想要得到這樣的評價而已。

他的舉動已經起到了效果，但曹操並沒有就此滿足。軍事會議上他依然力主出戰，而且即使是各營主將相互拜訪之時，他也極力説服對方一起出兵。説到激動之時甚至會變得語無倫次。
當時反董卓聯合軍的狀況，《三國志》中如此寫道：「酸棗諸軍兵十餘萬，日置酒高會，不圖進取。」
據説各家諸侯只知道每日飲酒作樂，毫無出戰的打算。只有曹操獨自生悶氣。
某日鮑信來訪。鮑信是濟北的國相，酸棗諸將中曹操與他交情最深。
「去西面合圍董卓。人皆以為洛陽之西是董卓的勢力所在，果真如此嗎？世人皆作如是想，董卓豈不也會安然不作防備？他的兵力到底也有限度，總不能面面俱到。若我是董卓，必定不在洛陽之西設防，都交給世間傳言便是……攻吧。最近的聯軍便是南陽袁術，為何袁術軍不去洛陽以西！哎呀哎呀，真叫我心急如焚……」曹操向鮑信慷慨陳詞道。
當日陳潛也在場。鮑信回去以後，陳潛便對曹操説：「大人並非真的生氣吧。」
曹操是個現實主義者——也許有人會表示反對。既然是現實主義者，為何明知無法取勝偏偏還要孤軍出戰呢？
因為曹操在乎的不是單純的勝敗，一切都在他的計算之中。只要他得到勇猛的名聲，日後的利益將不可估量。
名聲的魔力——曹操深知這一點，也深知利用此點的心理。也正因如此，他才會想到董卓是在借用傳聞假造自己西面兵力強大。
確如陳潛所言，曹操慷慨陳詞的時候，內心卻平靜如水。
誰都知道，無論喜怒哀樂，人只要興奮起來，便會陷入一種盲目的狀態。若是談話的對方過於興奮，必然無暇顧及自己的神情舉動，自己說話也就不用那麼小心翼翼。於是平日裏謹言慎行的人到了興奮者的面前都會變得口無遮攔——曹操裝出興奮的模樣，正是想要利用這一點。

雖然眼下都是友軍，然而將來如何，誰也不能保證。而且將來也需要盟軍，該選誰來結盟，也要有所斟酌才行。曹操盡力觀察軍中諸將，暗中注視他們的一舉一動。他本以為自己的做法沒有人能識破，卻沒料到眼前這個人……

「此人不可小覷啊……」曹操緊盯着陳瀏的身影，將他深深刻在腦海中，然後慢慢閉上了眼睛。

「真讓人着急……」曹操身邊的夏侯惇說道。

各家諸侯不接受主公曹操的作戰方案，着實令人心焦。

可是單靠曹操一家的力量又遠遠不夠。若沒有從張邈那裏借來的五千人馬，連汴水之戰都打不起來。

「兵力不足啊。」曹操低聲沉吟道。

「再向誰借點兵吧。」夏侯惇說道。

夏侯惇複姓夏侯，單字名惇。曹操的父親本姓夏侯。他的祖父曹騰乃是宦官，從夏侯家收了養子繼承家業，也就是曹操的父親曹嵩。所以夏侯才是曹操的本家，夏侯惇是他的堂弟。

「此人便是榜樣……」曹操睜開眼睛，看着夏侯惇。他在考慮將「名聲的魔力」反其道而用之。

在接下來所要面對的亂世之中，人們若是越畏懼他，對他也就越為有利。曹操最想達到的效果是，最好能讓人畏懼他身上那些本不需要畏懼的地方，他便可以將自己身上真正可怕的地方隱藏起來了。

曹操心思縝密，精於計算。這便是他的可怕之處，然而他將這一點隱藏了起來。而且，毫無心計的魯莽之徒，反而向世人展現出這樣的一副面孔。

汴水一戰，他給人的印象是個有勇無謀的莽撞猛將。魯莽之徒的榜樣就在旁邊，所以曹操模仿得很像。

十四歲時，夏侯惇便把侮辱自己師傅的人亂棍打死，確實是個不折不扣的魯莽之徒。

「你和我一起找個什麼地方去借兵吧。」曹操說道。

「好，去。只要有兵……」夏侯惇摩拳擦掌。

曹操回頭向陳潛道：「我不在的時候，想請先生為我走訪幾個人，不知先生意下如何？」

「是。」陳潛垂首施禮。

不愧是曹操，極擅長察言觀色。雖然他還不清楚陳潛的背景與目的，但至少知道陳潛此人善於把握消息，是個難得的人才。曹操想讓陳潛的才能為己所用。此時的曹操固然需要兵力，但有關天下豪傑的情報也是他亟需的。

二

陳潛沒有絲毫耽擱，便朝着西南方向出發了。

曹操沒有明說想要陳潛探訪的是誰，但陳潛心中自然明白。有一回陳潛曾聽到曹操如此自語：「董卓老賊，我和那傢伙，你更怕的到底是誰？」

「那傢伙」是誰——陳潛自然不會問這麼愚蠢的問題。

曹操說的一定是他，長沙太守孫堅。

白馬寺眼光銳利的支英也早已經預料到了，將來能夠逐鹿天下的必是曹操和孫堅這兩個人。說實話，陳潛若是站在董卓的立場上，也會認為孫堅比曹操更可怕。

孫堅的勢力雄踞長江（揚子江）一帶，離都城相距甚遠。與中原出身的曹操相比，他的身上有太多未知的地方。就連孫氏一族的財力，也完全無從推測。越是未知的東西，越令人懼怕。

「雖然自稱是這本書作者的後代，其實都是編的吧。」有一回曹操撫摩着他最愛讀的《孫子》一書，如此說道。

《孫子》的作者乃是春秋時期出仕吳國的孫武，孫堅一族自稱是他的後代。活躍於公元前五百年時的孫武，距離東漢末年已經七百多年，家系當然無從考證。不過，雖然無從考證孫堅到底是不是兵法家的後代，但他十七歲時便曾經斬過錢塘海盜，又以千餘人大破會稽數萬亂賊，這些都是當時轟動一時的事件。黃巾之亂時他的英勇作戰，世間也是無人不曉。

這一次討伐董卓，孫堅也起兵響應，由長沙北上直逼洛陽。

軍營中他的身旁時常陪伴着一名女子。這女子名為風姬，是一位巫女，年紀還不到二十，她的母親也是有名的巫女。在長江沿岸，很多人相信風姬的母親是神仙在世，而且傳說女兒風姬的神力更在她的母親之上。

「這次的舉兵，皆是依照風姬傳達的神諭。」從長沙出發之前，孫堅如此向全軍將士宣佈。

風姬是個美貌的女子。她的名聲之中，除去她的預言靈驗之外，作為女性的魅力大約也是一個不容忽視的要素吧。

「呼，居然帶着女人來……什麼巫女，最後還不是變成好色孫堅的小妾。」這番令人不快的言語，出自荊州刺使王叡之口。

王叡是個傲慢的人。黃巾之亂時，此人曾和孫堅一同作戰。然而那時候，什麼事情都被孫堅搶盡了風頭，王叡心中很是不悅。

「孫堅之流，不過是些只知道打仗的傢伙罷了！」王叡經常如此貶低孫堅，當然他自己也知道這些話總會傳到孫堅耳朵裏。

——我是個了不起的人物。

為了讓自己和別人都相信這一點，他故意擺出一副目空一切的架勢，時時處處大放厥詞，甚是令人討厭，所以人際關係相當不好。然而儘管樹敵無數，王叡卻也從未想和解。

「誰不服就殺了誰。」這句話是他的口頭禪。

武陵郡太守曹寅也與王叡不和。武陵位於洞庭湖旁，桃源鄉便在他的轄區之內。二人不和的原因很是荒唐。每逢冠婚葬祭之時，荊州刺史與武陵太守之間總要有些來往。王叡覺得自己得到的禮品沒有送出的貴重。

「曹寅真是小氣。」他如此四處宣揚。曹寅聽說之後，對左右說道：「王叡這個蠢人，只當越大的東西越好，不知道小巧東西的貴重，真是沒有眼力。」

這話傳到了王叡的耳朵裏。

「好，我殺了你！」他又冒出了自己的口頭禪。這話幾經輾轉，又傳回了曹寅的耳中。

曹寅天性膽小，從此便開始密切關注王叡的動靜。

征討董卓的檄文也傳到了荊州武陵一帶，此處的長官紛紛響應，準備舉兵。王叡若是專心準備出兵也就罷了，偏偏他在動員軍隊的時候如是說：「且拿武陵曹寅的人頭祭旗，之後再去洛陽。」不知道他這說話是在當真，還是單單為了鼓舞士氣，總之言語相當不謹慎。其實他根本沒有想殺曹寅的打算，他知道這話總能傳到曹寅耳朵裏。

「那傢伙膽小怕事，聽我這麼一說，更要連覺都睡不着了吧。哈哈。」王叡以為自己這是好好嘲笑了曹寅一番。然而在曹寅的眼中，王叡所言絕不是一句玩笑。此事關乎自己的性命，必然要想個對策才是。

在這裏先讓我們來解釋一下州與郡國之間的關係。整個三國時代最基本的結構是，各地諸侯勢力強盛，彼此征戰，逐鹿中原。因此，若是能對諸侯所在地區的組織結構有所了解，應該會有助於理解整個三國的故事。漢朝的地方組織之中，最大的單位是「州」。除去直轄地區（司隸），天下分為十二州：豫州、冀州、兗州、徐州、青州、荊州、揚州、益州、梁州、并州、幽州、交州。

州的下面有郡和國。郡與國同級，實質上也沒有什麼差別。

皇族雖被封為一「國」之王，但漢朝的制度禁止王直接統治。比如前文所述，董卓將前任皇帝劉辯貶為弘農王，雖然封了畿內的弘農國給他，但他並不赴任。弘農王只是一個名號，本人實際是住在都城洛陽的。國的行政事務，實際上是由朝廷任命的「相」來行使。

郡的長官稱為「太守」，而國的實際長官是「相」，郡與國同級，太守與相也是同級。

至於說郡與國都屬州的管轄，因此州的長官「刺史」就一定比「太守」和「相」地位更高——然而實情並非一定如此。這其中的情況相當複雜。

以荊州為例，它包括今天的湖北、湖南以及河南的一部分，是非常大的一個州。下面有南陽、南郡、江夏、零陵、桂陽、武陵、長沙七個郡。

一直將殺人掛在嘴邊的王叡，雖然身份是荊州刺史，但他卻沒有給長沙郡太守孫堅或者武陵郡太守曹寅下命令的權力。簡單來說，他們都是同級的。

之所以如此，是因為漢朝時候的「州」，其實也就相當於日本的關東地區、近畿地區之類的「地區」一樣，並不是實際的行政單位。刺史雖是州的長官，但他並不負責州的治理。他的職責是監督州下面郡國長官的業績。刺史所在的城市稱為某州，只有對這裏，刺史才具有實際的管轄權。

不妨再用日本的地名做一下解釋。比如說近畿地區的刺史官邸設在大津。刺史雖然有權監督近畿地區太守（知事）們的工作，但只有在大津才有實權，不像大阪府知事、兵庫縣知事一類的職務管理大量的土地和人口。

換言之，也就是說太守比刺史更有實權。二者的俸祿雖然都為二千石，但太守從漢初開始便是二千石，刺史則是從最初的六百石逐漸變為後來的二千石。

又比如說，反董卓聯合軍的盟主是渤海太守袁紹。渤海直屬於冀州，但冀州刺史韓馥卻在袁紹手下負責後勤工作。

在這個時代，比起名義上的官位，人們更看重的乃是實權。同樣身為郡太守，曹寅的武陵郡只有二十餘萬人，而孫堅的長沙郡人口卻超過百萬，兩者實力也是差距懸殊。

三

紅色的火焰慢慢變作黃色，突然間鼓脹起來，騰向高高的夜空，劈啪作響。

巫女坐在火焰的前面。她正在試圖接觸神明，聽取神諭，不過這還需一段時間。能得神諭的女子稱為「巫」，男子稱為「覡」。

男子向天號泣便可取得神諭，然而女子單單號泣還不夠，還要起舞才行。巫女也要根據季節變換自己衣服的顏色。

春着青衣，夏着紅衣，秋着白衣，冬着黑衣。這都是規定好的。

巫女風姬此時穿的是青衣。在她身後，堆積如山的柴垛正在燃燒；在她面前，神壇上早已擺好了祭神的供品。牛、羊、豬三種祭品，代表着最高貴的儀式。左右兩邊的青銅樽中盛滿了美酒。

風姬在神壇前跪拜數次，隨後站起身來。起舞。中原的舞蹈與日本的舞蹈頗為相似，節奏溫和舒緩。然而距離中原都城越遠，舞蹈的節奏便會越快。尤其是巫女的舞蹈，動作非常激烈。寬袍大袖，裙裾遮足。

此時正值早春，夜晚寒氣逼人。人們圍在巫女的周圍，開始時都哆哆嗦嗦縮着脖子，到了後來卻似乎一個個忘了寒意。這不僅是因為那時而紅時而黃的火焰，也是因為巫女快速的舞動對圍觀的眾人產生了影響。

孫堅麾下的兩萬士兵，除了正在執行勤務不能前來的，其餘眾人都圍在這裏觀看巫女的舞蹈。孫堅自己則坐在稍遠些的塔樓上向下張望。他不單單是在看巫女的舞蹈，也是在觀察着部下的情況。

他的右面坐着長子孫策，左面坐着少年周瑜，兩個人今年都是十五歲。十八年後在赤壁大戰中大勝曹操的智將周瑜，這時還是個臉頰泛着微紅的懵懂少年。

孫堅的部隊從長沙出發，由洞庭之右北上，越過戰國時代詩人屈原自盡的汨羅江，穿過日後的大戰場赤壁，渡過長江（揚子江），一路奔赴洛陽。

這裏是長江支流漢水沿岸的平原地區，有很多沼澤，距離荊州刺史的駐地荊州約有兩天的路程。

如前所述，刺史駐留的地方以州名稱呼，因此很多時候由於時代不同，刺史駐地變化，即使是同樣的名稱，所指的地方也會不同。

東漢時候，本來刺史駐地是在洞庭湖西岸的漢壽（現在的湖南省常德縣），不久之後又轉移到了襄陽。所以，東漢末年的荊州指的就是襄陽，也就是今天的湖北省襄陽縣，距離河南省的邊境只有八十公里。

「有一股中原的味道。」孫堅說道。

兩個少年一直注視着巫女的舞蹈，統帥孫堅則對觀眾比較感興趣。

「什麼味道？」孫策吸了下鼻子，抬頭問道。

「說不清楚。……離洛陽越近味道就越濃。」

「香味還是臭味？」真是少年性情的提問。

「應該說是香味吧。」

「父親大人進中原是在黃巾大戰的時候，難道聞到的不是血腥味嗎？」

「不，是香味。」

「哦，這就是說，覺得中原更加舒服吧，楚人常有的病啊。」

「什麼，病？」孫堅下意識地反問了一句。

中原是文化的中心，離中原很遠的楚地（現在的湖南、湖北）通常被認為文化落後。楚地之人也常常因此而自卑，孫堅也不例外。然而長子孫策雖然只有十五歲，卻對父親的這種想法不以為然。

「連中原的空氣都是香的！」孫策心中不快。

「嗯，病，」孫策轉向周瑜，徵求他的意見，「是吧？」

「唔……」周瑜笑了一笑。

「此種不快豈不也是源於對中原的自卑感嗎？」他的心中如此暗想。

周瑜雖然應了一聲，眼睛卻始終沒有離開舞動的巫女。

巫女的舞姿，愈發激烈了。

漢朝的服裝與日本的和服相似，不過領子部分多為黑色，腰帶的寬度不超過五厘米，打成結後多餘的部分長長的垂在衣服的前面或者後面，有時也在側腰處垂下來。

風姬身着青衣，衣領自然也是黑色。若是放下手臂，衣服的袖子會一直垂到地面。不過此時她的雙手不斷舞動，長袖也隨着她的動作翩翩起舞。她身後藏藍色的腰帶也在隨風飄揚。這股風自然也是她舞動出來的。

風姬突然向上躍起。裙裾微漾，隱約可見一雙白皙的纖足。她的雙腳赤裸。風姬快速旋轉。兩圈、三圈，然後突然換了方向，又反着轉了起來——她的上身前俯，兩手伸平，用這個姿勢旋轉着。她以右腳為軸，左腳則像划槳一樣撥動自己的身體。她旋轉的速度快得讓人難以置信。不知什麼時候，她的方向又變了。

「啊……」少年周瑜不禁輕歎了一聲。

宛如提線木偶一般，風姬的身體就像是有什麼絲線拉着一樣輕飄飄地浮了起來。她實際上是足尖點地向上躍起的，然而點地的動作卻被衣服遮擋住了，難免讓人生出飄浮的聯想。

「吃驚嗎，周瑜？」孫堅笑着問道。這孩子看得如此聚精會神，果然還是個孩子啊……

「是……以激烈的態勢為掩飾，便可以眩惑對手，這也是出其不意的方法之一吧……」周瑜答道。他的眼光依然沒有離開風姬。

「哦……」孫堅的笑容消失了。

「好厲害……」這少年眼中看的是巫女之舞，腦中想的卻是兵法啊。

此時風姬的身子又向後面仰去。旋轉。奔跑。跳躍。——眼花繚亂的動作，令她終於達到了神明附體的狀態。

「哦，哦，哦——」無言起舞的風姬，忽然間發出了奇怪的聲音，隨即便面孔朝下倒在了地上。

近兩萬的觀眾頓時鴉雀無聲，四下裏一片寂靜。所有人都屏住了呼吸。

兩三分鐘過去了，但是感覺上時間要長得多。

風姬慢慢站了起來。然而她的身體依然看不出有什麼力氣，彷彿是被看不見的絲線提起來的一般。

隨着她的起身，觀眾之中也出現了不可思議的現象。遠遠圍着風姬的人們，與她起身的動作相反，慢慢地坐到了地上。嚴格來説，圍觀眾人並沒有全部坐下，其中有三分之一的人都是跪在地上，剩下的人們彷彿是受了他們的感染一般，也一個個垂首伏在地上。就好像細微的波浪捲過平原一樣。

「風姬的信者，大約是全軍的三分之一。」少年周瑜淡淡地説。

「看得很仔細啊……」孫堅忽然覺得有些悚然。

風姬的雙手直伸向前，不停抖動，長袖也隨之出現漣漪。風姬手臂的抖動愈來愈大，袖子的波紋也愈加劇烈。忽而左，忽而右。「哦，哦，哦——」風姬又一次發出了奇怪的聲音。適才的聲音是天神附體，這次的聲音則是傳達神諭。

「去吧，孫堅，率你的人馬沿漢水向北進軍。漢水北上而西折，在那轉折處，將有大軍加入你孫堅的陣營。那大軍的統帥將伏屍於你的刀下。斬了他，孫堅，去將漢水轉折處的城主斬殺。那人名字叫做王叡。去吧，孫堅，我在洛陽等你很久了！」

嘈雜聲四起。

人們本都是在屏息靜氣，此時卻不由自主發出了輕微的歎息。近兩萬人的輕微歎息合在一起，也就成了嘈雜之聲。

嘈雜之聲，漸漸化作了歡呼之聲。風姬再一次倒在地上。

塔樓之上，孫堅深深點頭。

四

——且拿武陵曹寅的人頭祭旗！

荊州刺史王叡的這句話，讓膽小怕事的武陵太守曹寅絞盡腦汁尋找對策。殺，或者被殺。若是能搶先一步殺了要殺自己的人，自然也就沒問題了。曹寅自己雖然殺不了王叡，他的腦海裏卻有一個想法——檄文。

董卓專政以來，討伐他的檄文傳到了天下各處。各地諸侯紛紛響應，起兵討伐。這的確是一種相當有效的手段。

討伐董卓的檄文之所以有如此大的反響，正因為他是一個天下憎恨的人物。應該利用這個條件。曹寅雖然膽小，腦子也並不笨。

荊州刺史王叡，與洛陽董卓勾結，締結阻礙反董聯軍的密約，其罪當誅。——此檄文傳到了孫堅的陣營。

「哈哈，哪有此事……」孫堅的領地與王叡、曹寅很近，深知這兩人素來不和。一看到這篇檄文，孫堅便猜到了其中的隱情。其實在此之前他已經知道了王叡將要加入討董聯軍的消息，更聽說王叡已經為此籌集了三萬兵馬。

不過雖然不相信檄文的內容，孫堅卻覺得它有利用的價值。

現在他的手中只有兩萬兵馬，想要爭奪天下，這些人馬遠遠不夠。如今乃是爭霸天下的時候，此時的反董聯軍，實質上便是蘊蓄下一代霸權歸屬的團體。在此團體之中，哪怕多一個士卒也是好的。

荊州的三萬兵馬很有吸引力。這些人都是王叡剛剛招來的，其中幾乎沒有什麼經他一手培養起來的將校，所以對這三萬人馬而言，主帥是誰都無所謂。只要依照檄文斬了王叡，便可將這三萬人馬收入囊中。

孫堅召集群臣商議之時，代表性的意見是：「此檄文頗有怪異之處。王叡再怎麼愚蠢，也不至於逆天下而從董卓……不可輕信。」

「確實不可輕信，但也不可不信……這樣吧，請風姬來作個判斷。」孫堅如此說。

於是，便成了以風姬傳達的神諭來作決定的狀態。

神諭已得。——討王叡！

慎重派的家臣也提不出什麼異議，因為這是神的旨意。況且全軍將士的三成都是風姬的信奉者。

風姬又是在公開場合問明了神諭。

若有人膽敢質疑神諭，恐怕可能會被瘋狂的信徒刺殺吧。可以說這便是絕對的命令。

「下達命令的方式也有很多啊。」塔樓上，周瑜如是說。

「你這小子……」孫堅初時想笑，臉頰卻不由自主僵硬起來。自己的計謀竟被十五歲的孩子看得一清二楚。

不容置疑——命令必須要有如此效果。戰鬥力的強弱，也會受到命令力量的強弱所左右。為了增強命令的力量，讓它成為神的旨意是再好不過的了。

而且，孫堅率領的兩萬楚地士卒之中，有相當一部分本來就是風姬的忠實信徒。

說起來，從屈原的時代開始，楚地就與通靈的人很有淵源。即使漢代將循規蹈矩的儒教定為國教之後，湖北、湖南一代也依然是仙家的洞府。這種狂熱根本無法忤逆。

於是孫堅便借用風姬下達了自己的命令，這比用他自己的聲音更有說服力。而且在另一方面，即使命令導致了失敗，他的統帥權威也不會喪失。

「你這小子……」孫堅又說了一句。

「必須馬上出發了。」周瑜道。

「哈哈哈……」孫堅終於放聲大笑起來。他安心了。這個聰明得幾乎讓人憤怒的小傢伙啊，他一直不停說着自己的推斷，果然還是個天真的孩子。比起心知肚明卻沉默不語的人來，這小傢伙還差了許多啊。

馬上出發——必須如此。若是在這裏磨磨蹭蹭浪費時間，消息便有可能傳到王叡那裏去，畢竟風姬的神諭已經公開了。

「好！明日一早出發，日夜兼程奔赴荊州，一日便可趕到了吧。」孫堅說。

五

孫堅率領兩萬人中的五千兵馬來到了荊州。

荊州刺史王叡招集的三萬兵馬幾乎全是新兵，士兵之間互相都不認識。令人難以置信的是，孫堅一行人假扮成荊州募集的部隊，竟然也大搖大擺進了城門。

湖北和湖南雖然有所差異，但畢竟同是楚人，方言十分相似。即使有人問起，也不會引起對方的懷疑。古代中國，城市都有城牆包圍。孫堅等人進了城門，也就等於進了城市。

正如北京城裏還有紫禁城，專供統治者居住一樣，稍具規模的城市裏都會再有一個內城，譬如刺史或太守居住的地方便叫「牙城」，這個名字來源於城中樹立的象牙旗杆。而孫堅率領的五千人馬，不單毫無阻礙地進了城門，連牙城的城門也都順利通過了。他們大搖大擺直闖進去，守門的士卒絲毫沒有懷疑這是他人的軍隊。

「這些都是新招來的士兵，去由刺史大人審閱。此事已經通報過大人。」部隊前面的騎馬武將大聲說道，那副架勢好像根本沒把守門的士卒放在眼裏。

「請。」守門的士卒情不自禁地施了一禮。

這些新兵往往都是由地方豪族招募，族中的精壯青年便是軍隊的長官。駐守牙城大門的士官當然不可能認識這些地方豪族的子弟。更何況馬上的武將身材魁梧。

「此人相貌堂堂，說不定將來可以成就大事，不能招惹啊。」守門的士卒心中一定懷着如此想法。與身材矮小的曹操不同，孫堅身材魁梧，五官端正。曾有傳言說，曹操介意自己身材矮小，若是有不認識自己的外國使節求見，他便會讓旁人代替自己與之相見。然而孫堅沒有此種顧慮，相反他總是儘可能利用自己的外貌。進入荊州牙城時，他心中也是滿懷自信的吧。這若是讓曹操知道，恐怕更要恨得咬牙切齒了。

孫堅的人馬迅速將牙城王叡的住處包圍起來。

「怎麼了？你們找我有什麼事？」王叡來到迴廊處，這裏距離下面站滿士卒的院子高出大約五米。

一個老兵上前一步說道：「軍餉太少，連衣服都買不了，請大人想想辦法。」

「衣服？這等小事不要來問我，去找軍需將官說。刺史的倉庫裏，布料堆積如山，用都用不完。刺史又不小氣，你們派個代表去倉庫走一趟，想要什麼拿什麼就行了。」王叡又習慣性地亂誇海口。

他剛剛挺胸說完這番話，忽然在士卒之中看見一張熟悉的臉。

長沙太守孫堅——這不就是平日一向害怕蟲子，常常被自己取笑說是不像武將的孫堅嗎？

而且王叡一直以為這些來要衣服的人都是自己招募的部隊，其中怎麼會有孫堅的身影？

「啊，啊……為何孫家的人會在這裏？」王叡急忙問道。

「我接到了誅殺你的檄文，才會來此。」孫堅淡淡地說。

「啊？什麼？誰……誰的檄文？」由於太過意外，王叡口齒都有些不清了。

「據說光祿大夫溫毅的使節送來的。」光祿大夫是天子的樞密官。

「什麼？不可能……我，到底犯了何罪？」王叡不禁提高了嗓門問道。

「不知。」孫堅冷冷地答道。這個回答可以解釋成多種意思。

「殺你的理由我從何得知？」如此解釋亦可。事到如今還不知道自己被殺的理由，這便是殺你的理由。如此解釋亦可。

總而言之，追問罪名已無甚意義，反正你馬上就要死了——這便是孫堅的言下之意。王叡你已經無路可逃了。

「也罷，與其死在你的手上，不如我自己了結。」王叡望着下面的院子說。孫堅的人馬已經將他團團圍住了。

「好，我便讓你自己了結。」孫堅應道。

「不過要花些時間。」

「抱歉，我可等不了太久，日落之時便須了結。」此時日頭已然西傾，距離日落還有不到一個小時。

「是嗎……不過也不會拖到日落。」

「況且都是一死……」

「哎呀，我可一直在想，若是自殺，一定要用這種辦法，好為來世做個準備啊。」

「可否指點一二，以備將來？」

「那我就教教你吧，說不定哪一天你也落得我這樣的下場……聽好了，就是金子。削些黃金就水喝下，必死無疑。而且來生轉世的時候也會受到黃金的庇護，出生到富貴人家。」

「謹記於心。」孫堅抱起胳膊。他想謹記於心的並非是尋死的方法，而是置王叡於死地的原因。

——管不住自己的嘴，總喜歡大放厥詞，不懂人情世故的微妙，張口便對人惡語相向。王叡轉身進屋，過了一會兒，手拿一隻淺杯回到迴廊，伸手扶住欄杆。

「我知道是誰散佈的檄文了……膽小如鼠的曹寅，是不是？」孫堅點了點頭，到這時候也沒什麼隱瞞的必要了。

「忘了說了，必須得是生金，煉過的金子毒性太小……這話也給我告訴曹寅！」王叡說完，便將杯裏的東西一口氣咽了下去。

不知道金子有沒有起效。王叡喝下去的同時，他也縱身躍過欄杆，跳了下去。下面都是石板地。王叡的頭骨摔得粉碎。

三萬人馬，盡歸孫堅之手。

六

孫堅率領五萬大軍，沿長江支流漢水北上，隨後又折到漢水的支流白河。有關中原局勢，不斷有消息傳來。

洛陽南面有一個名為南陽的郡。它也就是現在的南陽市，不過在當時要比長沙大得多。

南陽郡有五十二萬八千餘戶、二百四十三萬九千多的人口，也就是說，它比孫堅治下的長沙大兩倍以上。南陽太守名叫張咨。
討董聯軍的檄文自然也傳到了這位很有勢力的太守這裏，但是張咨並沒有明確表態。
「不必慌張，且先靜觀其變。」他好像還對身邊親信這樣說。
「真是個狡猾的傢伙。」南陽太守張咨觀望情勢保持中立的消息傳來的時候，孫堅身邊的周瑜如此評論。
「可以說是狡猾，也可以說是聰明吧。」孫堅道。
「是嗎？不過不管怎麼說，他肯定是個吝嗇的人吧。狡猾的人大都是小氣鬼。」
「也許是吧……」孫堅起初只是隨意應了一聲，但是過了一會兒，突然問道，「周瑜，你剛才說什麼來着？」
「南陽太守肯定是個吝嗇的人……」不等周瑜說完，孫堅便搶過話頭說，「那又如何？」他的語氣很嚴厲。
迄今為止，他一直在尋找戰機，然而怎麼也作不了決定。下一個該對誰出手……
「我以為，南陽太守的弱點便是太過吝嗇吧……就好像荊州刺史的弱點是亂耍威風一樣。」周瑜答道。
孫堅目不轉睛地看着周瑜。過了好一會兒，他又將視線轉向了長子孫策。孫策正在修繕弓箭，檢查結扣，好像完全沒有在意父親與周瑜的談話。
孫堅皺起了眉頭。不過，過了一會兒，他長吁了一口氣，臉色又變得頗為明朗。
不妨揣測一下他當時的心理——首先他看到了少年周瑜具有天才的智慧。他將來要輔佐我兒，這份才能自然是必須的。但是，在一旁專心整理弓箭的長子孫策，到底有沒有能力運用這種才能呢？——最壞的情況下，甚至有可能被周瑜篡位吧。想到這裏的時候，孫堅的臉色不禁陰沉下來。不過，緊接着他便想起了次子孫權。
「策兒一個人可能確實駕馭不了周瑜的才能，不過還有權兒。他們兩個人加在一起，應該可以令周瑜的才能為其所用，而且足以抑制他了吧。」孫堅如此一想，心中總算有了着落。
周瑜此時雖然年方十五歲，但卻給了孫堅很重要的啟示，幫他找到了對手的弱點。
「若是提出想要借些糧草軍需，以南陽太守的脾氣，必定是要拒絕的吧……」孫堅望着屋頂自言自語。
「這便有了藉口了吧。」周瑜說道。既然加入了討董聯軍，那麼誰敢阻礙自己北上協力，便可以將誰視作敵人。既然是敵人，自然應當誅殺才是。只要敢拒絕提供軍需糧草，便已足夠出兵征討了。
「接下來又該如何……」孫堅還是一副自言自語的模樣，似乎依然未將周瑜當做交談的對象。
「吝嗇之人都貪得無厭。」周瑜也學着主公的樣子，望着旁邊說。
「接着說。」孫堅依然眼望房頂。他讓這個少年多說點自己的見解，只盼能從中得到某些啟示。
「再讓風姬起舞一次如何？」周瑜應道。
「什麼？」孫堅終於將視線從屋頂移了回來，凝視着周瑜，「同樣的計策用上兩次，效果就會減弱……喂，策兒，弓箭什麼時候整理都行，先聽聽我們談話！」孫堅心中暗暗生氣。長子孫策只喜歡武藝，卻對兵法毫無興趣。
「若不仔細小心，孫家的天下會被周瑜奪走啊！」孫堅真想狠狠地教訓一下這個小子。
「不是重複同樣的計策。」周瑜說道。
「那麼，風姬的起舞又是什麼？」

「不是為了尋求神諭的起舞，而是為了治病。」

「治病？誰的病？」孫堅不禁探出身子。

七

魯陽駐紮着袁術的軍隊，他是討董聯軍盟主袁紹的堂弟。孫堅眼下的目標，便是去往魯陽，與袁術的大軍會合。

去魯陽的途中，會路過持觀望態度的張咨的居城南陽。與友軍會合既是為了擴大勢力，也是為了將來打算。

孫堅向張咨借調軍糧。

「咨以問綱紀，綱紀曰：堅鄰郡二千石，不應調發。」於是張咨拒絕了孫堅的請求。

這早在孫堅意料之中。若是遠道而來的軍隊，提供軍糧倒也合情合理，然而孫堅的人馬出發之處所距並不太遠，糧草軍需應該自行準備才對。

借調軍糧雖然遭拒，孫堅的人馬依然駐紮在南陽城外，絲毫沒有出發的跡象。南陽城中當然更不會放鬆警戒。不過，孫堅軍中似乎有些古怪。

就在此時，一條未經證實的消息傳到了南陽城。——孫堅病了。

隨即又陸續傳來了更多的消息，似乎可以證實孫堅真的病了。其中最具決定意義的一條是，孫堅軍中正在大行祭祀之禮，祈求孫堅病癒。

據說還有風姬起舞。以現在行政區劃來看，南陽已經是河南省的地界，不過從水路來看還是應該歸於楚地。因為有這樣的關係，南陽一帶的風姬信徒也很多。

而且這裏與湖南不同，很少有信徒見過風姬的真面目。因此，一聽說風姬要進行祈禱活動，瘋狂者不在少數。

傳言變成了事實。南陽的信徒興奮異常，他們的狂熱也傳染給了那些並不信教的人們。在城外的曠野中公開舉行的祈禱活動，來了許多圍觀的人。

祈禱病癒的舞蹈，比起祈求神諭的舞蹈來，動作要優雅許多。僅僅是向神靈顯示自己的心意，並不需要神明附體。

風姬的動作輕柔舒緩。神諭之時，她的衣袖在風中激蕩飄舞，然而祈願之時卻只有輕盈的擺動。舞動得很慢，便能清晰看到她的面容。那份美貌讓圍觀的眾人目眩神迷。

「啊，果然是神女……」有信徒如此低聲自語。

神女不會說謊。既然她在向神明祈求痊癒，那麼長沙太守孫堅臥病在床的事肯定不假。

「說起來，孫堅全軍上下好像都籠罩着一股憂愁之氣啊……」南陽太守張咨終於放下了一顆心。

拒絕提供軍糧，也許會引起一點騷動，張咨心中起初也有這樣的覺悟，而且也在坐等孫堅出兵。他還預想着孫堅會來反覆交涉，直到最後自己迫不得已還是要交些軍糧出去才能打發他離開。然而此時孫堅卻得了重病，甚至不得不祈求上天了。

不僅如此，又有消息傳來，事情並非這麼簡單。——孫堅病重不治，已經在準備後事了。他的兒子孫策剛剛十五歲，年紀尚幼，成年之前必須有人輔佐才行。而且，孫堅軍中還有五萬人馬……這些事情孫堅會託付給誰？大軍既然碰巧停在南陽城外，豈不正該託付給同州的太守嗎？

張咨聽說，孫堅本人的確有此意向。當然，此種決定不正是理所當然的嗎？

「五萬人馬啊……」張咨的臉上不禁展開了笑容。

這正是吝嗇之人貪得無厭的表現。亂世之中，最可依賴的就是兵力，更不用說還有無數軍需輜重——而且不費吹灰之力就可以收入囊中。

「消息確切嗎？」他又向報信之人問了一遍。

「大致能有九成把握。假若再能得到孫堅的好感……」

「孫堅對我好像沒什麼好感吧……不管怎麼說，我不是斷然拒絕了他借調軍糧的請求嗎……哎呀呀，那時候我若是含糊其辭多好……」

「現在應該也為時不晚吧……譬如，可以去探望孫堅的病情……」

「啊，對啊……好，就去探望一番！」張咨笑道。臉上怎麼也不是要去探病的表情。

緊接着，探馬便送來了孫堅軍情的消息。——舉軍震惶，迎呼巫醫，禱祀山川（全軍上下都很恐慌，又找巫醫，又祭拜天地）。

如此看來，孫堅的病勢恐怕是危在旦夕。

「彌留之際，孫堅必然要將軍中事務交代下去。」便是為了交接的目的，也要盡速趕去探病才行。張咨火速準備了一些慰問品，對於他這個吝嗇之人來說，這已經是相當的破費了。

「不可引起孫堅的反感……」張咨想到這一點，於是減少了隨行人員的數量。步兵與騎兵加在一起不過五百人。作為太守之間的公開互訪，這已是相當少的人數了。而且士卒都沒有全副武裝。

孫堅的陣中鴉雀無聲，好像都沉浸在無限的悲痛之中。連帶路的士兵也是低着頭，一副委靡不振的樣子。

張咨被帶到了孫堅的病房。

打開門，偌大的房間裏只放了一張床，孫堅躺在床上，周圍一個人也沒有。這樣的時候，不帶隨從進去應該算是一種禮節吧。對方也只有一人而已。

張咨讓隨從等候在外面，一個人進了房間。等到張咨來到床前，孫堅猛然拽開被子跳起身來。他的手裏握着一把齊身的長劍。

「啊！」張咨驚呼一聲，向後跳了一步。然而孫堅是使劍的高手，張咨根本逃不出孫堅的長劍之外。長劍斬落之前，孫堅罵道：「吝嗇的傢伙，你太貪心了！貪心叫你敗在一個十五歲的孩子手裏！」

八

孫堅攻破南陽，與袁術會合於魯陽。袁術封孫堅為破虜將軍，任命其為豫州刺史。

這時候天子早已被擄去了長安，所以諸如賜官封地之類的事務都是手握實權的人說了算。孫堅在魯陽駐紮了很長時間。陳潛也就是在這時候前來拜訪的孫堅。

像陳潛這樣沒有什麼身份的人，要想見到太守，必須要花費些錢財打點才行。陳潛之前也準備了些，不料卻沒有用上。

「白馬寺來人。」他剛剛報出這個身份，便被引去見了孫堅。看來孫堅向景妹提親的事連下人都有耳聞。

「景妹的病怎麼樣了？」一見陳潛，孫堅劈頭便問。

「身體已無什麼異樣，不過大夫囑咐說還要安心靜養一陣。」陳潛答道。

「難道和我在南陽城外的時候一樣，是在裝病嗎？」

「哪有此事。」

「哈哈哈……」兩人談得甚是投機。

孫堅也很想了解一些關於曹操的情況，問了陳潛很多細緻的問題。世人盛傳曹操正在想方設法招兵買馬，孫堅以為此言不虛。

曹操去揚州借了兵。

今天的揚州位於南京的東邊，不過東漢時候揚州刺史的駐地卻在南京的西面，也就是今天的安徽省和縣附近。

據說揚州刺史陳溫和丹陽太守周昕曾經借給曹操四千兵馬，然而這些人馬在途中造反，放火燒了軍營逃跑了。曹操回去的時候手中只剩下五百左右的兵馬。

「看來曹操吃了不少苦啊。」孫堅說道。若是曹操知道孫堅不費吹灰之力便在荊州得了三萬兵馬，他大約會氣得咬牙切齒吧。

「破虜將軍的運氣確實很好……不過即使是曹將軍，這次的苦心也會對將來有所助益吧。長遠來看……」

「我便是長遠來看的啊，一直都是……」

「是嗎？」

「亂世還要繼續，恐怕至少還有幾十年的時間吧。我寧願寄希望於下一代人。還是要看兒子們的時代。說起來，雖然這話是從我這個父親嘴裏說出來的，不過我還是要誇一誇我的兒子啊。既有精於武勇的兒子，也有足智多謀的兒子，還有將來具備軍師之質、足夠輔佐我兒的少年……這些小子們哪，應該很能幹吧。」

「破虜將軍不是還很年輕嗎？將軍的年紀……應該比曹將軍還小一歲吧？」

「是啊……不過不知怎的，總是不由自主就會想起下一代如何如何。大約是上了年紀吧……」

「將軍才剛三十多歲……有些奇怪。」

「唔，連我自己都覺得自己的想法頗為古怪，不過怎麼也沒辦法不想。」兩年之後，孫堅倒在了戰場上。對於那樣的將來，也許在這時候他便已經有所預感了，所以才會不斷談論下一代的話題。

「對洛陽最有幹勁的該是破虜將軍吧？」陳潛換了個話題。

這並非是在阿諛奉承。說起來，陳潛對曹操還是有所偏愛。然而曹操一直苦於兵力不足，四處奔波招募兵馬，好不容易借到的四千兵馬卻又逃走了。憑此時曹操的實力，要想攻破以羌族士卒為核心的董卓軍的鐵壁突入洛陽，怎麼也是不可能的。與曹操的一籌莫展相比，孫堅手中可有五萬大軍。

「我對洛陽本身並無什麼興趣。我的對手不是洛陽城，而是董卓這個人。」孫堅說道。

「哦，是人啊。」

「不錯，無論何時，我都只以人為對手。」

「鬼神、天仙之類的對手，都是交給風姬處理的嗎？」

「不是，風姬的對手歸根到底也還是人。」
「啊，在下不是很理解……」
「你在白馬寺住了那麼久，還是不懂嗎？」孫堅笑着說，「那個膽小的曹寅大約同他的心腹商量過，擔心僅靠借用了光祿大夫名義的檄文，恐怕沒辦法讓我誅殺王叡……不過，曹寅所在的武陵也有很多風姬的信徒，其中曹寅側近的某人便想到了一個好計策。他們派了密使去見風姬，請她求一個誅殺王叡的神諭。當然，有無數金銀珠寶酬謝，這也不用多說了。」
「將軍是怎麼知道的？」
「風姬告訴我的……哎呀，這件事說出來似乎不太好。」
「啊，如將軍所知，白馬寺的人，向來守口如瓶。」
「我也是這麼想的，所以才說了出來。好了，說都說了，索性全都告訴你吧……其實我也向風姬做了同樣的請求。唔，應該說是向她下令。我想要那三萬兵馬……若是手中握有十萬兵馬，兼併三萬人自然沒有問題。然而若是以兩萬之數兼併三萬，便有可能動搖老兵的軍心。此事萬萬不可……好在我的軍中有很多風姬的信徒，王叡的軍中也有很多。只要有了風姬求的神諭，兩軍之中就不會有什麼軍心動搖之事，彼此也不會有太多衝突，很快就能合在一起……然後在我向她下令的時候，她也告訴我曹寅向她也有同樣的請求。」
孫堅說到這裏，目光轉向了庭院。房門敞開着。陰曆三月，已經快是夏天了。
水井旁邊有一個女人的身影。這女子單手提着汲水的桶走向院外。走到半路停了一下，抬手擦了擦汗。她的臉轉向孫堅和陳潛的這邊——原來她便是風姬。看上去與普通的女子無異。

風姬走了之後，一位年輕的長史出現在院子裏，單膝跪地。長史也就是輔佐太守軍事的官職。任用年輕人似乎是孫堅的愛好。

「有什麼動靜嗎？」孫堅問道。他佈置給這位長史探聽消息的任務。

「都是血腥的消息。」

「誰被殺了？」

「太傅（位在三公之上的重臣）袁隗，太僕（掌管皇帝輿馬的職位）袁基，皆被董卓誅殺，洛陽袁家滿門抄斬。」

「孩子呢？」

「不問老幼，共有五十餘人罹難。」

「哦……」袁紹是討董聯軍的盟主，董卓為了洩憤，將自己掌握之中的袁家老小盡數殺掉了。

「在酸棗，劉岱殺死了橋瑁。」

「自相殘殺嗎……」世人都知道劉、橋兩人不和。這兩人又是相鄰佈陣，結果反目成仇，最終兵戎相見。

「酸棗十萬大軍四散而走。」

「是嗎……這不是正中董卓的下懷嗎。今年之內，攻不下洛陽了。」孫堅的聲音頗為無奈。

既不接戰，又不行軍的人馬，時間長了必然要起內訌。

「曹操大人會去何處？」陳潛有些擔心。

「肯定是去袁紹那裏了。反正他也不會來我這裏。」孫堅說。

作者曰：

關於南陽太守張咨的死，正史《三國志》中描寫的是，孫堅設宴招待張咨，張咨前去答禮時被抓，隨即被斬。

說孫堅裝病要讓出軍隊，等到張咨來慰問的時候卒然而起，按劍罵咨，遂執斬之（突然站起來，手持長劍將張咨按住破口大罵，然後將其斬首）。

這一說法是在《吳曆》中寫的。

裴松之對《三國志》做的註解中介紹了《吳曆》的不同說法。

在宴席上誅殺政敵，是當時常有的事。史記中的《鴻門宴》就是一個典型的刺殺未遂案例。因此，在做公開訪問的時候，雙方都嚴加戒備乃是很正常的事。張咨因為拒絕了孫堅借調軍糧的請求，兩者之間應該更加劍拔弩張吧。而且還在自己的地盤上，卻能讓人在赴宴之時輕易殺了自己，難道張咨真有如此愚蠢嗎？

因此筆者以為，還是《吳曆》中所寫的更為合理，那個計策才更容易教人上當。

孫堅據說是《孫子兵法》的著者孫武的後人，而曹操則是《孫子兵法》的註釋家。兩個人冥冥之中恐怕真有什麼緣分吧。

流傳至今的《孫子兵法》都是曹操註解過的。因為《三國演義》中將曹操塑造成反面角色，所以有疑問說——借註解之名，行篡改之實，或許全書都是曹操的偽作也未可知。

最近，在山東省臨沂市，考古人員從西漢初期的古墓中挖掘出了《孫子兵法》的竹簡，隨後判定它和現存的曹操註釋過的版本完全一樣。

篡改古籍的嫌疑，終於被證實是千百年來的誣告。對於曹操而言，這該算是一件值得欣慰的事吧。

——殺。

有這個口頭禪的王叡，被孫堅人馬包圍，被迫吞金自殺。他就出生在前面講過的竹簡的出土地臨沂。這大約也可以說是一種緣分吧。

吞金而死，來世會如何富貴，誰也不知道。不過他的家族在魏晉六朝時代確實無比富貴興旺。

——琅琊王氏，便是當時天下最為顯赫的名門望族。臨沂就屬於琅琊郡。

古時《二十四孝》的人物之一王祥，寒冬臘月的時候為了母親想吃鯉魚，脫光衣服躺在冰上，用身體化開冰塊。他則是王叡的侄子。

蜀道行

一

聽少容說話的時候，劉焉有好幾次都不禁長身而坐。

「說得甚是有趣啊……」他的心中暗想。

劉焉藉口想聽少容的見解，將她請來了自己的府邸。當然，實際的目的是想見見她的真容。然而本來不過是作為藉口的交談，卻也引起了他極大的興趣。

少容是道教支流五斗米道的前任教主張衡的夫人，現在五斗米道的教主是她的兒子張魯。張魯今年雖然已經二十六歲，但是教內的大小事務還是由母親少容掌管。少容已經年過四十，但是依舊風韻不減當年。

「能與此女見上一面，不枉我益州之行。」劉焉如此想道。

益州也就是今天的四川省，唐代以後改名為成都府。這裏與都城洛陽相隔甚遠。董卓雖然遷到了西面的長安，益州仍然算是邊境地區。

中原一帶戰亂頻起，雖然各種流言不斷傳入益州，但到底路途遙遠，很難得到準確的情報。然而五斗米道的情報網遍及天下各處，他們的消息甚至比益州刺史劉焉更加靈通。

「我很想聽聽五斗米道得到的消息。」劉焉以此為由，請來少容做客。

關於中原情勢，充斥着各種流言。以洛陽為中心，在如此一塊狹小的地域之中會聚了天下的豪傑，不生出諸多流言簡直是不可能的。既有無根無據的傳聞，也有確有其事的消息。

有的是有人故意造出的謠言，也有因為恐懼而生出的妄想，當然也有滿懷希望的預測。

少容將以上這種種流言一一加以區分，簡單扼要地進行解說——譬如關於駐紮在酸棗的諸位將軍之間的不合，有如此的傳聞。

「劉岱與橋瑁關係險惡。」此言必是事實，少容如此斷言。

這一斷言隨後得到證實。兗州刺史劉岱殺了東郡太守橋瑁。橋瑁便是此前偽託三公名義寫了討伐董卓檄文的人。

又譬如，袁術與孫堅不合。此種流言少容雖然也向劉焉提及，「恐怕並非事實。」她卻也加了如此的評語。

軍閥在戰爭中擴張。為了討伐董卓而向洛陽一帶進軍的人馬，差不多都是曾在黃巾軍之戰中持有兵力的同盟。不過不管哪一家，都並不具有特別突出的優勢。因此，從這時候起，接下來的競爭大約便是要盡力增強各自的軍事實力吧。

孫堅自長沙北上，途中殺了荊州刺史王叡和南陽太守張咨，奪來了這兩個人的軍隊，又在魯陽與袁術的大軍會合。

奪取對手的軍隊——這是最直接的增強兵力的方法。只不過除了奪人軍隊之外，還需要適當締結一些盟約，以這種相對溫和的方式擴張自己的勢力。否則像這種於途中斬殺對手搶人軍隊的事情，做得多了便會使人心生警惕，連想結盟都很難找到對象。兩次已是極限了吧。孫堅也不得不考慮與人聯合，好給天下留一點正面的印象。

「因此，至少在短時期內，怎麼也要和袁術保持一點良好關係吧。」少容如此說道。

「嗯，這話說得有理啊。」劉焉眯着眼睛微微點頭。一直盯着對方的臉，若總是圓睜雙眼，感覺頗為不雅。他微微垂目，視野上方仿佛罩了一層陰霾一般，卻更顯出少容容貌的美豔。

「據說討董聯軍的盟主袁紹與堂弟袁術不和，這倒可能是事實。」少容根據身在中原的陳潛的報告，將種種消息講給劉焉。

「就算是堂兄弟，性格也有可能不和啊。當然這都是袁家的家務事了……」劉焉不禁長身而起。不知不覺間，他的眼睛又瞪大起來。這一次即使是凝視少容的面龐，他也沒有生出什麼害羞之情。因為此時他的心思都在少容的話上了。

「假若我身在中原……」與甲結盟而攻乙，奪了丙的軍隊，假意同丁聯合，趁其不備偷襲……當然不單單自己這邊有此打算，說不定什麼時候也會遭人暗算——深謀遠慮，還有時刻緊張。

他握緊了雙手。

「據說，刺史大人是厭倦了權謀術數、分分合合，自願來了這樣的邊境之地。」少容換了一個話題。

「的確如此。」劉焉扮演着超凡脱俗般的人物形象——其實他對逐鹿天下並非毫不關心。或者應該說，他其實也有野心，甚至可以說是極有野心吧。只不過他知道自己的才能。

若是此刻自己身處中原，恐怕早已經一敗塗地了。不單單會早早自霸權爭奪中淘汰，弄得不好還要落一個身首異處的下場。

好好整頓自己的戰備，且等無數人淘汰出局、天下之爭趨於明朗之時，自己再橫空出世也不算遲吧——劉焉來到益州，正是抱着這樣的打算。

「那麼大人又為何要聽我解說中原的消息呢？」少容問道。

「什麼都不知道，就真的變成鄉野鄙人了。而且我沒有五斗米道如此廣泛的關係，要想探聽中原的消息，實在沒有什麼路好走啊……」劉焉又在撒謊。他為了收集情報而整日奔忙，只不過五斗米道的消息來源更具優勢，所以想聽聽少容的解說而已。

「既有消息的通路，也有軍隊的通路。刺史大人，哪怕以為蜀地是處世外桃源，然而終究還是與中原相通的呀。路還是有的。」少容變了一種語氣。平淡單調、故意拖長的聲音——這聲音卻讓劉焉的心中一陣沉重。

「我打算在此處觀望天下形勢，卻難保不會有人攻入這裏啊。」少容以自己毫無起伏的語氣將這一可能性淡淡說出了口。緊接着她還是以同樣的語調說道，「連接蜀地與中原的是狹窄的棧道。若是毀了棧道，蜀地便真是世外桃源了……」

二

少容回到教部，自己一個人關進房間。她手執銅鏡，仔細端詳自己映在銅鏡裏的面容。

「真是不可思議，絲毫沒有變老。」

「半點皺紋都沒有。」

「似乎總是二十幾歲。」

信徒們如此的竊竊私語，偶爾也會飄進她的耳中。少容暗自低語，彷彿是在回答那些疑問一般——

「不可能一直如此啊……臉上雖然沒有皺紋，心裏已經疲憊不堪了……」少容放下手中的銅鏡，拿起旁邊的小碗捧到嘴邊。碗裏盛滿了乳白色的黏稠液體。她先淺嚐了一口，然後一口氣喝了下去。

這是藥。這份秘藥的效能，她心知肚明。

名為不老藥，其實只是能讓肌膚不生皺紋而已。而且這藥只能在她還具有女性生理週期的時候起效。

「沒有幾年了……」少容此時年過四十，心情已經開始有些焦躁了。

她是用了頗為自損的方法抑制肌膚表層的老化，此種方法一旦失效，衰老的速度將會驚人的快。

「我可不想讓人看見自己那副樣子……」少容如此想。據說楚地的名女巫鑒姬已然不見外人了，工作都交給了她的女兒。

少容也覺得自己能在人前出現的時間越來越短了。不能再如此悠閒了。趁着自己還能以女人的容貌出現之時，還有許多事情不得不做。

首先要儘可能鞏固五斗米道的基礎。少容希望五斗米道能夠成為那些亂世民眾的精神寄託。如今西天佛教的慈悲教義正在漸入中土，打好教團擴張前的基礎當是第一等的大事。為了這個目的，一定要努力阻止中原戰亂波及蜀地。

對於五斗米道而言，這裏若是可以成為世外桃源，不啻於最理想的狀態。不過話雖如此，這畢竟也不是靠她的一己之力所能做到的，只能依靠政治權力的力量。因此，少容之前便向益州刺史劉焉施加了精神上的壓力。

嗜戰的中原諸侯何時攻入蜀地，不可預測——他們若是一擁而來，劉焉大約也就控制不住此地的局勢了。與其如此，不如及早阻斷了與中原的通道……

少容離開之後，劉焉凝視天井的一角，眼中似乎看到少容的面貌隱約浮現在那裏。

「想讓她高興啊。」他如此想。

少容輕易不露笑容，不過此時他卻仿佛在天井陰暗的角落中看到了她的笑臉。

劉焉想授她兒子官位，不過被她婉拒了——家中小兒還是不適合擔任有定員的官職啊。

少容如此回答之時，似乎臉上帶着微笑。

「是了，她並沒有拒絕！」劉焉突然意識到了這一點。她的幻像已然消失，劉焉返回了現實。

她拒絕的是有定員的官職，若是沒有定員的——難道說是新設的官職？說起來，剛才少容解說中原情勢之時，確實也提到過實權者隨意創設官名任用部下的消息。

「王叡被孫堅所殺之後，繼任荊州刺史的劉表新設了綏民校尉（安撫百姓的武官）一職。反正也無法詢問朝廷的意思，地方長官自主行事也是無妨……」劉焉聽少容說起此事的時候，不禁咋了一下舌頭。

「狂妄自大的劉表。這人不過長得像點樣子，交遊比較廣泛而已。」

劉表儀表堂堂，與各地才俊多有往來，名列「天下八俊」之一。實際上劉焉和劉表都是西漢景帝之子魯恭王的後代。不過魯恭王距今已經三百多年，兩人雖說同為他的子孫，但血緣之情早已不復存在。非但如此，兩個人的競爭意識可以說是相當強烈。

「好，我也來任命少容的兒子為校尉。」雖然少容剛離開不久，劉焉又動身趕往了五斗米道，真如追在少容後面一般。

「校尉一職未免太高，吾兒資質貧弱，恐難勝任，且做校尉的副職如何？」聽劉焉解釋了來意，少容如此回答道。

校尉是俸祿二千石的師團長級別。校尉的副官是司馬，是俸祿一千石的官職。

「那麼暫且先讓夫人的兒子屈居司馬一職吧……要設一個新的官名……」

「不知刺史大人喜歡什麼字？」

「我啊……對了，我比較喜歡義這個字。」

「那就叫督義司馬如何？」

「啊，夫人覺得可以嗎？那就太好了……督義司馬，真是個好官名啊。」

「在大人面前賣弄了。如此一來，素來敵視我五斗米道之人，也會稍稍有些畏懼了吧。」

「什麼？此地竟然還有人敵視夫人的教團？」劉焉真是萬萬想不到。這個如夢似幻一般的女人領導的教團，居然還會有人存有敵意？那種人還能算是人嗎？

「世上畢竟還是有各種各樣的人啊。」

「那人是誰？」

「啊，也不是什麼大事，請大人不必介懷。」

「不，也許我能想點什麼辦法……一定會盡力幫忙，請說吧。」

「是地方上的豪族。因為我收留逃亡的農奴，他們常常上門爭吵。王咸、李權……這些人都蓄養私兵，我們時常都懸着一顆心。不過如今犬子能夠當上督義司馬，這些事情也該略少一些了吧。」

三

等到天下之爭臨近終局之時再橫空出世，劉焉所想的便是此種戰術。正因為如此，混戰之中若是還留在中原，情況可就大大不妙了。

雖然實力沒有什麼自信，但在洞察力上，劉焉可以說是出類拔萃。他早在靈帝駕崩之前便已經開始實施離開中原的計劃，那時候天下還沒有真正開始大亂。

起初他希望去做交趾太守或者交州刺史。交趾位於今天的越南北部河內附近，自武帝以來一直都是漢朝的領土。

「去了大漢天下的最南邊，中原的戰亂無論如何也是波及不到的吧。」劉焉心中如此打算，可是兒子們紛紛反對。——若是去了交趾那麼遙遠的地方，避開戰亂倒是可以了，但等到想要再度進軍中原之時，豈不會坐失良機嗎？怎麼也不能去距離太過遙遠的地方才是。

然而劉焉也並不想放棄自己的打算。

他與兒子們商量。

長子劉範，官列中郎將（二千石）。次子劉誕，官列治書御史。三子劉璋，官列奉車都尉，是皇帝側近的要職。小兒子劉瑁擔任父親的秘書，然而這件事上不知如何是好，便與自己的老師董扶商議。

董扶是個儒者，一直在野不仕，直到靈帝時候才應召出仕，被任命為侍中。這是相當於樞密官的要職，之所以請他出仕，是因為他有預知的能力。

在公元二世紀末期，有預知能力的人素來被世人敬奉。於劉焉而言，旁人不論，至少對董扶從來都是言聽計從。

——劉瑁大人是想找一處離中原雖遠，卻又能在緊要關頭即刻出兵之地嗎？明白了……除了蜀地，再無別處可選。大人不妨對父上直言……啊，還是交給老夫吧……

幾天之後，董扶見到劉焉之時，如此說道：「京師將亂，益州分野有天子氣。」

「真有此事嗎？」劉焉努力裝出不動聲色的模樣，心中卻是激蕩不已。

預言者董扶這話分明是在說：「未來益州將出天子。」

所謂天子，會是何人？

董扶沒有說。

難道說，會是身為魯恭王子孫的我嗎？

第二天一早劉焉便開始為益州之行作準備。

因為刺史郤儉失政，益州發生了暴亂。當地的馬相趙祇諸人，自稱黃巾軍，領導不滿的百姓起義造反。馬相自封天子，不久卻被益州從事賈龍發兵鎮壓。

「到了，真的到了……」進入益州地界之時，劉焉心中如此感歎。

由於益州有暴亂，沒人和劉焉競爭益州刺史一職。於是便如他的希望，輕易得到了這個職位。而且本應一片混亂的益州，卻在劉焉即將到任之前，由賈龍平定了局勢。

劉焉不費吹灰之力便取得了平定益州動亂的業績，這種幸運讓他興奮不已，忍不住暗想：「益州彌散的天子之氣，果然還該是從我身上放出的嗎。」

劉焉的心中，有一股想要成為天子的慾望開始滋生。這種慾望確實很大很大，甚至讓他更加興奮、更加狂熱。

天子當然該有自己的王國。獨立的王國。

——斷絕自中原而來的道路。

只需如此簡單的作業，便可造出獨立的王國了。這也未免太過簡單，更讓劉焉愈發興奮。

「全都準備好迎接我來做天子了……」不必努力也能有好運接踵而至，人們都會相信那是上天無與倫比的恩寵吧。

劉焉的心理正在向此狀態轉變之時，少容恰好又向他進言，建議他封鎖與中原的道路，造一個世外桃源。

已經不必再猶豫了。

「漢中啊……」劉焉低聲自語道。

益州（成都）通稱為蜀，廣義上是指今天四川省的全部，位於大陸的深處。四面皆是峭壁，有蜀道之險將之與中原隔開，又有三峽之險隔開華中與江南地區。

由中原去蜀，必經之處便是漢中。根據當時的記載，漢中郡戶數六萬，人口二十七萬，下轄九個縣。要想封鎖蜀道，必須控制地處中原方向入口的漢中才行。今天的漢中屬於陝西省，不過在東漢時候此地歸屬益州管轄。

如何才能控制漢中？劉焉雖然身為益州刺史，然而日常的職責只是掌管地方官員的績效考核，一般無法直接接觸郡縣的行政事務。此時漢中郡的太守是個名為蘇固的人物。

「漢中一地，五斗米道也是極為興盛啊。」劉焉又自語道。

「不知大人是否也能加封張修為司馬？」少容又以毫無起伏的語氣說。每次她說起重大事情的時候都會用這種語氣。

「封張修？」劉焉顯出疑惑的表情。

太平道黃巾起義之時，曾經遣密使來蜀請五斗米道共同起事。兩家同屬道教支脈，若能東西呼應，哪怕沒有統一的指揮，也能起到不小的作用。

只怕不久之後太平道的黃巾軍便要取得天下了──也有人如此預言。話雖如此，萬一太平道取不了天下，一同起事的五斗米道必然也會遭受鎮壓。

少容想了一個苦肉之計。她將教團主宰者的位置讓給張魯，於是教中元老張修不服此決定，率領自己的派系分裂出去，五斗米道從此分為兩支，其中張修的一支與太平道呼應，參加了黃巾起義；而年輕的張魯所率的主流則專注於教中事務。

此時黃巾軍殘黨雖然依舊盤踞各地，然而已經無力奪取天下了。陳潛預言得果然正確。

當初為防萬一而分成兩支的五斗米道，差不多也該到了重新統一的時候。

我們是黃巾軍，在幹，在幹！——張修一派本來也只是虛張聲勢，並沒有真正做什麼事情，此時也早已經銷聲匿跡。

不過張修既然自稱黃巾軍，朝廷自然是要將之視作「反賊」。給他授官，等於撤銷了朝廷對他「反賊」指控，也難怪劉焉露出困惑的表情。

「據說，中原的黃巾軍，也有很多投誠之後編入官軍的情況。」少容說。

「我也經常聽說……」

「漢中的五斗米道教徒，大體都是張修一派……」

「啊，原來如此。」劉焉要想建立自己的王國，必須控制住作為蜀道入口的漢中。若是缺少了在漢中極具實力的五斗米道的協助，絕不可能擊敗太守蘇固拿下漢中。

「好，封張修為別部司馬。」劉焉說道。

四

五斗米道的庭院非常寬廣，牆壁外面也有花園。

「為何庭院之外還有庭院？」剛到益州不久，劉焉曾經如此問過少容。

「庭院不能大於刺史大人的府邸。」當時少容這樣回答。

若是算上牆外的花園，五斗米道總部的庭院應該比刺史官邸大得多。

少容便與張修在這個花園的小亭之中見了面。已經很久未見了。五斗米道的分裂已是很久之前的事情，兩個教主的會面依然需要保持隱秘。從黃巾起義之初的中平六年算起，已經過去六年多了。

「終於又能見上一面了……」張修在心中暗暗對自己說。

不過此前雖然沒有真的會面，但張修還是有好幾次偷偷遠遠看到過少容的模樣。那並非是偶然間看見的，而是張修煞費苦心創造出來的能夠看見她的機會。然後，到這時候終於有了一個可以當面交談的機會。

「真是奇怪……不過也沒什麼可奇怪的。六年了，我才終於又可以來到她身邊了……可還是奇怪啊……心都要融化了一樣……」很久以前張修便被少容的魅力所吸引。從他侍奉少容的丈夫張衡的時代開始，張修的心中便只有她一個人了。即使懷中抱着別的女人，他的心中還是將少容的身影重疊在那些女人的肉體之上。

本來張修一直都以理性控制着自己，不讓自己對少容的感情流露出來。所以他自信自己對少容的感情沒有人知道，更不用說少容本人。

然而此刻，控制自身感情的理性力量，仿佛眨眼之間不復存在了。

他已經年近五十了。本不是那種心猿意馬血氣方剛的年輕人了。

「因為已經六年多沒見了吧……」張修覺得這是因為自己太久沒有與少容見面的緣故。

「還是那麼漂亮啊……」此言一出，張修自己都吃了一驚。

很多教徒與少容會面之時都大肆讚美少容的容貌，唯獨張修一次也沒說過。

這句話是一個蓋子。

蓋子打開了——心中的所想便要暴露無遺了。

「哎呀，還是第一次聽張修大人親口說出這種話，呵呵……」少容將纖長的手指斜放在唇上，指尖微微搖動着。

「那是因為以前自己一直都不正直。」張修說。

「哎呀，這又是從何說起，一生正直的張先生……」

「不是，我一直都在撒謊。不但騙別人，還騙自己……從現在開始，我想要變得正直起來……可以嗎？」

張修的話中夾雜着喘息。

「哎呀……即是要變正直，又為何要我的許可呢？」

「要的……是要的。」張修迫不及待地說。

「那麼請吧，請盡情地正直吧，呵呵……」少容的小指在嘴唇的周圍撫摩，就像是在水中游動的白魚一般。

「那就說了。我為思念所苦啊。心中有如火燒……對少容夫人……很久以前起……心中的火焰，一天都沒有熄過。」張修的身體開始顫抖，好像已經開始興奮起來了。

少容起身退了一步。張修也從椅子上站了起來，好像是被少容吸住了一樣。

「少容夫人，是要逃嗎？」張修的聲音濕漉漉的。

「不，不是要逃。」

「那你……」張修走上前去。

少容靜靜地盯着他。

「這到底是怎麼回事，真好像做夢一樣……」張修用激動得都有些走調的聲音說。他抬起雙手，一步步朝少容走來，好似夢遊的人一般。

小亭中的椅子之間距離還不到五步，張修的手眼看就要搭上少容的肩頭。

少容突然轉過了身。張修從後面抱住她，將臉貼到了她的耳邊。

「少容夫人……少容夫人……」張修用嘶啞的聲音叫着她的名字。

少容猛然搖頭。

「不行嗎？不是說不逃的嗎？」張修痛苦地說。

「現在還不行。你這便要去漢中了，這是個重要的時機……等你完成大事，榮歸之時……到了那個時候，我一定不會拒絕。」

「是嗎……那算是我們之間的約定吧。」

「這當然不用說。」少容在張修胳膊中轉了個身，把頭埋在男人懷中。

「那，等到那時……」張修發狂般地撫摩着少容的後背，他的淚水沿着少容的髮梢滴落下來。

「那麼，請保重，我等你從漢中回來。」少容從張修的手臂中抽身出來，沿着花園小路向本教的建築走去。

張修一個人呆呆站在小亭之中。

「為什麼……會這樣……為什麼？」他一個人自言自語，隨後又是長長的歎息。

亭子後面有一棵大梧桐樹，樹後還有一個男子在屏息靜氣。他就是益州刺史劉焉。

五

從陝西通往四川的道路，常被稱做斜谷、閣道、棧道等，是一條依於絕壁的狹窄而又危險的道路。

噫吁嚱，危乎高哉！

蜀道之難，難於上青天！

唐代詩人李白在《蜀道難》中如此寫道。

日本有一首歌叫《箱根之山》，其中也引用了李白《蜀道難》中的兩句：

一夫當關，

萬夫莫開。

蜀道之險，只能讓一隊人排成一排一個個緊挨着前行——被封為別部司馬、由賊變為官的張修也在隊伍裏。其中也能看到五斗米道的御曹司張魯的身影。

劉焉的小兒子，以劍法知名的劉瑁也在其中。他也是別部司馬，也就是中級將校的職位。他們的目標是漢中太守蘇固的府邸。

越過七盤關，向東北方向而去，等到看見漢江怡人景色的時候，漢中便近在咫尺了。

如今天下大亂，漢中太守自己也在加緊防備，不過他主要的精力都在防備從長安和扶風等地南下而來的敵人。他以為沒有人會自險峻的蜀道北上而來，並未多加防備。

一場漂亮的偷襲。

張魯指揮的六百人馬包圍了太守府邸，別部司馬張修和劉瑁率領三百精兵衝入府中。

「給我殺！」太守蘇固領兵前來的時候，張修放聲大喝。他此時變得極其兇暴，簡直像是變了個人一般。看到轉身逃跑的士卒也要追上去一刀砍倒，隨後又將滿是鮮血的大刀拔出，眼中俱是血絲。

「好吧，功勞便讓與年長者。」年輕的劉瑁冷冷地說。

「誠惶誠恐。」張修咳了幾聲。只要能立下赫赫戰功凱旋，便可將少容攬入他的懷抱了。這本也是事先約定好的。

「你來選吧。」劉瑁說。他要給兩千石的太守一個與身份相稱的赴死之地，這是對士大夫的同情。被俘的蘇固要求自己能在府邸深處一個祭神的房間赴死。

三個人進了房間。

「唔，很寬敞啊。」劉瑁進了這裏，掃視了一下四周，關上門。

「來吧，殺吧。」蘇固叫道。

「我們兩個人都是別部司馬，也就是說都是武將。身為武將，不斬被俘之人。我們要的是堂堂正正一決勝負。來吧。」劉瑁說着，抬手一劍砍斷了綁着蘇固的繩子。

「這……」雙手恢復自由的蘇固，臉上露出不敢相信的表情，雙眼眨個不停。

「我們是武將，」劉瑁瞥了一眼張修，「殺一個手無寸鐵之人，乃是我們的恥辱。借一下。」

「嗯……劍！」蘇固接過了劉瑁遞來的劍。此事甚是奇特。然而終歸一死，不如拚死一搏——蘇固緊握手中的劍，突然向張修撲了過去。

「哇——」張修是祭祀師。雖然新近成了武官，但於劍術並無心得。更何況蘇固使的是拚命的劍法。

與其說是失誤，不如說是忘記去接對手的劍了。張修呆呆站在原地，被蘇固一劍劈中，頓時大叫一聲，倒在地上。

與此同時，劉瑁於間不容髮之際撲向蘇固，手中的短刀刺向對方的肋間。

果然不愧是太守，臨死之前也要拚盡全力。他以懷中藏的短劍割斷繩子偷襲了張修，之後才被我斬殺。——對於將要向己方士卒做的解釋，劉瑁在心裏暗暗復述了一遍，隨後才打開了房門。這些話，是他的父親劉焉教給他的。

此番偷襲太過漂亮，以至於沒有一個人從蘇固的府邸逃脫出去。包圍軍的將領張魯，幾乎什麼事也沒做。但儘管如此，直到劉瑁出來的時候為止，他的精神卻一直十分緊張。

實際上，他還有事情要做。母親少容曾經囑咐過他——為了再度統一五斗米道，必須殺了張修。

從府中出來的劉瑁說：「實在很不幸……別部司馬張修戰死了。」

聞聽此言，張魯感到自己渾身頓時沒有了力氣。隨後他又想起臨行之時母親對自己的耳語——也許不必等你動手，張修就會被人斬殺了。

六

張魯等人偷襲漢中太守蘇固的時候，劉焉也正忙於清理蜀地的豪族。

既然是要建立自己的王國，當然不能容許有誰能和他比肩而立。劉焉將地方豪強一一剷除。

「那個女人果然是為我而生的啊……立她做皇后吧。」劉焉已經開始認真考慮立皇后的事了。

他想殺的王咸、李權一流，少容也想滅掉——此種一致豈不是很不可思議嗎？劉焉感到這也是一種吉兆。

其實此種一致並無什麼不可思議之處。

因為劉焉想要建立世俗的王國，少容則想建立精神的王國。哪個都不是容易的事。

少容的王國，可以覆蓋在世俗的王國之上，所以能對劉焉建立王國有所助益當然再好不過。即使劉焉獨霸蜀地，五斗米道的地位也不會有所動搖，反而應該發展得更好。而且只要基礎一致，之後即使有一些小的動盪也不用擔憂。

因此可以說，少容並不只是在利用劉焉。劉焉受了少容很大的幫助。

劉焉不斷處決豪族遊俠之流。

「劉焉橫暴！」突然有了此種呼喝之聲。

「討伐劉焉！不然必將為其所害。漢中太守蘇固便是前車之鑒。」犍為郡的太守任岐集結了許多兵馬來攻劉焉。

犍為郡位於今天的四川省宜賓市附近，在此岷江和金沙江匯聚成長江（揚子江）。史載東漢時期此地有十三萬七千戶，人口四十一萬。

任岐與賈龍合兵一處。賈龍因為之前平定了馬相、趙祇的叛亂，此時已經升為校尉。若是自犍為北上一路攻去，便是益州刺史駐紮的成都。任岐賈龍的聯軍隱秘而行，他們白天散在民戶家中休息，只在夜晚行軍。

「你不是靠偷襲殺了漢中太守嗎？這次且看我們也來一回偷襲。」任岐以為自己絕不會失敗。

鎮壓了馬相之亂的賈龍，其自信的程度也不輸於任岐。

「如此人馬、如此計謀，豈有不勝的道理！」賈龍斷言道。

他是個謹慎的將領，輕易不下結論。連一向謹慎的他都如此斷言，奇襲軍中的大小將領便都開始討論起戰後論功行賞的事了。

今天的犍為縣應該位於比東漢時期稍微靠北一些的位置。所以，任賈聯軍穿過此地之後，又循岷江北上，然後沿峨眉山的左側前進。

「此地有三處地名中有『山』字。依南向北依次是樂山、眉山、彭山。我們先在樂山休息，在眉山整頓軍馬，由彭山一舉攻入益州。」賈龍將此道命令一直傳到每一個士卒耳中。

在岷江峽谷行軍的人馬超過了一萬。在蜀地的戰事之中，這麼多的人馬可以稱為大軍團了。

過了眉山，人馬到了彭山。敵人一無所覺。

「時機到了！天佑我軍，誅殺亂臣！」賈龍號令全軍。軍團動了。

「衝啊，衝啊！」任岐也放聲大叫。他是想要一鼓作氣擊潰敵軍。然而此時卻發生了不可思議的事。軍團中的士卒在不斷減少。開始時還以為是錯覺，但是眼看着人就少了下去。

「怎麼瘦了？」一向冷靜的賈龍也着實變了臉色。說軍團瘦了，這個形容非常貼切。

山谷的拐角處，樹林草叢中，村落房屋間——在所有這些地方，士卒都在不斷減少。

「呀，敵人！」最前面的將校叫道。

指左，左邊有；指右，右邊也有。峽谷四面的山上各處，接連不斷顯出士卒的身影。

「去看看是敵是友。」賈龍下令。

不等賈龍的手下去看，山上的一人便放聲喊道——

「喂，剛才我們一直並肩同行，算是自己人吧。不過現在不是了，明白了嗎？哈哈哈……」

「喊話的是什麼人？」任岐呻吟般地問道。這些人馬都是他招集來的。

「我們便是五斗米道的人！」那人剛說了這一句話，那些染黑了紅色山體的眾多士卒便開始行動起來。連整個山體都彷彿如同波浪一般搖晃起來。

未過片刻，賈龍和任岐便意識到這是敵軍開始了攻擊。

與犍為出發時相比已經少了三分之二的軍隊，又在後方響起了很大的喊聲。

「火……燒起來了！」

「糧草起火了！」

「運箭的兵車也着火了……那邊也……」士兵淒慘號叫聲中夾雜着敵人的喊殺聲。

「什麼，輜重全被燒了？」

就在任岐仰天長歎之際，化身為敵的五斗米道士卒猶如雪崩一般自山上猛撲下來。已然回天無術了。

犍為太守任岐與校尉賈龍死於亂軍之中——益州下轄九郡，其中漢中與犍為兩郡太守喪命，剩下的太守則匆忙解散軍隊，紛紛表示無意忤逆劉焉。

「啊，可恨！竟然敗在五斗米道的手裏！」據說這是武將賈龍留下的最後一句話。

七

「焉意漸盛，造作乘輿車具千餘乘。」《三國志》如此記載。

造車本來並不奇怪，但是劉焉卻仿造天子的車具，雕上了龍鳳的裝飾。

「劉焉有野心。」說這話的是同族的劉表。長安派來詰問的使臣沒有一個能到劉焉的益州，到了漢中便被扣下乃至被殺。

「漢中到底是在米賊（五斗米道信徒）的手裏啊……」劉焉如此辯解。他與五斗米道的同盟一直沒有公開。為了封鎖蜀道，將蜀地變為獨立王國，劉焉以為，扼守蜀地入口的漢中一帶最好不要屬於自己的勢力範圍。少容之子張魯便成了漢中的統領。這當然也獲得了劉焉的默許，不過至少表面上看來張魯是在割據一方。

「要與益州聯絡，可否先請擊破漢中米賊？」劉焉如此強硬地回應。

此時中原戰事仍頻，東面早已忙得不可開交，自然沒有西顧的餘力。長安的此種狀況劉焉當然了如指掌。

長安朝廷終於將劉焉的兒子、現任奉車都尉的劉璋派往蜀地。漢中的張魯再厲害，也不敢扣留劉璋。

「請。由漢中至蜀道，任誰都不會騷擾大人。」張魯在漢中的官邸迎接劉璋，垂首說道。

「這是自然。」劉璋頭都不抬地答道。

奉車都尉掌管天子的車馬，是位列三公九卿的二千石大官。對於匪賊出身的張魯之流，當然不會放在眼裏。

「這個渾蛋……」張魯也對他毫無好感。

來到益州，劉璋見到了父親。

「且請父上更與朝中多行聯絡，以效忠誠。不然朝中流言四起，中傷不斷。」劉焉聽到兒子的這番話，不禁哈哈大笑起來。

「漢中有張魯啊……」

「什麼，張魯之輩能有什麼本事？就連我都可以輕易而過。」

「那裏交給張魯掌管不是不錯嗎。無論如何，他是五斗米道的首領，不可輕忽他們的力量啊。」

「父上，如此不是有些太過不值了？」

「不不，你到了當地就知道了……他們對我助益良多。」劉焉沒有舉什麼例子，不過他心中清楚，攻取漢中也好、擊破任賈聯軍也罷，若是沒有五斗米道的援助，結果如何恐怕很難預料。

「我不是很明白。」

「你在這裏待長了自然明白……很快就會明白了。」

「很快就會明白？」

「嗯，我不打算讓你回長安了。」

「啊？」

「我於此地急需人手。只有瑁兒一人幫我，着實有些顧不過來。若是你也能在我身邊輔佐，此地便是我家的天下了。」

「父上……」劉璋不禁向左右環視了一圈。所謂「我家的天下」，似乎有些謀反的意思在內。

「怕什麼……如今天下大亂，情勢豈非洞若觀火？我來問你，你來的長安，如今是誰的天下？豈不是董卓剛剛廢立了天子？不管是誰，不管何處，都要自立為王了。」劉焉的聲音裏滿是熱切。

「話雖如此……」

「此處蜀地——」劉焉不理會兒子的困惑，繼續說道，「初看好似我的天下，實際卻不是。我是在與五斗米道共坐江山。為了坐穩此處天下，我也要借助兒子你的一臂之力啊。」

「若是為了父上……」劉璋心動了。

在長安的宮中生活，當然不會有這個有意思。雖說他是以天子側近自傲，然而就連天子也不過是個傀儡而已。

「好，那就留在蜀地吧……便是回了長安，也不過是個奉車校尉。若是在這裏……」劉焉停住了自己的話。

「在這裏，我便是皇太子……」雖然沒有說出口，但劉璋已經心領神會了。

「如此說來，首要的任務便是滅了五斗米道？」

「啊，說到這個……不一定要使用武力。我自有妙計。不久你就明白了，如此且先不提。」劉焉點了點頭。

八

劉焉的妙計便是讓五斗米道的實際掌權者少容做自己的妻子。

「立為皇后。」劉焉心中如此打算。

這件事，當然不能馬上對剛從長安來到此地的兒子說，到底還要小心一些才是。少容是與精神世界相聯繫的五斗米道的領導者。迎娶她為妻，並不單單如消滅了五斗米道一樣簡單。五斗米道的勢力，更會從此一變而成劉家的勢力。

況且少容並不只是手握實力之人，更是個閉月羞花的美女。她雖然已經有了兩個很大的兒子，容貌卻依然美豔異常，更不用說頭腦清晰敏銳。

「此女是為我而生的。是我的女人啊……」每次憶起她的時候，劉焉心中都如此暗想。

聽兒子說完長安的消息，劉焉問道：「洛陽如今怎麼樣了？合兵征討董卓的聯軍又如何了？」

「沒有什麼確鑿的消息，即使身在長安也不知道。」

「我可知道——洛陽已然易主。攻破洛陽的果然還是長沙孫堅。聽說董卓棄了洛陽，此時孫堅已經進了洛陽了吧。」劉焉將少容告訴自己的消息原封不動地說給劉璋。

劉璋異常驚訝。實際上他也只是在剛剛離開長安的時候才聽說洛陽易主的傳聞，而且那還是未經證實的消息。他因為身在宮中，有特別的消息通路，才會得知此事。他萬萬沒有想到，這消息竟然已經傳入了蜀地。

「父上為何如此清楚？」

「哈哈哈，讓你聽聽更新的消息，今天晚上……我自有消息靈通的人啊。」劉焉打算晚上向兒子介紹少容。若是兒子也折服於她那卓絕的力量，立皇后的計劃也就容易得多了。

「說不定連璋兒都會被少容魅惑，那可有點兒麻煩……」他甚至生出了如此的擔心。然而前去迎接少容的隊伍當中的一個人回來稟告：「夫人不在。」

「咦，她不常外出啊……唉，也不急在這一時。」劉焉稍稍有些疑惑。

第二日少容依然不在。即使問了教團信徒，也不知道她什麼時候回來。

這時候少容正在蜀道上急行。她隨身只帶了二十幾個年輕的護衛。

「難道母親一定要去漢中定居？」張衛將心中反覆想過無數次的問題提了出來。

「劉焉若是建立了自己的天下，我便不能再於蜀地容身了。」少容並沒有將上面這句話說出口來。

「若是不能在蜀地容身，還是去漢中立足吧。」

「這又是為何？」劉焉想做天子。天子之側，當然不能容許有人與他並駕齊驅。如果說有唯一的例外，只能是變作天子的皇后。然而少容只有這件事萬萬做不到。

由於張魯掌握了漢中一地，五斗米道的基礎無論如何都不會再有動搖了。少容有一種自己的使命已然完成了的感覺。

「自此刻起，我也該年老色衰了吧……」少容心中那份遺忘許久的女性意識蘇醒了。

絕世容顏的窮途末路，至少不想讓認識自己的人們看到。

「我只是想出去走走。迄今為止我還沒去過什麼地方。你去你哥哥那兒修行吧。」她說道。

「兒子有些擔心……母親，如今可是亂世。若是能有什麼投奔的人，好歹還有些安心……」年輕的張衛看起來十分擔心。

「有人啊。你也記得吧，陳潛先生。」少容答道。雖說不想讓認識自己的人看到自己年老色衰的模樣，少容心中卻感到只有陳潛是個例外。

「啊，既然是陳潛先生……」張衛終於有些安心的模樣。

作者曰：

即便是春秋戰國時期，也並非時時處處都有戰爭。自東漢末年直到三國時期，雖然是所謂「三國志」的戰亂時期，其中也依然有着沒有戰爭的地方。

張魯主持的五斗米道的勢力主要是在漢中與今天的四川重慶一帶，雖然與身在成都的劉焉之子劉璋偶有戰事，但在此地也差不多保持了三十年的和平，隨後降了曹操。另外，劉璋則把蜀地讓給了劉備。

因為沒有戰亂，自然會有大量人口從東面遷來這裏。

張魯也好、劉璋也罷，並不是能夠主宰天下的霸者，他們最後都把自己的地盤讓給了更大的霸主。有關這些事情，後面還會有所介紹。

無論《三國志》還是《後漢書》，都寫着張魯與張修一起攻殺漢中太守蘇固，此後張魯又殺了張修，奪了他的兵馬。

然而清人惠棟在《華陽國志》中卻有如下的另類記載：

成固人陳調素遊俠，學氂蕤，固以為門下掾。説固守捍禦寇之術，固不能用，逾牆走，投南鄭趙嵩，嵩將俱逃。賊盛，固遣嵩求隱避處。嵩未還，固又令鈐下偵賊。賊得鈐下，遂得殺固。嵩痛憤，杖劍直入。調亦聚其賓客百餘人攻修，戰死。

張魯本來就是五斗米道的首領，就算殺了張修，也應該沒有奪其兵馬的必要。——張修應是張衡，非《典略》之失，則傳寫之誤。

註《三國志》的裴松之雖然有此記載，但這一記載於理不合。

張衡是少容的丈夫，也就是張魯的父親。《三國志》中如此記載五斗米道的系譜：「陵死，子衡行其道。衡死，魯復行之。」

大約是因為此種記載給人一種感覺，彷彿張衡堪堪死在張魯於漢中自立之前，所以才有張魯「殺父」的解釋吧。然而同書中也有劉焉垂涎少容美貌的記載，如此看來，還是將她想做丈夫早亡更加合理吧。

日落峴山之西

一

酷暑難耐。

「連葫蘆藤都紋絲不動啊。」陳潛一邊擦汗，一邊盯着白馬寺庭院的角落說。這樣的天氣，哪怕是坐着不動，全身也是不停地冒汗。

「天帝大概忘記送風了吧。」白馬寺的訪客康孟詳說道。他睜着藍色的眼睛呵呵地笑着。

葫蘆藤纏繞在柵欄上，藤上的細鬚飄蕩在空中，最前端距離旁邊的楊樹枝不到三寸。若是人的手掌如此懸空，指尖總會微微顫動擺動，但細藤的尖端卻毫無動靜。

所以佛教徒康孟詳以民間信仰的「天帝」做調侃，也許並非無理吧。

初平二年（公元一九一年）六月丙戌——這個連一絲微風都沒有的酷暑之日，讓陳潛無法忘懷。就在他一邊拭汗一邊望着葫蘆藤，一邊又與白馬寺的方丈和訪客康孟詳閒談之時，蜀地來的使者送來了少容的信。

「劉焉意欲獨霸蜀地，我在其中多有不便。若去漢中，又有妨礙我兒權威之虞。不如趁此機會遊歷天下的好。我想先去長安，因此想請先生尋一處落腳之地，再與漢中聯繫。」信中如此寫道。

「劉焉做了蜀地大王，少容夫人為何會有不便？」康孟詳問道。書信寫了兩頁，陳潛只給他看了上面的一頁。

「佛法與王法統治的領域不同。一方是精神世界，一方卻是俗世。難道說，五斗米道並不像佛法一般？」

「常言道天無二日，國無二君。」陳潛以常理應道。

這是有意刁難了。

康孟詳不會不知道，與佛教相比，五斗米道之類的道教，與俗世的關係更多一些。康孟詳不是漢人，他的故鄉遠在西方的康國。今天烏茲別克斯坦共和國撒馬爾罕，在當時被稱做康國。就像月氏人將「支」作為姓氏一樣，康國人在給自己起中文名的時候，全都用「康」為自己的姓氏。月氏族的土耳其血統較濃，康國人則屬於波斯血統，「深目高鼻」的特徵更加明顯。撒馬爾罕一帶被稱做「粟特」，那裏的住民從古代開始就具備了兩種優秀的才能。

——歌舞和經商。這一民族具有天才般的經商才能，早在漢朝時候，他們便開始組建商隊往來於中國和西亞之間。後來康國舉國信奉波斯教和摩尼教，十一世紀左右融入了伊斯蘭教世界，直至今天。不過在本故事發生的時代，康國還是一個佛教國家。

撒馬爾罕出身的康孟詳長期居住在中國，一直從事佛典的漢語翻譯工作。

「性質略有不同……」陳潛答道。

「我聽說，蜀地的五斗米道採用了許多佛教的做法。譬如說，為窮苦人所做的慈善事業，應該酷似我們的佛法吧？」康孟祥竟然連這些都知道。

「少容夫人之所以感到身在蜀地多有不便，是因為容貌華美之故嗎？」一直沉默的支英突然插口說道。

「劉焉也是男人……確實也有傳聞說他頗為好色啊。」康孟祥說着瞥了陳潛一眼。

陳潛閉上了眼睛。他們的談話也許距離事實不遠。但是聽到這些話，陳潛依然感到心中隱隱作痛。

「於我而言，劉焉的好色豈不是一件可喜之事嗎？」陳潛試圖在心中如此想。

書信的第二頁他僅僅讀過一遍，但其中的內容已經深深烙入了他的腦海。

——次子衛兒也去了魯兒的漢中，眼下只剩了我一個人，總感覺有些擔心，希望你能陪在我的身邊。兩個人探討天下形勢，總要比一個人更有把握一些……

女性的柔美字體，寫下了上述語句。陳潛閉着眼睛，反覆默誦這些烙入腦海的文字。

「我說了什麼不該說的話嗎？」康孟祥問道。想到可以在少容的身邊侍奉她，陳潛的臉上顯出了笑容。

「不，沒什麼。」陳潛輕輕搖頭。

「對了，」康孟祥說，「少容夫人信中提到的落腳之處，先生可有腹案？」陳潛又搖了搖頭。

「既然如此，我們的村子如何？」

「先生所說，是那武功縣五丈原？」

「先生知道此處？」

「嗯。」

武功縣位於渭水之畔，五丈原則是撒馬爾罕人的定居之所。不像世人皆知洛陽白馬寺是月氏族的中心，康國人一直都是悄無聲息地居住在五丈原。其中雖然也有為佛教信仰而建的場所，但為了不引人注目，連塔也沒有建。陳潛因為是白馬寺的客人，又與佛教徒往來親密，才會知道那裏是康國人的村落，一般人根本無從得知。若是被人知曉，會多出很多麻煩。

四十三年後，魏蜀決戰之時，五丈原成為諸葛孔明所率蜀軍的營部，而且又是孔明的逝世之地，五丈原的名氣由此而為世人所知。然而在後漢初平二年的時候，連聽說過這個名字的人都寥寥無幾。

「若是倍道而行，一日便可抵達長安。」康孟詳說道。五丈原位於長安之西七十公里的地方。

二

康孟詳此時才不過三十多歲，但在客居漢土的康國人中間已經頗具權威。尤其在信仰方面，他已然成了一位領袖。

「多謝先生美意，且容我考慮幾日……」陳潛謝過康孟詳，轉身回了自己的房間。

少容託他尋找住所，但他並沒有當場回答康孟詳的提議。他覺得自己還需要再考慮一下。

康孟詳對於傳播佛法非常積極。佛法不應該只是本國人的信仰，也是需要向漢人傳授的教義，這可以說是他畢生的信念。因為這個緣故，他一定是在想——吸收道教。因為道教在漢人的精神生活中佔有很大的比重。

康孟詳雖然若無其事般地說出了提供住所的建議，但在他的內心或許正以為這是一個絕好的機會吧。於陳潛而言，這樣的看法是很正常的。

「不過，這是否不單單是他們的機會，也會是我們的一個好機會呢……」陳潛這樣想。

實際上，五斗米道已經在接受佛教的洗禮了。但假若實質上的教主少容能夠在此處置身於佛教的生活之中，一定會吸收到更加重要的東西吧。

雖然是在被對方吸收，自己同時也在吸收對方。誰會獲得更多的養分？陳潛倚柱沉思之際，庭院處有人招呼道：「陳潛先生，我撿到了一個奇怪的東西。是什麼啊，這個？」月氏族的寺僕支滿從院中向他的房間裏窺探着說。

支滿素來與陳潛交好。他是被派去挖掘董卓的府邸、又從活埋之劫中死裏逃生的諸人之一。這一回又借給了佔領洛陽的孫堅，協助他重整街市。

「我真成了挖坑的了，天天都幹這個。天氣熱得要死，誰受得了啊。」一大早他就一邊抱怨一邊出工去了，直到這時候剛剛回來。這個男人拿出一個白色的石頭一樣的東西，上面還沾着不少泥土。

「唔，不就是塊石頭嗎？」陳潛來到院子裏，接過了支滿遞來的東西。

「上面刻了些東西，好像是什麼動物。這玩意兒是小孩子的玩具嗎？反正不是石頭。」

「是嗎……」這是個一寸見方的正方體，提紐處雕着一隻蹲着的走獸形狀。

「形狀有點兒像是印章，但應該不是印……會是什麼東西？」手指搓掉泥土，有一種澀澀的觸感。

上面好像刻着字。

「難道說，難道說……」陳潛不禁輕呼了一聲。這好像是白玉。

「什麼東西？」支滿疑惑地問。

「啊，沒什麼。」陳潛含糊地應了一聲，心跳卻更加劇烈。

若是印章，應該是金屬所製才對。當時對於印章的質地有着嚴格的規矩。丞相以上是為金印。兩千石以上的官員是銀印。之下則是銅印。此外，根據職位不同，印章提紐上所繫的綬帶顏色也各不同。賜給朝貢天子的外藩之王的印章也是黃金所製。日本志賀島出土的「漢倭奴國王」便是金印。皇太子的印也是黃金所製。

白玉所製的印章也並非沒有。普天之下，只有一個人，可以使用白玉之印。

天子之印，是為玉璽。

從秦始皇的時候才開始改用「璽」字，而且僅限於天子使用。如這個字本身所示，天子之印由玉製成。

陳潛深深地吸了一口氣，然後再慢慢地一點一點吐出來。

「這如果是印章，恐怕就是天子的……」陳潛又吸了一口氣，這一次卻像是在喘息。他的指尖一直在撫摩粗糙的那一面。那上面確實刻着字，只要讀一讀，立時就能明白上面刻的是什麼字。

然而陳潛的目光並沒有望向手中的東西。他的眼睛緊緊地盯住支滿的臉，支滿被他看得有些發毛。

「什麼東西？」支滿又問了一遍。沒有不回答的道理。

「把它送我行嗎？」陳潛說道。

「請吧——你要是喜歡小孩玩意兒，我再給你撿幾個回來。」出乎陳潛的預料，支滿竟然一口應承下來。

當然，他也根本沒有想到這會是什麼東西。

「多謝了……不過這是在哪裏撿到的？」

「這東西啊，是在甄官的井裏挖出來的。被人扔進去的吧。董卓的東西。皇帝遷去長安之後井一直都被土埋着，現在又有人來洛陽了，孫堅大人便下令挖開它。這東西就是挖井的時候撿到的。」

所謂甄官，指的是製作宮殿磚瓦以及其他陶製物品的場所。也就是說這東西是從那裏的井裏挖出來的。靈帝死後的十常侍之亂當中，宦官張讓等人挾持少帝逃出城外，管理玉璽的人大約便慌忙將玉璽投入井中了吧。肯定是以為誰拿着玉璽誰就會有生命危險。

許多人在十常侍之亂中死於非命，將玉璽投入井中的人大約也死了吧，或者就算人還活着，也不敢說出玉璽的下落吧。董卓當然無從知道此事，所以下令填上了這口井。

陳潛想起街頭巷尾的傳聞。

宮中天子的周圍常被稱做天界，不是庶民可以企及的地方。然而天界的消息卻常常出人意料地洩露到凡間。坊間便有傳聞說，皇帝避亂逃出宮城之後，皇帝六璽平安無事，唯獨傳國玉璽消失不見。

所謂的皇帝六璽，指的是——

皇帝行璽（封賞皇族、功臣，論功行賞時用）；

皇帝之璽（下達恩赦聖旨時用）；

皇帝信璽（召集、動員時用）；

天子信璽（對外動員、召集外夷時用）；

天子之璽（祭祀時用）；

天子行璽（封外夷、行賞時用）。

皇帝六璽實際上便是皇帝的印章。譬如封賞外夷倭奴國王的文書中使用的便是「天子行璽」。

與皇帝六璽相對，皇帝只是持有傳國玉璽，實際上並不使用。它只是作為天子地位合法性的標誌，相當於日本的「三大神器」一樣的東西。

傳國璽失蹤的傳言之中還有這樣的隱秘之言：傳國之印既已丟失，後漢朝廷便要覆滅了。

傳說這枚傳國玉璽乃是由長安附近藍田山所採的玉石製成，其上刻着八個大字：受命于天既壽永昌。

西漢末年王莽篡位之時，曾逼迫孝元太皇太后交出傳國玉璽。孝元太皇太后雖然是王莽的女兒，卻對其父之行憤怒不已，被逼不過，一怒將玉璽擲於地下。據說自那時起，玉璽的提紐處便缺了一角。白玉這等堅硬無比的東西竟然也會破碎，此事雖然難以置信，但若說那一擲之中夾裹了漢朝歷代君王的憤怒，大約便也可以解釋了吧。

陳潛小心翼翼地將目光投在手中的東西之上。

他在讀上面的文字——身體止不住地顫抖。

雖然字是反的，但那上面刻的確實是——受命于天既壽永昌。

「天」字與「昌」字的正反都是一樣，不可能有錯。

陳潛又將這東西翻過來看它的提紐處。

「啊！」情不自禁地大叫了一聲。

支滿此時早已離開。

陳潛脊背一陣冰冷——提紐處的雕刻走獸耳朵確實缺了一角。就在這一剎那，陳潛只覺一陣天旋地轉。

但這並非僅僅因為傳國玉璽帶來的衝擊。

山搖地動，房子都在咯吱作響。

——初平二年六月丙戌，地震。《後漢書・孝獻帝紀》之中有着如此的記載。

三

「這可不是敗逃，洛陽不是也守了一年了嗎？當初可沒想到能守這麼長時間。要不是怕守不住，白白將這城池交給他人，當初也不會放火燒了。」

撤出洛陽的時候，董卓召集軍中將帥說道。這並非只是嘴上逞能而已。

董卓燒宮殿毀洛陽是去年二月的事。

討董聯軍的急先鋒孫堅攻入洛陽則是在今年二月，已經是一年之後的事了。未必不能說是董卓的人馬守得好。

洛陽攻防戰的主戰場，分佈着後漢歷代帝王的陵墓。

自南面攻往洛陽的孫堅，首戰被徐榮殺得大敗。此徐榮乃是董卓手下的大將，曾經在汴水邊大敗曹操。

孫堅戰敗的原因之一，是糧草接濟不上。名義上他是作為袁術的部將出征，所以糧草一事理應由袁術安排。然而袁術內心卻有他自己的想法：「董卓是西北餓狼，孫堅乃江東猛虎；若打破洛陽，殺了董卓，正是除狼而得虎也。」於是袁術不發糧草。孫堅大怒，由前線戰場馳回營部，面責袁術，終於保證了糧草的補給。

董卓命東郡太守胡軫追擊敗退的孫堅。胡軫軍的騎督（騎兵隊長）是呂布，但二將關係並不融洽。董卓派了五千人馬追擊，卻因為主帥不睦、不利久戰，被孫堅殺得一敗塗地，連猛將華雄都被斬殺。

此戰逆轉了形勢。

孫堅領軍繼續北上，也就是說，來到了歷代君王陵墓散在之地。因為董卓挖掘王陵、掠奪珠寶，此地到處都是洞穴，沒有一座王陵能夠保持完整。

「歷代漢室天子的在天之靈必定痛恨董卓，保佑我軍。此戰有神明相佑，必勝無疑！」孫堅放聲大喝，立於陣前。

此戰雖然董卓也親自出馬，但依然被意氣風發的孫堅軍殺得大敗，一路敗至澠池。

孫堅的目標直指洛陽。守洛陽的乃是新敗的呂布。

「呂布乃是手下敗將，沒什麼可怕，進軍，進軍！」戰爭之中有乘勢一說。孫堅的人馬勢頭正盛，就連呂布也難以招架，只得逃往西面。

孫堅便是如此進了洛陽。然而洛陽城中並無歡迎他的住民。放眼望去，皆是縱火燒過的無人荒野。史書中寫道：「舊京空虛，數百里中無煙火。」

入城的孫堅則是——惆悵流涕。

自稱是孫子後裔的孫堅，出生於會稽郡富春，也就是現在的浙江省杭州市西南的富陽縣。在當時，會稽地方與黃河中游的中原地區相比屬於落後地區，只在春秋末年時候因為吳越戰爭而受到一時的矚目。但無論是越王句踐還是吳王闔閭，都只是霸者而非王者。

江南一帶的人們只認同中原的王者。這大約也是此地人士的一種自卑感吧。

王者之墳——也就是帝陵，只在中原才有。對於江南地區所沒有的帝陵，江南地方的人們都懷有深深的憧憬。就像在日本，王陵大部分只存於畿內，不存於關東，所以關東人對於王陵和古墓有着強烈的自卑感，同時又反過來對此抱有無限憧憬一樣。

同樣，若是以日本比喻，孫堅就相當於關東人，本性猙獰勇猛，然而卻又有嚮往文明的一面。或者說，費盡心機也想讓人看到自己文明的一面。

佔領了洛陽，孫堅首先便着手修復被董卓挖開的王陵。井戶水路之類的修繕作業則排在王陵之後進行。

「是不是先清理井戶水路比較好？」十六歲的周瑜問。

孫堅走到這個美少年的身邊，讓他繼續說完自己的想法。周瑜與孫堅的長男孫策同歲。未來周瑜將會輔佐孫家的子嗣，孫堅希望自家的孩子能夠早日習慣傾聽他的意見。

「為什麼？」孫堅問道。

「沒有水，人就無法生存。清理水路應該是最重要的吧。」

「那麼，人只要有水就能生存嗎？」

「這……」周瑜不再說話，臉上顯出了微笑。

「明白了嗎？」孫堅繃着臉問。

「是的。我軍最先修復的是帝陵……這個名聲比水還重要啊。」

「嗯，是啊。」孫堅淡淡地應道。

孫堅以勤王的名義討伐董卓，所以必須要有與之相應的行動。修復帝陵的名聲會給今後的孫堅帶來多大的正面影響，此時只怕無法估算吧。戰敗的董卓先是逃到澠池，然後終於去了長安。這是四月的事。

井戶水路的修繕在那之後開始。

四

「天降之幸在主上身旁轟然而響，萬望主上小心為念。」隨孫堅人馬出征的巫女風姬，在營中為主帥占卜命運時如此說道。

「只不過僥倖攻下了洛陽，哪有什麼天降之幸。」孫堅笑道。

洛陽城中的修繕工事展開之際，孫堅引兵去魯陽駐紮。此時天下形勢異常複雜。

孫堅攻克洛陽，並非出於僥倖。其餘諸將都害怕與董卓交戰折損兵力，不敢出擊，唯有孫堅勇於進軍。而且他在與董卓養子呂布作戰之時也確實損失了不少兵力。

然而這一犧牲所換來的則是「攻陷洛陽之勇將」這一美名。

得名否，得利否？其實名望本身也具有得「利」的力量。若是得了勇將的名聲，將來也許會有敵人不戰而逃，也會有利於招收散兵游勇。

曹操便深知名望所具有的力量，然而他在洛陽攻防戰中折損了許多兵力，不得不為募兵而四處奔走。此時的他，只怕正在豔羨孫堅的幸運吧。

「幹得漂亮……」孫堅攻破洛陽之時，曹操恐怕會有如此讚歎。

當然，一定也有許多人如此評價——真是蠢材。不曉得來日方長，白白在洛陽耗損兵馬。

更有略知戰法的人如此向主帥進言：「此時孫堅人馬疲敝，應當趁此良機攻其不備。不然孫堅挾連勝之勢，無人能與抗衡……」

討董聯軍絕不是緊抱一團。

雖然討伐董卓的目的一致，但其中的各個諸侯總在伺機擴大自己的勢力。

盟主暫且定做袁紹。天下第一名門的袁家之中，袁紹被看做實力最強的一位。然而也有人對這位盟主不服。不是旁人，正是盟主的堂弟袁術。

孫堅恰是袁術的部將。因此，趁孫堅疲敝之時討伐的計策，便被提給了素與袁術不合的堂兄袁紹。

「唔……若是擊敗了孫堅，袁術那小子的實力大約會折損一半吧。袁術本來就是個廢物，全靠孫堅給他撐些門面。我要讓天下人好好看看袁術的本來面目。」袁紹恨恨地說道。

為何袁家兄弟關係會如此不和？在此簡單介紹一下袁家的情況。

袁氏原籍汝南郡汝陽，也就是今天的河南省汝陽縣，臨近北汝河，是在洛陽的南面，可以說是中原的正中央。

袁紹的四代祖公袁安先後輔佐明帝、章帝、和帝，歷任三公，位極人臣，這便是袁氏興旺的契機。

袁氏家譜如下：

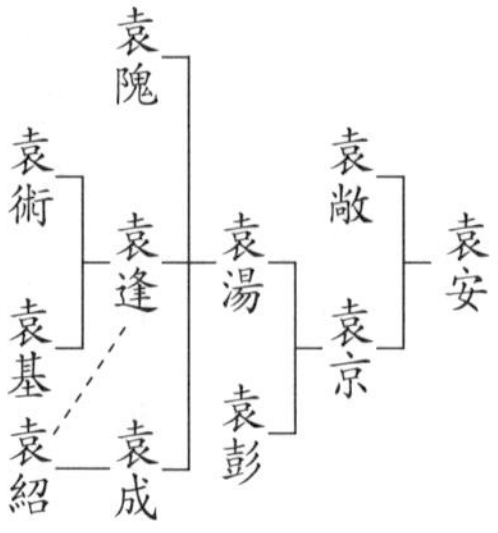

因為袁紹起兵反董卓，董卓便誅滅了洛陽袁氏一門老幼五十餘口。上圖中袁術的哥哥袁基與叔叔袁隗便是在那時被殺的。

袁紹祖父袁湯官至司徒（三公之一），長子袁成卻只做到五官中郎將便英年早逝。袁成字文開。民間有諺——事不諧，問文開。他便是如此一位公正俠義之士。然而年紀輕輕便已辭世，由弟弟袁逢繼承家業。袁逢的兒子便是袁術。

袁成早逝無後，當時的中國為了不令死者的祭祀斷絕，常有收養義子的習俗。於是便由袁逢過繼一個孩子給袁成一脈，這便是袁紹。

袁紹實際上是袁逢的侍女所生，所以他其實並非袁術的堂兄，而是同父異母的哥哥。

上圖中將袁紹與袁成的關係以虛線表示。袁術的生母是袁逢的正妻。他以嫡出自傲。

袁紹與他名義上的父親袁成相像，公正俠義，人緣很好。也正因如此，他才被推選為討董聯軍的盟主。而且平日裏也很受推崇，被視作名門袁家的中心人物。然而袁術滿心不悅。

哪怕是公眾場合，袁術也常說袁紹乃側室、是奴婢之子的話。這話當然不會不傳到袁紹耳朵裏。他當然也要伺機報復。

於是就在此種情勢下，有人向他建言——當縱兵擊破孫堅，不然，將為大患。

其實相比於擔心孫堅坐大，袁紹更是出於打擊袁術的目的，才下了出兵的決定。

五

董卓既然已將獻帝挾持到了長安，反董地區的各地方官員之職，便以自薦或者他薦的形式任意分派了。以自身實力控制這些地方的人，便是該地的最高長官。

當時，孫堅被稱為豫州刺史。豫州刺史的駐紮地為潁川郡陽城，但孫堅熱衷於修繕洛陽，多數時候都領軍駐紮在魯陽，不太出現在陽城。

袁紹根據細作的活動得知這個消息，便將會稽人周昂任命為豫州刺史。豫州刺史成了兩個人。誰控制了陽城，誰才是真正的豫州刺史。

周昂從袁紹處得了人馬，突襲陽城，一舉而克。

「竟敢乘虛而入！」孫堅大怒，自魯陽率精銳直奔陽城。

主帥袁術也派來了援軍。奪取陽城的周昂背後，則是憤恨不已的袁紹。他當然也不會置之不理。

袁術的援軍統帥是為公孫越。他是《三國志》中另一位主角公孫瓚的弟弟。孫堅得了援軍後，一氣攻入陽城，將其奪了回來。

孫堅剛進陽城不久，便有探馬飛奔而入。

「報——」探馬縱身下馬大叫，「公孫越大人中箭戰死！」

「啊，此話當真？！」孫堅一躍而起，奔到探馬身邊。

「時局動盪……」孫堅的腦中又記起了風姬的話。

天降之幸——援軍統帥戰死，他反射性地感到了一種解脫。

距離自己大本營很遠的孫堅，尚未在中原站穩腳跟。

就如同今日日本的政界，新登場的政治家總要加入某一派閥，其個人的幸與不幸都與派閥的消長密切相關。

機緣巧合，孫堅歸入了袁術一派。從江東本陣直到前線洛陽，他都與袁術結下了不解之緣。

袁術有種豪門子弟的任性，完全無法依靠。他總擔心部下實力太強，常會使些削減軍糧之類的小伎倆，算不上一流人物。

然而就目前的形勢來看，袁術的實力增強，對於孫堅也是有利的。袁紹與袁術，此時算是同室操戈。

「還是我家袁術稍弱一籌啊。」孫堅時常暗自思量。

恰在此時，傳來了公孫越戰死的消息。

公孫越出身遼西，也就是今天的河北省一帶。他是掌握遼西實權的公孫家的一員。其兄公孫瓚乃奮武將軍，被朝廷封為薊侯。自身實力強勁，可以說是一股完全不受朝廷調遣的勢力。
公孫瓚雖然表明了反董卓的態度，然而在反董陣營之中卻沒有什麼明確的姿態。他與袁紹、袁術都保持同等距離，大約是想建立自己的派系。
對於袁術的邀請，公孫瓚也表示中立，僅僅派了弟弟公孫越前往助戰。
「即使與袁紹手下的周昂交戰，也不用擔心我弟被殺吧……」他心中如此考慮。
因為袁紹也想誘使他加入自己的陣營。殺了他的弟弟，無疑會徹底斷絕彼此的關係。恐怕袁紹對周昂也有指示：「小心對待公孫越。」
「是。千真萬確……」探馬跪着說。
「戰死時的模樣？」孫堅急急追問。
「被流矢所中……」
「流矢啊……」原來如此——孫堅點了點頭。
再怎麼小心對待，流矢也是無法控制的。
公孫瓚是個愛憎都很極端的人物。即使是在當時，他對家族的愛護也被人視作頗為異常。殺了這樣一個實權人物之弟的事情，竟然被袁紹碰上了。
袁紹不單單失去了公孫瓚的支持，而且還給自己豎了一個強敵。削弱了袁紹的勢力，對於袁術固然是一件幸事，對於同屬一派的孫堅來說也是值得歡迎的。
「天降之幸在我身旁轟然而響啊，可是風姬為何又說要我小心？」

孫堅在心中暗暗思量，臉色稍馳。聽聞探馬報信的時候，他一直垂着頭，此時臉上或許已然顯出了喜色。然而此時正該哀悼公孫越的戰死，喜悅之色萬萬不可被人看見。

這時候又有聯絡將校自洛陽趕來。

「去公孫大人的營帳，就說我孫堅稍後親自前來祭拜……」孫堅說完，仰面望天。

「尚符璽郎中的侍從有事稟報。」來人向孫堅說道。

「什麼事？」有別的事情能夠免去自己裝出哀悼公孫越的表情，這讓孫堅心中頗感舒暢。

「據說是有關傳國玉璽的下落。」

「什麼，傳國玉璽？」傳國玉璽失落的傳聞流佈甚廣，孫堅也有耳聞。

「是，據說是被扔進了甄官的井裏。」

「井在哪裏？」

「被董卓所埋。」

「好，我親自去挖開它。」

「已經挖開了。」

「什麼？誰挖的？」

「主公的命令，白馬寺之人挖開的井戶。」

「挖到傳國玉璽了嗎？」孫堅的聲音已經嘶啞了。

「白馬寺之人沒有稟報。」

「去給我抓了挖井的人。」
「已經抓了。已經查明挖掘甄官之井的名叫支滿，現已收押在牢。」
「此人說了什麼？」
「什麼也沒說。說是什麼也沒有挖到。」
「鞭刑……杖刑……不，等等，還是我去會他……」孫堅的臉頰突突而跳。
傳國玉璽，失其者失天下，得其者得天下。這是帝王之印。孫堅還沒有得到它。但它仿佛近在咫尺。他的房間裏只剩了他自己一個人。
「風姬所說的，要我小心的好運，指的是這個嗎……」他的肩膀不住搖晃。那是為了抑制自內心深處傳遍全身的震顫。

六

長安與五丈原堪堪中間的地方，是名叫馬嵬的驛站。
五百六十五年後，唐玄宗為躲避安祿山的叛軍逃離長安，最初的落腳處便是馬嵬。隨後這裏便成了不殺楊貴妃便不會有軍隊救援的悲劇舞台。相較之下，五丈原則是離開長安之後第二天的落腳地點。
雖然通常是有兩天的行程，不過若是盡力趕路，一天工夫也可到達。另外，康國人所住的地方距離大路甚遠，不會引人注目。
陳潛來到五丈原，迎接自漢中而來的少容。活躍於東西交易的月氏族與康國的商人們，將中國的絲綢不斷運往西方，其途經的道路便被稱為絲綢之路。當然，不會只有單方向的通行，西方也向中國輸送玻璃製品。

在中國，玻璃被稱為琉璃，是可以同玉石比肩的寶物。

所謂夜光璧、夜光杯之類受人珍視的東西，全都是玻璃製品。這固然也是因為其本身的美麗，不過自遙遠西方翻山越嶺運送而來的距離感，大約也提升了玻璃的價值吧。

若是知道玻璃的製法，在中國也並非不能製作。只不過沒人知道它的製法而已。然而實際上撒馬爾罕人之中便有知道玻璃製法的人。

「不必遠途勞頓拿來中土。在這裏做了不是更好？」他們如此考慮。但他們同時也是天才的商業民族。他們知道，玻璃之所以高價，恰恰因為它是異國的產物，更有歷經艱難搬運而來的條件在內。於是他們便在五丈原建設秘密工廠，地方就在村落中的一角。為了掩人耳目，工廠裏也有許多燒製陶器的設備。他們將這座工廠裏燒製的玻璃用駱駝裝好，用兩天時間運到長安。因為是深目高鼻的撒馬爾罕人用駱駝運來長安的，誰都以為這是自西域運來的玻璃。遠途勞頓的價值源泉不會消失。

分別的時候，陳潛感覺少容是個女人，見面的時候，陳潛覺得她是母親。

「我得了傳國玉璽，怎麼辦才好？哪怕能支配俗世，真可以得到心靈的平靜嗎？」陳潛問少容。

少容以一種看待幼子的目光望着陳潛，回答道：「心靈的平靜，是要捨棄了這枚玉璽之後才能得到的。」

「那我還是扔了它吧。」

「給我吧。我來處理。」少容說。陳潛便將支滿交給自己的傳國玉璽轉給了少容。

過了幾日，少容又喚來了陳潛。她手中拿着的正是那一枚傳國玉璽。她又將玉璽交給陳潛。

「拿着這個，盡速趕往洛陽，交給孫堅。」

「啊，把這玉璽給他？」

「不錯。對我們來說，這不過是塊石頭而已。此前也和你說過，這是塊應該捨棄的石頭。」少容說。她的臉頰微微泛紅。不可思議的是，容顏的紅潤卻讓人感到她的年紀不輕了。

「既然是該捨棄的石頭，又為什麼要給孫堅？」陳潛問。

「因為這塊石頭可以救人性命。」

「救人性命？」

「不錯，這塊微不足道的石頭，可以救白馬寺支滿一命。玉璽渺若塵芥，人命卻大如天。」

「支滿怎麼了？」

「嗯，我也是剛剛聽說，尚符璽郎中的侍從將傳國玉璽的投棄所在告訴了孫堅的手下。」尚符璽郎中屬於少府，專司天子印章之職，是俸祿六百石的高官。當初袁術縱兵屠殺宦官，恰好尚符璽郎中也是宦官，被袁術的手下所殺。被殺之前，他將傳國璽交給侍從——仔細收藏此物，待到天下太平，再將此物所在告與宰相……

何時才算天下太平，侍從找不到判斷的標準。然而總不能一直隱藏下去。

「恐怕那侍從的妻兒也正為飢餓所苦吧。在那時候，人都會覺得做什麼都無所謂了。」少容說。

「是嗎……知道了地方，也就知道了是誰挖的吧。那，支滿他？」

「開始時候一口咬定什麼都沒有挖到，然而拷問之後終於供出有一個四方形的印章一樣的東西。」

「為何不說交給了我？」

「他一定是以為這個印章有利於佛法吧。所以下定決心即使被殺也不透露它的下落……總之他一口咬定撿到的東西已經扔在了上東門的石橋底下，然而孫堅並不相信，據說他自己親自鞭打支滿，支滿已經遍體鱗傷了。」

「我這就去。」

「嗯，快去吧。就說這是在上東門的石橋下撿到的東西……支滿的性命，就靠它了。」

七

天下雖然分為董卓派和反董派，但其實反董派的內部也在分裂。反董派的盟主袁紹氣量狹小，導致了這樣的結果。首先便是同族的袁術退出了陣營。

而且反董派並非僅僅分裂成袁紹、袁術這兩派。遼東公孫瓚深恨袁紹殺死自己的弟弟，也自立出去。此外曹操也不委身於任何一派，自己一直都在努力招兵買馬。

各個派系都在為培養自己的親信而努力。譬如自成一派的公孫瓚，便將自己的部下嚴綱、田楷、單經分別任命為冀州、青州和兗州的刺史。而且單單如此還不滿足，平原國也是他的勢力範圍，他也想將自己的親信派去平原為相。

「啊，那個人好像還可以吧……」公孫瓚的眼前浮現出某個門客的面孔。當年自己於盧植先生處求學之時，此人便是自己的同窗。因為有這層關係，黃巾之亂以來，此人便帶了幾個部將一起投奔到自己的門下。

劉備，字玄德，他帶來了兩個看上去應該比較勇猛的部將，一個叫關羽，一個叫張飛。

公孫瓚任命劉備為平原相。地方長官具有徵兵和徵稅的權力。基於這兩項權力便可以不斷壯大力量。各派系的領袖都希望自己的親信增強實力，以此鞏固自身的地位、抑制競爭對手的力量，從而達到稱霸天下的目的。

日後的蜀漢昭烈帝劉備，到這時候終於登上了歷史的舞台。

這一年劉備剛好三十歲，比孫堅小五歲，比曹操小六歲。

平原屬於青州，人口約有百萬。今天的山東省北部、濟南與德州之間，仍然留有平原縣的地名。

劉備主要在此招募騎兵，以備將來。

對於公孫瓚的自立，袁紹非常着急。想要廣募人才，可是袁術好像總是會來妨礙自己。

「袁紹不是袁家的人。」袁術如此大肆傳揚，而且還四處寫信寄給他人。開始時候還只是說袁紹是側室所生、女奴之子等，後來更是升級到謾罵一途。

袁紹的魅力之一，恰在於他是名門袁家的實權人物。中傷他不是袁家的人，確實對他影響很大。

「是可忍孰不可忍！」袁紹終於大怒。

天下之事以後再說，先要同袁術分個勝負才行。袁紹注意到了袁術的盲點——若是早些注意的話，與董卓交戰之時該會有利才對——也即是說，世人越覺得對手強悍的地方，越有可能是意料之外的脆弱。

世人皆以為董卓在西面實力強勁，誰也不敢去攻西面。曹操雖然有此打算，可惜兵力不足。

袁術手下有孫堅這等南面的大人物助陣，世人皆以為他在南面頗具實力。

然而，南面的豪傑孫堅，並沒有離開洛陽的意思。此前袁紹偷襲他的本陣陽城雖然失利，但若再向南去、再度偷襲他的本陣，結果會是如何？袁紹與劉表結盟。

劉表與蜀地劉焉一樣，都是漢朝王室的後代。他是東漢景帝之子魯恭王劉餘的子孫。劉表相貌堂堂，性格又很得人喜歡。

袁紹任命劉表為荊州刺史。當初孫堅逼迫王叡吞金自盡，荊州刺史至此一直都是空缺。

問題在於，劉表能否順利到達荊州的州都襄陽赴任。襄陽位於今天的湖北省境內。要去那裏，屯兵魯陽的袁術和奪回陽城的孫堅必定會在劉表的途中百般阻撓。

單單赴任並無問題。只要孤身南下、小心行路，沒有人會抓得到。況且不管哪一派都想招納人才，即使抓到了他，也必定會慎重對待，不必擔心會有生命危險。

然而隻身赴任卻沒有任何意義。若是和平年代倒也罷了，此時正逢亂世，若是沒有兵力作為後盾，連一個小村落都無法統治。

劉表擅長交際，各地都有他的友人。他依然隻身赴任，到了襄陽之後才依靠友人的援助招兵買馬。援助劉表的是蒯越和蔡瑁。靠這兩人的力量，劉表得了數萬人馬。他便如此成功進入了襄陽。

袁術大吃一驚。仇敵袁紹的部下劉表竟會突然出現在自己背後。

「文台，襄陽是你的地盤，趕快奪回來。」他向孫堅說道。

「好，我這便去。」孫堅起身，慢慢走出魯陽袁術的中軍。

袁術看着孫堅的背影，心中疑惑：「孫堅步履沉重，難道是身體有所不適？」

八

不是步履沉重，而是態度莊重。因為得到了傳國玉璽。

世人都說白馬寺的佛教徒不打誑語。支滿供認說他將一個有點兒像是傳國玉璽的東西扔在了上東門的石橋之下，果然便有人在那裏撿到了它。

雖然如今已經知道白馬寺的支滿所言不虛，但當初並不相信他的說法。為了逼供，還着實狠狠拷打了他許久。孫堅自己也曾經親自鞭笞過他。傳國玉璽既然已經得到，孫堅正打算釋放支滿，卻被長子孫策攔住了。

「此人受了拷打，肯定對父上心懷怨恨。與其放了他，還不如斬了的好。」

「嗯……」孫堅端詳了半晌兒子的臉，問，「你今年多大了？」

「十六歲。」

「心懷怨恨的人，為什麼不能放？」

「因為也許會想着報仇。」

「十六歲還不是知天命的年紀啊……對了周瑜，你怎麼想？」

「我以為，不如在軍中留他一陣，給他些報酬犒賞之類，等到過些時日他的怨恨消了，再放他回去的好。」

「你也是十六歲對吧？」

「是。」

「果然也不知天命啊。」孫堅如此說道，隨即放了支滿。

「受命於天……」孫堅相信這是自己的天命。正因為有此天命，傳國玉璽才會入手。受命於天的自己，當然沒有理由去殺一個無罪的匹夫。反過來說，即使他想要復仇，有天命護佑的自己又有什麼可怕的呢？

「這一回的舉措不像父上一貫的作風啊。」孫策對周瑜如此說。

「是啊。不單這一次，主公近來的舉動都與往日大不相同，究竟是為什麼呢？」周瑜略顯迷惑。

「他說十六歲還不知天命……」

「我們若是再年長一些，便能體會父上的心情了嗎？」放了支滿之後又過了幾天，有急報傳來陽城，說劉表進了襄陽。孫堅於是率兵南下。

襄陽便是孫堅奪取王叡軍馬的地方。城牆既厚且高。

「哎呀，這麼小的城啊……」孫堅遠望襄陽城，不禁如此低語。

「是啊，父上連都城洛陽都攻破了……」孫策在旁點頭附和道。

「還有這個……」孫堅輕輕伸手拍了拍自己的左胸下方，微微笑了。傳國玉璽正在此處——此刻我豈非天下之主嗎？相較之下，襄陽城之類的地方根本不值一提啊。

如此小的城池，圍攻它差不多都是我軍的恥辱。

圍城過了十日。第十一日上，劉表夜襲孫堅。部將黃祖衝破重圍，調集人馬奇襲孫堅的營地。

不，正確的說法應該是想要奇襲。因為孫堅對黃祖的動向了如指掌。當初黃祖突圍之時，他便可半路擒住他，卻故意放了他一條路讓他逃脫。

「一隻老鼠殺了也沒什麼意思，還是等這隻老鼠領來大批同伙的時候一舉殲滅的好。」孫堅說道。

劉表夜襲之事，孫堅也早從細作的密報中得知。

「敵軍來襲！」黑暗中喊殺聲此起彼伏，然而孫堅的人馬絲毫不亂。全軍整肅，靜待劉表。

「好，全殲來者！」孫堅又將手探進了懷裏。那枚傳國玉璽雖然用綬帶掛在脖子上，收在左胸之下，騎馬奔馳的時候還是有些晃動。

「是了……天子不會自己拿着這東西啊，所以才有了尚符璽郎中一職……那我讓誰拿着它好呢？」孫堅環顧左右，沒有什麼人可以託付。正在困惑之時，借着火把的光亮，他看到了兒子的側臉。

孫堅將綬帶自頭上取下，呼喚孫策。

「自今日起，你來保管它……好好收着，很要緊的東西。」

「是！」孫策也知道這枚傳國玉璽的原委。接過它的時候，雙手都忍不住發顫。

想要奇襲的黃祖，知道自己中了埋伏，慌忙撤退。

「渾蛋，有埋伏！」黃祖盡力收攏四散奔逃的部下，逃往山中。

距離襄陽南面五公里左右的地方，有一座山丘，名為峴山。黃祖的敗軍逃進山中，孫堅的人馬隨後緊追不放。

峴山本是行樂之地，風光秀美，不適合做戰場。後世唐朝的詩人李白有詩寫峴山：

峴山臨漢江，
水綠沙如雪。

山上的沙石潔白如雪，是一片即使晚間也很難隱蔽身形的地方。
黃祖的人馬有投降的，也有負隅頑抗而被殺的。直至深夜時分，殘敵已經掃蕩一空了。
「好，收拾了黃祖小賊，全軍一鼓作氣，拿下襄陽！」孫堅騎在馬上，抬起一隻手，如此說道。他的手中緊握馬鞭，馬鞭梢頭正顯出朝陽的模樣。
卻在此時，「啊！」孫堅一聲短呼，摔下戰馬。
身邊的人疾馳上前。孫堅的左胸插着一支箭。
「是了……」孫堅喘息着勉強說了這兩個字，隨即氣絕身亡。
親隨將士搜索周圍，卻沒有發現可疑的人物，只在稍遠處的竹林之中發現了一張被棄的弓。
「不是常見的弓……」周瑜說道。這張弓是樺木所製，極其簡陋，然而其形狀卻很奇特。
「這不是……西域月氏族所使的弓嗎？」孫賁取弓在手，如此說道。孫賁是孫堅的兄長，以博聞廣知而聞名。
周瑜與孫策對望了一眼。
孫堅軍中的主要人物當即議事，選出與劉表有一面之交的桓階為使者，去襄陽請求休戰。同時也決定，因為長子孫策年僅十六，軍中人馬的指揮權暫且委託給孫賁。
劉表同意休戰，孫賁所率的五萬人馬撤回北方。
「破虜將軍的遺言，說的是什麼意思？他說『是了』。」周瑜問孫策。
「是在後悔當初不聽我的進言，沒有斬殺那個支滿吧。」孫策道。

「也可能是想起了風姬的話吧……天降之幸在主上身旁轟然而響，萬望主上小心為念……」周瑜如此說道，將目光投向漢江的流水。

「父上若是身上帶着傳國玉璽，一定會救他一命吧。這塊白玉恰好放在這裏……」孫策伸手從衣襟探進左胸，咬住自己的嘴唇。

「這東西給我扔進漢江吧！」孫策從懷中掏出傳國玉璽，想要扔進眼前的漢江。周瑜按住了他的手。

「這塊白玉之中寄託了破虜將軍的執念……不能扔掉！」

「是嗎……」孫策舉起自己的手臂，抬頭仰望。

手中的傳國玉璽，沐浴在峴山西落的夕陽之下，被染成了鮮紅的顏色。

作者曰：

關於傳國玉璽，諸說紛紜。《三國演義》中說，孫堅因得此物而被殺。

註解《三國志》的裴松之素來崇敬孫堅，他斷言道：「孫堅於興義之中最有忠烈之稱，若得漢神器而潛匿不言，此為陰懷異志，豈所謂忠臣者乎？」

史書中又有記載，說是九十年後吳國降晉之時，國主孫皓獻金璽以表降伏之意。此印是為黃金所製而非玉石，可見它是吳國自己製的璽，並非傳說中的傳國玉璽。

又有說法提到，孫堅雖然得了玉璽，袁術卻扣押孫堅的夫人作為人質，從他手中奪了過來。

然而在北魏的正史《魏書》中卻有如下記載：太平真君七年（公元四四六年）戊子，鄴城毀五層佛圖，於泥像中得玉璽二，其文皆曰：「受命于天，既壽永昌」，其一刻其旁曰：「魏所受漢傳國璽。」

當時的人們，對於國家滅亡之際傳國神器的下落，其關心程度一定超越了現代人的想像。

偶有天晴

一

蔡邕望着庭院，歎息不已。這庭院幾乎不能稱之為庭院。匆匆忙忙自洛陽遷到長安剛剛過了一年。找遍整個長安，恐怕也找不到能像庭院的庭院吧。

「父親，至少在家裏不用擔心什麼，暢所欲言就是。」女兒如此向蔡邕說道。

蔡邕搖搖頭，無力地笑了一笑。

「至少在家裏——」蔡琰的這句話聽起來就像一種強烈的諷刺。

「在外不可輕易開口。」因為也有這層意思在內。

《三國志》中如此描述此時長安的氣氛：道路以目。走在路上，哪怕遇上了自己認識的人，也只是對望一眼而已。

自不待言，這是董卓恐怖統治的結果。董卓真正的目的並非只是想要鎮壓反對派，其實還不如說，他對反對派並不太介意。自從洛陽執權以來，他便已經滅掉了一切有反對派模樣的反對派。此刻早已不存在什麼有足夠實力同他抗衡的對手了。

他的目的是假借罪名來沒收人們的家產。董卓的佔有慾像病態一樣強烈。無論什麼東西，若不據為己有，便會感到難受。

為子不孝者，為臣不忠者，為吏不清者，為弟不順者。——凡有以上罪名者均處斬首，罰沒財產。當然也會對告密者大加賞賜。平日裏關係不好的人，整日都為對方是否告密而惶恐不安。若是不孝、不忠、不清、不順這類籠統的罪名，大約任誰多少都會有些的吧。

恐怖政治令世間黑暗，使人們緘口。這類情況屢見不鮮。

家裏只有女兒和父親兩個人。不要只是歎息，也隨便說點什麼吧。——蔡琰如此說。

「啊，為什麼事情會變成這樣……」蔡邕說。這一聲歎息中滿是一言難盡的感情。

蔡邕出生於陳留圉縣（現在的河南省開封市東南部杞縣的南端）的名門世家，然而天下還算太平的時候他便從沒有想過要立什麼功名。蔡邕嚮往的是老莊「無為而治」的自在生活。他不僅精通古籍，而且通曉天文、算術、音律，更是鼓與琴的名手。

蔡邕不想做官，只求過他自己悠閒自得的隱居生活，然而世間的事情常常難盡如人意。

桓帝當政時，他受了朝廷的徵辟。那時候是宦官的全盛時代，喜歡音樂的宦官徐璜等人上奏——蔡邕之琴乃天下一品。於是桓帝下詔，着陳留太守徵召蔡邕入宮。蔡邕不得已奉召入京，然後藉口途中染病，終於免了入宮之苦。

話雖如此，蔡邕這個名字既然已經為世人所知，再想隱居鄉野，便是難上加難的事了。

——野無遺賢。此乃為政者的義務。

在政界飛黃騰達的野心，於蔡邕本人的性格格格不入。然而朝廷的徵召無法辭退，他便想在自己喜歡的地方——學問一道為官。他歷任郎中與議郎之職，負責編撰史書。此後先是受誣獲罪，獲釋之後回京城的途中路過五原，卻又與五原太守王智不睦，只得逃往南方。王智是當時權傾一時的中常侍王甫的弟弟，世人盡皆贊許蔡邕不畏權貴的精神——與他本意相反，他的名望愈發高了。

這一名望，便為董卓所利用。入主洛陽之後，董卓便想徵辟蔡邕。蔡邕使出了老手段——稱病不仕。

董卓大怒：「我力能族人，蔡邕遂偃蹇者，不旋踵矣。」

聞聽此言的蔡邕無奈，只好應召出任祭酒（相當於國立大學校長）一職。

出人意料的是，貪得無厭的董卓竟然非常中意毫無私慾的蔡邕。大約是因為差別太大，已經越過了反感的界限，轉而生出好意了吧。

遷都長安的時候，蔡邕已經被任命為左中郎將，封為高陽鄉侯。這已是封侯裂土的貴族了。不用說，蔡邕儼然已是董卓派中的大人物了。

「竟然連那個清廉的蔡邕都……」世人都對如此事實大感詫異，紛紛議論說，難道董卓此人也有什麼可取之處嗎？

為什麼會變成這樣？——他在家中雖然如此感歎，內心卻也很清楚，正因為屈從於董卓的壓制，才會變成如此模樣。

「哈哈，連父親自己也不明白嗎？」女兒如此說道，故意用了很明快的語氣。她此前剛剛嫁給一個名叫衛仲道的人不久，還沒有生下孩子丈夫便病死，她只得回到自家。這時候本該是蔡邕安慰女兒的時候，然而卻反過來被女兒安慰。

「雖然明白，卻也無能為力啊。」蔡邕悲傷地說。

「父親已經盡力而為了。後人絕不會指責父親的。」果然還是女兒最理解父親的心情。雖然是出於無奈站在董卓這一邊，但他最擔心的還是後世史家的筆。

「確實我已經盡力了……但這究竟是好是壞……」他仿佛自言自語般地說道。

「若是沒有我，董卓更會橫行無忌……」他如此告訴自己。

放棄洛陽、遷往長安的董卓，不曉得是不是為了擺脫戰敗的心情，下了如此決定——比太公，稱尚父。太公又稱太公望，即是姜尚姜子牙，周朝開國的功臣。周武王尊他為父，以「尚父」相稱。董卓這是也想被天子尊為父上嗎？

「豈有此理！」蔡邕鼓足勇氣站出來反對。

——太公輔周，受命翦商，故特為其號。今明公威德，誠為巍巍，然比之尚父，愚意以為未可。宜須並東平定，車駕還反舊京，然後議之。

——並東平定，然後議之……

董卓出人意料地取消了尚父的稱號。若沒有蔡邕的反對，差點又成了後世的笑柄。

初平二年六月發生地震的時候，董卓也來詢問蔡邕，蔡邕回答道：「地動者，陰盛侵陽，臣下逾制之所致也。前春郊天，公奉引車駕，乘金華青蓋，爪畫兩，遠近以為非宜。」

這一次董卓也聽從了蔡邕的意見，於是改乘皂蓋車。

漢朝制度，金華青蓋之車，非皇子不得乘坐。在那時候若是沒有蔡邕的諫諍，如今恐怕已經升級成和天子的車蓋一樣了。

「我已經在牽制他了……」雖然如此，但對於未曾想到的事情，自己還是頗感哀傷。

「父親，這種時候，女兒以為撫弄音律最為相宜。」蔡琰説道。

「鼓也罷，琴也好，沒有撫弄的心緒啊，在如此的時候。」

「即使自己不彈，只要聽上一曲，心緒也會放晴些吧。」

「是嗎……確實很久沒聽到你彈琴了。」

「其實如今女兒的趣向也變了，召了一些西域的樂師。」

「哦，那很好啊……西域的音樂能讓人擺脱憂傷啊。」蔡邕挺直了腰。

二

有關蔡邕父女的音樂才能，流傳下來許多逸事。琴中有一名器，名為焦尾琴，據傳便是蔡邕當年因觸怒王智亡命南方時所做。

某日，有一農夫焚火燒柴，蔡邕聽到火裏傳來的劈里啪啦的爆裂聲，一躍而起。

「把這塊桐木給我行嗎？」蔡邕説道。他從爆裂聲中聽出這塊木頭最適合做琴。做成的琴一端已經燒焦，於是就有了「焦尾琴」這個名字。

中國的音樂受到西域的影響很多。因此，喜歡音樂的人對西方的樂曲有着更多的憧憬。

「琰兒啊，能忘記塵世的一切，盡情享受西域的樂曲嗎？」蔡邕的表情眼見着明朗起來。他對音樂有一種發自內心的喜愛。

「三十人的樂團喲。」

「哈，很豪氣啊……」別室之中已經備下了西域的樂團，隨時可以演奏。是由箜篌、琵琶、鞨鼓、笛子、拍板、鐃鈸、擊琴、簫組成的樂隊。雖然十八人的演奏者中女性不過六人，但合唱的十二人均是女性。

蔡邕一進房間便笑了。

「啊，不全是西域人士嘛。」

「是啊，父親。長安的康國人還沒有那麼多，而且多數都是商賈……所以也有喜歡音樂的漢人自康國人處學了奏法，加入這支樂團。」蔡琰解釋道。

一眼望去，大約三分之一是漢人的模樣。

「哦……」蔡邕從樂團中間穿過，看到房間角落裏的一人，略顯吃驚。

「我請了客人喲。」蔡琰說道。

在當時，高官之間互相邀請招待，乃是社交的禮儀。諸如請樂團到自宅招待友人之類也很常見。蔡邕並非因為家中有客而吃驚。即使這房間裏有位極人臣的三公在場，他也不會有什麼驚訝。

所謂三公，便是相當於總理的司徒、相當於副總理的司空、相當於國防部長的太尉。一般所說的宰相就是指這三個人。三公雖然位極人臣，但董卓卻是位在三公之上的相國。他是故意設了三公之上的官職，以此提高自己的地位。

董卓一朝的司徒王允、司空淳于嘉、太尉馬日，這三個人都是蔡邕的朋友。尤其是馬日，關係更為親密。

然而此時女兒自作主張所請的客人並不是三公，而是中郎將呂布。呂布與蔡邕級別相同，都是受封都亭侯的貴族，然而兩人素來不甚親密。

蔡邕心中，常對呂布有一種鄙視之感。

「為什麼要請呂布來？」他暗自揣測女兒的意圖。

「是了……」蔡邕想通了。

自己經常邀請三公，卻從沒邀請過呂布。他是現在橫行一時的董卓義子，又是時常隨侍董卓左右的親衛隊長。像這樣的人物，需要和他搞好關係才行。然而依照蔡邕的本性，對於這種曾將自己主帥的頭顱作為禮物獻給董卓的人，他並不想主動與之結交。女兒曾經勸過自己多次，這一回只怕也是為了父親才邀請呂布的吧。蔡邕心中如此暗想。

演奏開始了。因為夾雜着還不太熟練的漢人在內，演出並不是十分純熟。即便如此，那種異國情調依然十分吸引蔡邕。

「難道無論如何也吸收不了西域音樂的長處嗎……」蔡邕如此思索。

合唱用的是康國的語言，歌詞內容完全聽不懂，不過其中時而也會夾雜一些漢語的歌詞，別有一番風味。從這裏也可以看出歌手中有一半都是漢人。

十二名女歌手個個都貌美如花。特別是隊伍兩端的女性，更有一種驚人的美。左端的女孩相貌端正，有些難以接近的感覺。相比之下，右端的女孩則帶着嫵媚的神色。

「父親，我已經請樂團的長老送了一名歌手給我們。」蔡琰說道。

在當時，只要是有些地位的人家，都擁有專屬的歌手。漢武帝的第二任妻子衛皇后便是武帝妹妹平陽公主家的歌女——也是合唱團中的女性之一。

「我說過的，家中並不想收養歌者。」蔡邕說道。

蔡邕身為貴族，錢財不是問題，然而他天性崇尚隱士，不喜歡奢華的生活。家中雖然藏有四千卷書，然而不管再怎麼喜歡音樂，也不想在家中收養專屬的歌手。

「不，不是收養在家中，而是將她獻給太師……」女兒笑着如此說道。相國董卓自從撤至長安以來，便以天子的老師——太師自居。

「原來如此……」朝臣經常給佔有慾極強的董卓送禮，以此來討取他的歡心。蔡邕素來討厭這種做法，不過此時處身於熱愛的西域樂曲之中，內心漸漸柔軟起來，竟也認為那是一個好主意了。

「都亭侯以為，哪個女子合適？」蔡琰向呂布問道。

若是要打探董卓的喜好，最合適的自然便是詢問呂布。呂布知道朝臣都是如此看他，他也並不介意別人這樣的想法。身為親衛隊長，常要照顧董卓的飲食起居，當然應該比誰都了解董卓的喜好。

「是啊……哪一個好呢……」呂布看了這些歌手一圈。從一開始，他的目光就停留在兩端的女孩身上。這兩個人當中，選哪一個才好？就在此時，右端的女子目光流轉，盡顯嫵媚的神色。

「最右邊的那個女子不錯。」呂布説道。

「那就把她獻給太師吧，」蔡琰説着，轉向樂團問道，「那女子叫什麼名字？」

「她名叫貂蟬。」左端的女子代為答道。

蔡邕的心裏暗暗鬆了一口氣。此刻回答的女子，氣質遠在右端貂蟬之上。若是將她獻於董卓，自己都會覺得相當可惜。呂布選了另一個女子，他的心中也不禁暗歎了一聲「好險」。

左端的那個女子，正是寄身於五丈原康國人村中的少容。

三

「哦，你也是五原人士嗎？如此說來，我們應該很談得來吧。」呂布對貂蟬説道。

自西域的樂團中選出的貂蟬，恰好與選中她的呂布是同鄉。位於今日的內蒙古自治區的五原縣，後漢時候是郡。當時那裏的蒙古族多於漢族。同樣是同鄉情結，在族人愈少的地方，愈發顯得強烈。

呂布此時還很年輕。身材高大，在武將之中算是皮膚白皙的。他向來都把女人當做玩物，然而自從遇上貂蟬之後，才知道原來女人也是如此可愛的人。

兩人住在同一個屋簷下。儘管如此，貂蟬卻並非他的女人。她的所有者是董卓。一個有着異常強烈的佔有慾的人。

董卓此時已經築塢於郿。郿就是今天的陝西省郿縣，位於五丈原的南面。所謂塢，就是十幾米高的土牆圍起來的小城。董卓將自己從洛陽掠來的財寶都存在這裏，又在此囤積了足夠支持數十年的糧食。若有萬一之時，只要逃至此處，任誰也無法攻破。

「誰也別想搶走我的東西。」這便是董卓心中所想。不管多麼微不足道的東西，只要落進了他的手裏，旁人便休想染指——這正是董卓的本性。哪怕只是摸一摸他的東西，都要受到嚴厲的懲處，甚至連命都保不住。然而呂布卻摸了董卓的東西——貂蟬。

「貂蟬，若是太師知道了，我們的命就保不住了。好不好，我們兩個都在一條船上了……」呂布緊抱着貂蟬的身子，輕聲軟語。所冒的風險越大，情事的樂趣越盛。

「我害怕……」貂蟬的聲音都在顫抖。

「別怕，有我在，不用害怕。」呂布搭在貂蟬肩頭的手掌不自覺地加了一把力氣。貂蟬扭身道，「好，我不怕。不管是死是活，我都和大人在一起。」

「真可愛啊……」呂布伸手輕撫貂蟬的頭髮。一種迄今為止從未體驗過的甜美情愫，在他心中蕩漾開來。話雖如此，呂布到底是個武將，無時無刻不在考慮當下的勝負。身為武將，不面對現實是活不下去的。與貂蟬的情事也是如此。他並沒有單單沉迷在其中，也一直在以冷靜的目光掃視周遭的一切。兩個人的秘密不可能永遠隱瞞下去，總有一天會被人知道——若是傳到了董卓耳朵裏，一切也就完了。怎麼辦？即使是在撫摸貂蟬乳房的時候，呂布心中也依然在考慮這樣的問題。

突然間她的身體劇烈顫抖起來。

「怎麼了？」呂布問。

「我還是害怕……想起前幾天的宴會了……」

「啊，那個啊。那個確實很可怕……」能從呂布這樣的人口中聽到「可怕」這個詞，實在是很難得。呂布自己都是雙手沾滿了鮮血的，能讓他認為可怕的事，必然是可怕到無法形容的地步了。

貂蟬所說的前幾天的宴會，是董卓在他的郿塢宴請朝中大臣的事。在宴會之前幾天，北方有一場小規模的叛亂，被董卓派遣部將鎮壓了下去。那時抓到的數百人也被帶到了這一次的宴會上。

菜餚上齊，眾人舉箸之時，身居高位的董卓一隻手拿着筷子，一隻手高高舉起，彷彿漫不經心做了這個動作一般。

那是一個信號。對俘虜的殘殺開始了。數百戰俘被一齊切去了舌頭。嘴裏鮮血噴湧。

會場排着十二張桌子，不過因為營帳設在室外，桌子與桌子之間的空隙很大，足夠處刑。

剎那間鴉雀無聲。

「好好的宴會，哭號之聲太過掃興。」董卓舉勺喝了一口湯，若無其事地說道。他的聲音本是低沉嘶啞，卻因為四下裏的寂靜無聲而顯得異常清晰。

切去了舌頭雖然無法大聲哭號，然而還是會有攝人心脾的嘶嘶之聲。數百人的聲音交織下來，匯作異樣的呻吟旋律。

然後是剜去雙眼。鮮血四濺，落到了桌上的盤裏，有些更直接融在湯水之中。斬下手掌、切去雙足——受邀的眾位朝臣全都面色慘白，食不下嚥。

營帳一角支着一口大鍋，鍋中水汽冉冉而上。與會諸人都以為這是為了給宴會就近預備湯水所用，然而實際並非如此。大鍋究竟有何用途，與會諸人很快便明白了。

切下的手足、剜下的眼珠，全都扔進這口鍋裏，煮成一鍋濃湯。

「會者戰慄，亡失匕箸。」《三國志．董卓傳》中如此描寫與會賓客的恐懼情狀。其後又有描寫董卓的記載——而卓飲食自若。這已然與惡鬼無二了。

當時貂蟬也曾出席宴會，與同伴一起歌舞助興，不過數曲之後董卓便令她們退下：「好了，今天還有更有趣的節目，不用你們了。」

因此貂蟬並未親眼見到那般慘狀，只是事後才聽說的。即使如此，聽人說的時候她也已經面如土色，若是當時親眼所見，恐怕是要昏厥當場了吧。

「一想起那件事我就渾身發抖。」貂蟬抱緊了呂布。

「別怕，不用怕。」

「不，不……」貂蟬拚命搖頭，「我害怕！只要他還在，就算大人告訴我一百遍『不用怕』，我還是會害怕……我害怕！」她的嘴唇顫抖着，幾乎發不出聲音。

「只要他還在嗎……那就是說，若是不在了，也就不怕了？是嗎……若是不在了……」呂布自語道。貂蟬還沒有從恐懼中平復下來，因此並沒有聽見呂布在說什麼。呂布也只是對着自己說的而已。

「是了……不在就行了……」呂布壓低了嗓子反覆唸道。不知不覺間，「不在」這個詞變成了「殺」字。

四

只有呂布，才能有如此想法。換作一般人，也只有在心底說說真心所想而已。連生活的苦痛都無處傾訴。

古時的史書中從不記載庶民的生活。有關大人物的記述不知佔去了多少篇幅，而庶民的生活則被隱藏在他們的背後。

當時的洛陽與長安等地到處都建了無數銅像銅馬。在銅還是武器材料的時代，給世間帶來和平的一統天下者總是要搜集武器熔化之後鑄成銅像，以作為和平的見證。然而史書中卻記載董卓毀了所有的銅像，董卓此舉是何目的？原來是為了製造銅錢。而且他還將之前市上流通的被稱做「五銖錢」的銅錢也全部回收，鑄造更小的錢。這新鑄的錢徒具形狀，表面既無文字又無鑄印，可說是相當粗製濫造的銅錢。董卓便大量鑄造了這樣的東西。

「於是貨輕而物貴，穀一斛至數十萬。自是後錢貨不行。」《三國志》中有如此的記載。

錢貨不行，庶民生活因此而受到破壞。

史書中寥寥幾句，足以使我們想像當時人們生活的困頓。然而當時的平民卻連議論一下自己的生活困苦都不行，否則便會被安上一個「誹謗政治」的罪名處刑。

不堪忍受的民眾揭竿而起，可惜他們都是平民，不是士兵，也沒有什麼組織可言，很快就被鎮壓下去。此前提到過的在宴席之前處刑的眾人，大約也就是此類叛民吧。

但鎮壓屈服不了「反董」的氣運，這股趨勢迅速蔓延開來。儘管恐怖統治可以勉強維持自己的地位，但「反董」的喊聲卻早已響徹天下。一旦時局變化，親善董卓的一派必然會無路可逃。

被看做董卓派高層人物的蔡邕，便一直在尋找機會逃出長安，逃到兗州。他與堂弟蔡谷商議的時候，「兄長相貌不俗，且又廣為天下所知，恐怕很難逃出長安。」蔡谷如是說道。蔡邕只得打消了念頭。

自遷都長安以來過了一年，董卓便又攻回洛陽附近，與關東諸將展開拉鋸戰。董卓不在的時候，長安的一切政務均委託給司徒王允。因此，王允也是董卓派中的重要人物之一。

而王允也在考慮，一旦時局逆轉，自己該如何應對。董卓對自己的信任可謂深厚，普通的手段不可能將自己與董卓派劃清界限。逆轉之時，我必定會被視作董卓派的第一號人物，落得身首異處的下場。

要想免遭此難，只有唯一的方法可行——不可等待時局逆轉，須得由我逆轉時局。

也就是說，王允要做肅清董卓的先鋒。這是一件困難的工作，然而再無別的方法可想。攻擊才是最好的防守，鬥爭才是最佳的升遷之道。這也恰是王允一直以來的經驗。

王允是太原人，字子師。青年時代因為反對同鄉一個名叫路佛的無賴做官，險些被郡太守殺害。幸好刺史鄧盛深愛他的骨氣，出手相救，於是成為鄧盛的部下，步入官場。

黃巾起義之時，他任豫州刺史，表現活躍，但受到大宦官張譲的彈劾被捕入獄，赦免後再次出任刺史，然而很快又因為與宦官的鬥爭而再度入獄。這一次雖然赦了他的死罪，但也不再允許恩赦。不過當時的三公都為了營救他而四處奔走，王允終於在一年之後再度獲釋。

十常侍之亂以來，他成為朝廷的中心人物，官位一路升至三公。因鬥爭而獲承認，進而步入官場，這一次也必須是要鬥爭才行。王允迄今為止的種種鬥爭，看似魯莽無謀，其實事先都已預備了強有力的援軍，都是有目的的戰鬥，絕對不是毫無計劃的衝動所為。

在反對任用路佛之時，便已經私下裏通過他人向鄧盛推薦自己是個「有骨氣的年輕人」了。與宦官的鬥爭之時也已經得到三公相助的允諾。那麼，這一次該以什麼作為後盾呢？

朝中的底層官員，都有很強的反董情緒。為生活所苦的民眾也對苦難的根源董卓充滿怨恨。雖然不敢訴之於口，但心中必定都在暗叫着「殺了董卓」！

此時誰若能打倒董卓，誰便是救世主。然而若是有旁人打倒了董卓，王允恐怕就要作為董卓的親信而遭清洗了。

事不宜遲。王允身邊也有志同道合之人。司隸校尉（相當於警察長）黃琬、尚書（相當於秘書長）鄭公業和執金吾（相當於警視總監）士孫瑞等，都和他有同樣的想法。

起初王允打算授予他們兵馬，以討伐袁術的名義興兵出武關，隨後陣前倒戈，征討董卓。然而兵馬大權都在董卓的手裏，沒有董卓的同意，軍團的行動便沒有正式的許可。王允提出的出兵征討袁術的想法，董卓以為眼下沒有此種必要而駁回。

初平三年（公元一九二年），自年初開始便連續下雨，一直下了六十天。當時有朝中高官向天「請霽」的慣例，也就是祈求上天放晴，也稱「祈晴」。為此會修築高台，由朝中官員登台祈願。

高台有數十米高，其上並不算十分寬敞。只要沒有旁人，在台上說話便不用擔心被人偷聽。王允諸人常常將這座高台作為聯絡之所，隨行侍從都在台下等候，他們便在台上撐傘交談。

某日王允在台上遇見了士孫瑞。此人複姓士孫，單名瑞，字君策，扶風人士，以智謀聞名。

傘下士孫瑞如此向王允說道：「去年歲末以來，不見陽光，霖雨連綿。月犯執法，彗孛可見。」

執法與彗孛都是星宿的名字。

據說士孫瑞深諳占星預言之術。

「這是有什麼意味不成？」王允問。

二世紀末的中國人，對預言之術深信不疑。而王允又比當時的一般人更加相信占星之說，可以稱之為十足的迷信人士。

「發於內者勝。事不宜遲，公當圖之。」士孫瑞說完，下了高台。

「發於內者勝……」王允一個人站在雨中，喃喃自語。

五

這天夜裏，王允的府邸來了一位意外的客人——呂布。

如今正是董卓的天下，所以王允有時也會禮節性地招待呂布。呂布是董卓的心腹親隨，不可得罪。然而對於王允而言，呂布到底是個天生的武將，可以說是來自不同世界的人。呂布心中也未必不做此想。所以這一次呂布的不請自來，實在讓王允驚訝不已。而且來訪的呂布舉手投足之間都顯出一股畏首畏尾的模樣，滿臉猶豫不決的表情。

「不知將軍有何貴幹？」王允問道。若是沒有什麼事情的話，這人絕不會在這種時候造訪。

「有人要殺我。」呂布突然說。

「啊，將軍您？」王允大惑不解。殺人如麻的不正是呂布自己嗎？他突然說有人要殺他，這到底是怎麼一回事？「老夫以為，世上沒人能殺得了將軍。誰能如此大膽？」

「太師。」呂布答道。

太師董卓——確實只有此人能殺得了呂布。

「這又是為何?」王允總不能直說自己對此好奇。

「太師近日舉止無常。不知道何處惹了他老人家，突然就拿手中的戟……」呂布說到此處，雙目低垂，渾然不像往日的模樣——貂蟬已經佔據了他的全副身心。董卓如此對他，必然也是因為這個。只是他怎麼也不好意思承認自己之所以害怕董卓，完全是為了一個女人的緣故。

王允則以為董卓的舉動傷到了呂布的自尊才會如此模樣。又不是家犬，稍有不順心的地方就如此粗暴對待，當然會傷到男子的自尊。

「將軍不用太過掛心，太師也是無心之舉。」王允嘴上如此說着，心中卻忽然想起那一天祈晴台上士孫瑞說過的話。占星的預言一向都如複雜的繩結一般，讓人找不到頭緒、解不出意思，士孫瑞的話當然也不是輕易能讓人明白的。不過，其中那一句「發於內者勝」的意思，難道說，指的正是眼下這個機會嗎?

若有內應，便可成功——呂布是董卓的義子。對於董卓而言，這個年輕的武將，既是自己的兒子，又是最可信賴的親隨。他豈非正是心腹中的心腹嗎?

極親近的人心生叛意，這大約就是「發於內」的意思了吧?

士孫瑞的預言果然了得。只要與這位呂布結盟，大事必然可成——預言的意思可能就是這個吧。啊不，不是可能，是一定。預言一定就是這個意思。

呂布走投無路——就連果敢決斷的親衛隊長，也會有束手無策的時候。

「丞相王允見識卓絕，將軍不如前去拜訪一番。賤妾隱約感覺他已經察覺了我與將軍的關係……」貂蟬如此央求。於是呂布才會突然造訪王允的府邸。

王允真能教自己什麼妙計嗎？若是連王允都沒有什麼妙計，呂布心中暗想，那自己便只有將自己早已反覆想過無數次的計劃付諸實施了——那計劃，便是消滅董卓。

呂布的額頭滲出密密的汗珠。

王允盯着呂布看了半晌，終於開口道：「老夫虛度五十光陰，一無所成，所得唯有經驗二字。若是能對將軍有所助益，老夫也不妨說上幾句……到了老夫的年紀，最大的經驗便是，凡事一定要深思熟慮，不可失敗。或者更應該說，要有必勝的把握才行。」

呂布微微點頭，仿佛有所領悟。

王允頓了許久，然後以儘可能沉重的聲音，繼續說道：「將軍擔心為人所殺，是嗎？既然如此，為何不搶先一步，殺了那個想殺將軍的人……」

聽到此處，呂布抬起了頭。臉上顯出安心的表情。

「果然……」他心中如此想到。

他想了很多很多，然而除了消滅對手之外，再無解決之道。這一次來問了當代第一智者王允，得到的也是同樣的答案。

殺——這樣的想法自然簡單了許多。既然此時已經確定除此之外再無他法，呂布可以說是解決了一塊最大的心病。

「方法雖然也是問題，但你本來就是身邊的親隨，機會比比皆是。只不過一定要手握大義，師出有名……老夫以為……」王允壓低了聲音。呂布不禁向前探出身去。

六

同一個時候，蔡邕的府邸也來了客人。不過蔡邕並不驚奇。因為來者可以說是蔡邕府上的常客——士孫瑞。

他經常拜訪蔡府。大多是為了借書、還書之類。當然，之前總會與主人暢談一番。

「今日已經晚了，這就去書庫吧。」士孫瑞看到時間不早，如此說道。蔡邕喊來女兒：「領士孫大人去書庫吧。」

書庫一直都由女兒管理。

女兒名叫蔡琰，字文姬。郭沫若寫過以她為主角的歷史劇，因為那劇本的題目叫做「蔡文姬」，所以她的字要比名更為人知。

蔡邕是藏書家。哪怕遷都的慌亂之時，也是先將書籍運來，而後才搬家產。蔡家有很多獨有的書籍，所以有很多客人想來借閱。接待他們的便是蔡文姬。

蔡家的書籍在日後的動亂中喪失殆盡，不過令人吃驚的是，十幾年後蔡文姬應曹操之命默寫當年的書籍，數量達到四百本之多——這是後話了。由此也可以看出她與書籍的親密程度。作為書庫的管理者，再無旁人能比她更加適合。

然而士孫瑞這一回只是假託借書而來。實際上他是有別的事情。

「文姬，呂布的事情進展順利嗎？」沒有旁人的書庫之中，士孫瑞低聲問道。

「今日會去王允處商談的吧，貂蟬如此說過……最近呂布總是無緣無故心懷煩惱的模樣。」蔡文姬答道。

「進展得順利就好……今日我在祈晴台上已經向王允說過，『發於內者勝』。」

「丞相王允很相信占星之術啊……」

「而且貂蟬這女子也將呂布控制得很好，恐怕不單單是靠同鄉之誼吧……我真感覺有些不可思議啊。」

「她心中自有一股為國為民的使命感。只要相信自己的所作所為可以解救世人，不管什麼事她都會毫不猶豫地去做。」

「身為女子，她這種使命感是在何處養成的？」

「五斗米道。」

「啊，米賊？」即使是士孫瑞這樣的人物，都將信仰五斗米道的人稱為「米賊」。五斗米道的張魯切斷了朝廷與四川的聯繫，劉焉便以此為藉口，在蜀地建立了獨立王國。五斗米道也就成了道途斷絕的罪魁禍首「米賊」。

「是啊。」

「誆騙愚民的五斗米道竟然能夠培養出如此剛烈的女人？真讓我難以置信。」

「五斗米道之中有一位最出眾的女子，是她教導了貂蟬。」

「這樣說來，我也很想受教一番啊。」

「或許會變成她的裙下之虜呀。」蔡文姬淺淺一笑。

「此話怎講？」

「因為那可是位美女。」

「是嗎……哈哈哈……」士孫瑞裝作毫不在意地笑了。

「我的心，早已被其他的女人俘虜了。」他在心中默默唸道。

「令尊可知道這些事情？」士孫瑞換了個話題。

蔡文姬搖搖頭說：「我一直都在掩飾。父親似乎也沒有注意。」

「唔，還是不讓他知道的好……雖說伙伴越多越好，不過仔細想來，天下人全都是我們的同伴啊……」士孫瑞對於接下來要做的事情心馳神往。他雖然是個極端現實的人物，但偶爾也會自我陶醉一番。正因為可以通過這樣的方式宣洩情緒，才可以在需要現實的時候變得非常現實。

的確，若是讓天下人都能將心中所想訴之於口的話，那麼天下人最想說的應該只有一句吧——誅滅郿塢董氏一門。

董卓將天下當做自己的私物。

他將女婿牛輔封為中郎將，領兵鎮守京師。弟弟董旻為左將軍，侄子董璜為中軍校尉，都是軍團司令一級的官職。董氏一門老少盡皆封侯，董卓的妾剛剛懷孕，便有官位授給了肚子裏的孩子。便是如此的情況。

天之上的這些官位劃分之事，雖然與庶民沒有多大關係，但由此也能看出董卓的獨佔慾。至於地上的東西更不用說，若有什麼沒有收進他的郿塢，董卓便會心生不快。在他看來，庶民一無所有才好。

——為了天下。

打倒董卓，與名分上不缺。

「我來起草誅殺董卓的詔書……唔，不用起草，這詔書一定會一氣呵成的。只要將這幾年來每日每晚心中所想的寫成文章就行了。」士孫瑞說。

七

定下了行動之日。初平三年四月辛巳（二十三日）。

此前年幼的獻帝久病不起，近日終於痊癒。朝中諸臣都聚集到未央殿中。太師董卓也穿上了朝服，覲見天子。

董卓的覲見頗不尋常。平日裏朝中官員都是去董卓的府邸請求決裁指示，所以除非是什麼正式的儀式，董卓輕易不會上朝覲見。郿塢固然是他的屬地，長安城中也有他的府邸。當然，此處也是壁壘森嚴、重兵把守。

要想行刺董卓，只有趁他外出之時。平日董卓外出的時候都有重重護衛，也只有覲見才是最好的機會。即使是在皇宮之中，董卓身邊依然帶有侍衛，只是比平日外出之時少了許多。雖說這些侍衛都是精挑細選的精幹士兵，但只要身在皇宮之中，行事不利之時也有皇帝身邊的護衛（禁衛兵）可用。就算是董卓這等專橫跋扈的人物，到底也不能不給皇帝身邊留下護衛。況且，若是在皇宮之內誅殺了董卓，還能多出一層「奉詔討賊」的名分。

不管寫出多少詔書，哪怕手中握有皇帝的印璽，若是在別的地方討伐了董卓，效果到底還是大大不同的。

以王允為首，政變集團慎重地演練誅殺董卓的計劃。

士孫瑞所寫的詔書是召天下人誅殺逆賊的動員令，上面蓋上了「皇帝印璽」。按印的尚符璽郎中，恰好是王允的門生。只知道瘋狂搜羅官位，卻沒有在這等要職上任命自己的心腹，這也是董卓的失敗之處吧。按他的稟性，一定以為這類掌管印璽的官職，不過是些管理雜物的小官而已。

這張詔書，悄悄送到了呂布手裏。

呂布讓自己的心腹騎都尉李肅、秦誼、陳衛等人穿上禁衛兵的衣服，喬裝成守衛北掖門的士兵。

王允強作鎮靜。鬥爭乃是改變命運的唯一手段。他雖然對此深信不疑，然而這一次終究不是一般的鬥爭。假如失敗的話，必然會拷問出主謀之人的吧。若是發現如此信任的王允竟然會背叛自己，董卓會如何發怒，簡直無法想像。此前的宴會上那些切舌斷手、剜目刖足的刑罰，恐怕都算是最輕的處罰了。

「必然成功！」王允在心中暗暗呵斥自己。不會不成功。以占星聞名的士孫瑞，豈不是也說過，「發於內者勝」嗎？如今已經得了內助，再無什麼可懼之事了。

王允靜靜等待。

西漢末年，因赤眉軍蜂起及其後的戰亂，長安化作一片廢墟，所以東漢定都於洛陽。董卓則是將都城自洛陽再度遷回了距離自己的根據地較近的長安。

此時的長安城，也只是在廢墟之上草草修建了一些房屋而已，十分冷清。就連未央殿也找不出往日的痕跡。西漢的未央宮址，東西一百三十五米，南北三百一十餘米，其上建築了許多宮殿。殿門八十一，掖門十四扇。

董卓一行自北掖門而入。——陳兵夾護。董卓的覲見，也是如此威風凜凜。左邊步兵，右邊騎兵，護衛兩側。

董卓乘車長驅而入。一般朝臣入了掖門之後都要下車下馬，然而董卓依舊端居車內。

車身輕輕晃了晃，隨即停了下來。

「怎麼了？」董卓掀開車簾，抬頭問車上的人。

雖然因為蔡邕的諫言，董卓不再使用青蓋車，不過四匹白馬拉的這輛車上到處都鑲滿了金銀，其奢華程度與皇帝的御車相差無幾。皇帝的白馬尾部都塗成紅色，董卓的車駕與皇帝也只有這點細微的差別了。

塗成紅色的車輪緊貼在石板之上，紋絲不動。

董卓將身子探出車外張望。護衛排列兩側，沒人回答董卓的提問。

「為什麼不走？」董卓又問了一遍。他身上穿着朝服，玄冠（黑帽）絳衣（紅衣）。董卓本來就體格肥碩，又是端坐在車內，小腹顯得異常肥大。

一個人手持長戟走近前來。

「你是什麼人？」董卓望着這人的臉，隱約覺得自己在哪裏看到過。此人穿着宮中護衛的衣服，好像是在宮中的某處見過。

此人正是李肅。直到見他橫過戟來的時候，董卓還沒想到他是來殺自己的。董卓一直以為此人是來告訴自己車駕出了毛病。

李肅橫戟閉目，深吸一口氣。他的雙手微微發顫。面前這個人久居相國之位，手中掌握着天下的實權。沒有一件事情是他辦不到的。就連聚集天下財物這等事情都可以輕而易舉地做到。他此時正在自己的長戟之前——李肅陡然睜開了雙眼。

他的眼中卻看見一副意外的場面。董卓正在顫抖。武將出身、以勇猛著稱的此人，眼下正在渾身打戰。這是為何？董卓伸着一隻手，手指晃動不停——看到這一幕，李肅握着長戟的手，不再顫抖了。

他本打算默然無聲刺死董卓。然而此時他的心中卻生出了想要大喝的衝動。

「董卓老賊，汝竟然如此不堪！只知攬財，不知惜命嗎？受死吧！」李肅執戟猛刺。

「當」的一聲，長戟彈了回來。董卓的紅衣之下暗藏鎧甲。長戟撞在鎧甲上的聲音，終於讓董卓清醒了過來。

「吾兒奉先何在？」董卓大呼。

親衛隊長不正是為了防備此刻嗎？呂布應該火速趕來才對，他到底在幹什麼？董卓想要看看外面的動靜，挪動膝蓋的時候身體失去了平衡，跌落車下。當時的車身都是載在四尺高的車輪上。

千呼萬喚的呂布終於趕來董卓的近前。然而並沒有火速的模樣，相反倒不如說是緩步走來的一般。他來到董卓身邊，大大咧咧的一站，厲聲喝道：「有詔討賊臣！」手中一戟直刺董卓的咽喉。

「庸狗敢如是邪——」《後漢書．董卓傳》，如此記載董卓最後的言語。「沒家養的野狗，你又來這麼幹了！」便是這樣的意思。

董卓的主簿（秘書）田儀剛一上前，也立刻被呂布斬殺。

呂布左手持戟，右手懷中取詔，大呼道：「奉詔討賊臣董卓，其餘不問！」周圍站立的朝臣將吏，一起高呼萬歲。一世梟雄，便是如此簡單謝幕。包括田儀在內，只有三人抵抗，隨即均被斬殺。連兩軍交戰的場面都沒有出現。

八

百姓歌舞於道。聽到董卓之死的消息，平民紛紛走上街頭載歌載舞。史書中如此記載。大約都是歡天喜地的吧。董卓的恐怖統治，由這記載也能察知一二。因為太長時間不敢開口說話了，到這時候終於情不自禁唱了起來。一直悶在心頭的言語，一下子全都噴湧而出，身體也按捺不住地舞動起來。

「長安中士女賣其珠玉、衣裝，市酒肉，相慶者填滿街肆。」《後漢書》接下去還有如此的描述。人們將自己為了躲避董卓的掠奪而隱藏起來的珠玉全都拿出來賣掉，用換來的錢準備慶賀的筵席。街頭巷尾皆是互道恭喜的人們。

王允命皇甫嵩攻取郿塢。這座城池雖然有着二十餘米高的土牆，裏面更囤積着三十年的糧食，然而失去了主帥就顯得異常脆弱，轉眼之間便被攻下。董卓一族，以其弟董旻為首均被斬殺，其中也包括董卓九十歲高齡的老母。

董卓的屍體棄於長安街頭。不可思議的是，自董卓被殺的那一天開始，天氣霎時變得晴朗起來。六十多日的陰雨綿綿，仿佛都是夢中的經歷一般。

初夏的陽光曝曬着董卓肥滿的軀體，將油脂都烤了出來。據說，看管屍體的士卒在董卓的肚臍上點起火苗，火苗歷經數日而不絕。

「諸阿附卓者皆下獄死。」古往今來的政變，通常都是如此處理殘餘的對手。所謂斬草除根，就是這個意思。

王允便是如此清掃董卓派的餘孽，他首先看中了被視作董卓陣營第一等大人物的蔡邕。

董卓身為武夫，但凡關乎政治的事情，事無巨細大體都委任給專門的文官處理。他最信賴的便是王允和蔡邕。這兩個人是董卓派的兩大文官，然而其中一人已經通過誅殺董卓的事實昭示天下自己不是董卓的人。剩下的只有蔡邕一個了。

「我絕不同意。要斬蔡邕，豈不是莫名其妙！」如此強硬反對的不是旁人，正是士孫瑞。

「話雖如此，可天下人也都知道蔡公乃是董卓的臂膀，我們怎能置天下人於不顧？」王允還是想要問蔡邕的罪。他認為，單單放過蔡邕一人，無法服眾。

「處斬之議已決，斷不可改。只是行刑可以暫停，不過至少也要投獄一年。」激辯一番之後，王允終於做出了一些讓步。

既是如此，士孫瑞依然搖頭不已。其他人見王允做出了讓步，紛紛勸解士孫瑞道：「丞相寫個文書，就讓蔡公一年之後出獄便是。處斬之議說到底只是個形式……士孫大人也退一步吧。」

「恕難從命。」士孫瑞站起身來。

「大人這是……」

「且坐下議論嘛……」在座諸人紛紛勸阻。然而士孫瑞甩開眾人，向外走去。走到門前，他又轉過身說道，「諸公謹記，今日之事，與我再無半點干係。雖然只是形式，然而諸公既有處斬蔡公之議，實在讓我恥與諸公為伍。諸公日後所施朝政，也與我毫無關係。」

王允站起身，向士孫瑞道：「我儘早放了蔡公便是，還請先生三思。無論何時，先生若是改變了主意，老夫的大門隨時向先生敞開。」

士孫瑞沒有回答，匆匆而去。來到屋外，他抬頭望向天空。

天上晴空萬里。自那一天以來，期待已久的晴天一直都在持續着。

「可又能持續到什麼時候……」士孫瑞喃喃低語。

董卓的女婿牛輔的人馬還駐紮在長安附近。校尉李傕、郭汜、張濟等人都在趕往東面，與反董卓聯合軍的諸將相持，他們會一直沉默下去嗎？這些都是董卓培養起來的將領啊。

街市依然一派節日氣象。

士孫瑞走在人群中，心中忽然生出一股愧疚。

「為什麼沒有將蔡公女兒的事情說給大家……」若是讓大家知道是蔡邕的女兒想出了計策，通過貂蟬將呂布爭取到了友軍的陣營，大約蔡邕也就不會被投獄了。因為他的女兒在這一次誅殺董卓的政變中立下了莫大的功勞。

士孫瑞之所以沒有將這件事說出來，是因為他想借蔡公入獄的理由，來斷絕自己與王允諸人的關係。他認為這是一個絕好的藉口。

董卓輕易伏誅固然值得慶倖，然而餘震必然不斷。投靠在王允陣營之中也是相當危險的。

「且待餘震過後，再請他放了蔡邕也不遲……」他心中如此想着，朝自己的家走去。

然而他卻沒有為蔡邕想。不久，蔡邕病死在獄中。

作者曰：

當時人們的迷信程度，以我們現代人的常識看來，簡直無法理解。

自洛陽遷都長安、諸事紛繁雜亂之時，王允依然特意將石室中的書籍、秘本逐一運出。其中應當也有怪異的預言書。

只是後世隋煬帝厭惡此類妖書，將它們一把火燒了個乾淨。所以時至今日，已經無從知曉漢代的預言究竟是什麼模樣了。

雷動於天

一

這是一個近年來少有的炎夏。

「太熱了，達官貴人的腦袋是不是也熱糊塗了？」長安的平民如此議論。

這是初平三年（公元一九二年）的夏天。自四月董卓伏誅開始，局勢反而日益動盪。

確實有什麼地方不對頭。尤其是手握大權的朝政首腦，恐怕都因為過度的興奮而生出了精神上的錯亂吧。因為獨裁者董卓的死而興奮的，不單單是朝中官員，也包括一般平民。這種興奮的餘熱，隨同盛夏的酷熱一起，簡直要將長安城燃燒起來一樣。

「天氣如此炎熱，請不要過於勉強。」陳潛如此向少容說道。

少容在護城河邊下了馬車，向巷子深處走去。此時雖然是白天，但因為酷暑難耐的緣故，路上並沒有什麼行人，不過依然充分可以感覺到庶民的生活氣息。少容為了親身體會這些氣息，每天都會在街市中漫步。每次都是陳潛充當她的隨從，他雖然遠比少容年輕，但總是他先喊累。

「沒有勉強啊。」少容笑道。

她的臉上看不到疲憊的神情。兩人之間有個約定——在街巷中漫步之時，陳潛要對少容以「姐姐」相稱。

陳潛今年已經二十九歲了。在漢中的張魯比他小一歲。少容是張魯的生母，不管怎麼年輕，也應該已經年過四十了。雖然如此，陳潛向人說起兩人是姐弟的時候，人們常常會說：「哎呀，姐姐看起來更年輕，我還以為是兄妹哪。」

淳樸的百姓並非是在恭維他們兩人，而是將自己的感受表達出來而已。不過這話並非是說陳潛顯老，而是因為少容看起來更加年輕的緣故。

她並不只是為了呼吸生活氣息才在長安的大街小巷中散步，也是為了搜集各種各樣的情報。長安城中也有不少五斗米道的信徒。她的情報網正是以這些信徒為核心構成的。

「潛先生，信者都覺得可惜啊……說到太平道的時候。」少容說。

「是啊，因為都是同道……」陳潛答道。

若說五斗米道的信徒究竟對什麼感到可惜，那也就是同屬道教的太平道黃巾軍，因為關東諸侯的討伐銷聲匿跡了。

「我們豈不是也該起兵舉事？」也有教眾如此焦急詢問過。

後漢末年的動亂，究其根本原因，便是政治面上的兩個字——銅臭。所謂銅臭，說的是銅錢的氣味。換作現代的說法，就是錢權政治。朝廷將名目上的官職標價出售的做法，此前已經說過。但是，與金錢掛鈎的，並不僅僅是名目上的官職。實質上的官職，也即那些能夠左右世事的官職，基本上也都是以金錢為基礎。

得到這些官職的人，自然都希望能夠儘快收回他們買官的錢，而且要獲取更高的官位當然也需要更多的錢，所以他們會用盡一切手段斂財。最快的方法自然非榨取庶民莫屬。於是，庶民便備受壓迫，不得不為了這些滿身銅臭的傢伙，起早貪黑做牛做馬地工作。

「是可忍孰不可忍！」有些民眾心中生出了如此怒火，太平道便將這些怒火吸收進來，組成了名為黃巾軍的造反團體。

而在另一方面，同樣是庶民，也有迫於生計不得不加入軍隊的人。這些人組成了各地軍閥的軍隊，先是用於討伐黃巾軍，而後又被用在軍閥混戰之中。

同樣是迫於生計的人們，在戰場上流血拚命。因食不果腹而起事造反的人，同為了吃上飽飯而加入軍隊的人作戰，這只能說是現實的矛盾與殘酷。

如今，造反軍形勢不利。叛軍的核心是太平道，同屬道教的五斗米道信徒們都為他們感到着急和可惜。就在不久前，少容和陳潛剛從太平道的秘密聯絡點聽到了一條不好的消息：青州黃巾軍敗北。形勢不利的造反軍之中，青州黃巾軍卻氣勢最盛，鬥志昂揚。

青州就是今天的山東省東部、包含濟南市在內的地方。過了黃河便是河北的幽州。也就是說，這裏是太平道佈道最盛的地方。

青州黃巾軍之強，乃是源於太平道的精神背景強力滲透，以及由此而引出的以家族為單位的參與。不論男女老少，全都在幫助造反軍。

青州黃巾軍，攻下了兗州。兗州是青州的西鄰，已經算是中原地帶了。

兗州刺史是劉岱。他參加了討董聯軍，是進兵酸棗的諸將之一，脾氣極其暴躁。他與東郡太守橋瑁同為酸棗諸將之一，卻因為關係不和，暴起發難，殺了橋瑁。

劉岱想要進兵討伐青州黃巾軍。曾為酸棗同僚的濟北相鮑信，勸諫他說：「今賊眾百萬，百姓皆震恐，士卒無鬥志，不可敵也。觀賊眾群輩相隨，軍無輜重，唯以鈔略為資，今不若畜士眾之力，先為固守。彼欲戰不得，攻又不能，其勢必離散，後選精銳，據其要害，擊之可破也。」

的確，此時的青州黃巾軍恰如在原野上奔馳的大群野牛一般，不可阻擋。然而他們不可能一直奔馳下去。肚子餓了也沒有東西吃的時候，自然也就會作鳥獸散了。到那時候再行狙擊，這便是鮑信的忠告。

然而劉岱不聽忠告，進兵作戰，果然被瘋狂的牛群踐踏碾碎，劉岱也戰死了。

鮑信急赴東都，邀請曹操出兵——州今無主，明府尋往牧之。此時長安朝廷威令不至，誰有實力，便可隨意獲取刺史太守之類的地位。曹操的部將陳宮也說：「資之以收天下，此霸王之業也。」

曹操於是審時度勢，在他以為青州黃巾軍勢頭減弱之時，率兵自壽張縣（現在的山東省殼城縣）東出擊。

曹操披甲嬰冑，激勵全軍，不分晝夜向黃巾軍進發。黃巾軍自出青州以來，一直疲於戰事，未得休整之機，如今又受到曹操人馬的猛攻，終於抵擋不住。

然而青州黃巾軍卻比預想的更強。兩軍一場鏖戰，鮑信戰死疆場。

「黃巾軍真要敗了！」少容與陳潛聽到消息的時候，心中都是如此想法。

二

誅殺董卓的首謀是為王允。而功勳最著的自然是呂布。呂布得了奮威將軍的稱號，地位與三司平齊。所謂三司，又稱三公，乃是司徒、司馬（太尉）、司空——國家最高的官職。此外又將溫縣賜予呂布作為食邑，封其為溫侯，有了參知政事的權力。

呂布其人並無什麼教養。當年他在金吾軍中的時候，便是將直屬的上司執金吾丁原的首級作為進身之禮投入了董卓的陣營，成為董卓的養子兼貼身護衛，權傾一時。而如今又殺了他的主公兼養父董卓，躋身於國家最高的權力機關。

雖然誅殺董卓不得不借呂布的手，但王允的心底還是蔑視呂布的。

「弒主之人！」王允對呂布的感覺，可以說已經越過了蔑視的境界，到達憎恨的領域了。

董卓死後的最大問題乃是如何處理他遺留下來的軍隊。朝中重臣在議論這個問題的時候，呂布主張：「全都殺了。」

長安的軍隊大部分都是董卓嫡系的涼州兵。涼州便是今天的甘肅省武威，由這個名字也可以看出，自古這裏便是強兵輩出的地方。

呂布出生於五原，他的勢力只在過去丁原所率的部隊之中。在涼州兵中間，呂布屬於孤立的存在。而如今他又殺了涼州兵的大靠山董卓，當然會成為涼州兵最憎恨的人物——所以，他一力主張全盤殺掉。

「要殺這數萬的涼州兵，需要數十萬人馬才行。從哪裏能找來如此大軍?」王允譏諷般地問道。

「哎呀，好像是有點兒行不通啊，」呂布根本不知譏諷是何物，「那就把將校以上的人殺了。」

「這也不可。他們只是追隨董卓而已，自身並沒有什麼罪責。」王允婉拒道。

車騎將軍皇甫嵩提議：「無論如何，這支人馬還是遠離長安為好。且將他們遷去陝地（現在的河南省陝縣）如何？」

這個提案也被王允拒絕了。

陝地雖然設有據點，但那本是董卓用來防備關東反董聯軍用的。若是向那邊調派兵力，以袁紹為首的諸將恐怕會大為震怒：「董卓死了之後，竟然還要防備我等？」

「關東諸將舉義兵討董卓，豈不正是我們的盟友嗎？不可輕舉妄動，免得被他們認為是要防備他們。」王允的這個意見，也可說是很有道理。然而他也沒有更好的辦法。

因為反對處罰蔡邕而與新政府斷絕關係的士孫瑞，當初曾經建議說：「請天子下詔特赦涼州兵如何？他們本身並無罪過。」

王允還是拒絕了這個建議：「既然無罪，又有什麼要特赦的？」

道理上確實如此，可惜現實並非完全符合道理。因為沒有任何確定的辦法，涼州兵一直處在極度的不安之中。伏誅的主帥早就被烙上了無道的惡名，他們身為這樣一個無道人物的部下，自然而然會感覺到世人都以冷眼看待自己。然後，又有傳言歪曲臆測朝廷的判決。

——悉誅涼州人……

——既然如此，我們只有自守一途了。

他們手中有武器。自衛還是有自信的。只是因為沒有主帥，缺少可以總攬全軍的人物，於是便以小隊中隊這樣的形式，分成一個個小集團，擁兵自立。況且，兵卒雖然無罪，董卓的主要幕僚卻另當別論。赦了師團長級別的李傕、郭汜、牛輔諸人如何?他們為防備關東諸將的進擊，駐守在長安城的東面。脆弱的新政府，若是以這些身經百戰的將領為對手，形勢可就危險了。恰在此時，李傕遣使來長安乞求特赦。

「這是個好機會，能讓他們安心。」朝中重臣紛紛贊成特赦，眾人皆以為不會有誰提出異議。然而，卻真有提出異議的人——手握大權的王允一鳴驚人——「一歲不可再赦。」

一年之內，不可有兩回以上的特赦。這是後漢一直以來的規矩。這條規矩本是用來限制濫用特赦的情況，王允卻將之用在了如今這個非常時期之上。

這一年是初平三年，正月時候已經頒佈過大赦令了。

可以說，正是膠柱鼓瑟的墨守前例，扼殺了長安脆弱的新政權。

「不許之。」長安的回答簡潔明了。

李傕引兵西返。他下了進攻長安的決心。安撫軍心的絕好機會，卻因為恪守陳規而白白放棄；然後又沒有趁着長安的涼州兵身心動搖的時候採取措施——也許真是天氣太過炎熱，高官的腦子都熱糊塗了吧。

三

世人未必會嘲笑王允的死腦筋。在他提出「一歲不再赦」原則的時候，群臣之中沒有一個人主張要打破這個慣例。

——尊重形式。可以說，這是後漢延續了兩百年的傳統。

譬如蔡琰（文姬），對於父親入獄一事，並未表現出過多的悲傷，因為她也事先從士孫瑞處得知——形式上的入獄。若是不遵從形式，這個世界也就無法運轉了。然而當父親死在獄中的時候，她伏身於地，失聲痛哭。

蔡家只有父女二人相依為命。也許是因為寂寞的緣故，離開五丈原的少容，在長安寄宿到了蔡家。而被呂布自董卓府邸帶出來的貂蟬，也被安置在蔡家，暫避風聲。

仔細想來，所謂暫避風聲，也算是一種形式主義上的手續。而呂布之所以選擇蔡家，似乎是因為這是他第一次遇見貂蟬的地方吧。

呂布在探訪貂蟬的時候，順便也去了文姬的居所。對於呂布來說，這已經是他不得了的厚意了。

「好了，振作點吧。」呂布和文姬閒聊起來。他本是想要寬慰文姬，然而話語中卻反過來更讓文姬傷心。

「你父親是被王允殺了的。你父親寫得一手好文章，王允大概是害怕你父親不知道會怎麼寫他吧……唉，其實我是無所謂的，怎麼寫我都隨便啦。」呂布如此說的時候，文姬一直垂着頭，緊咬嘴唇。

呂布又說起董卓的女婿牛輔的死訊。

「今天牛輔的首級來了。首級啊。當然啦，首級這東西不可能自己跑過來。是一個胡人提了牛輔的首級來的，說是要賞錢……哎呀呀，牛輔的首級真的這麼簡單就來了啊。就因為沒拿到他的首級，我還把李肅都殺了……」呂布滿不在乎地說。

李肅是呂布的部將，當初偽裝成禁衛兵守在未央殿北掖門，第一個用戟刺董卓的人物就是他。呂布給李肅人馬，讓他攻打牛輔，結果李肅大敗而逃。呂布大怒，斬了李肅。

「聽那個胡人說啊……」呂布繼續說——

牛輔這個人，非常相信筮竹之類的占卜。他身邊總是帶着易者，不管什麼事情都要用筮竹占卜吉凶。

他曾經殺過中郎將董越，就是因為易者占卜到這樣的結果：火勝金，外謀內之卦也。董越是來投奔牛輔的，牛輔越想越覺得這卦說的就是他要謀害自己，立刻就砍了他的腦袋。大小事情都由筮竹決定。

得到董卓死訊的時候，牛輔自然也是將自己的去向託付給筮竹了。

易者振動筮竹——哎呀，這是棄軍去國之卦。得到如此的結論。

就連人命都可以依照筮竹的結果隨意奪取，對於如此迷信的牛輔來說，棄軍去國這等小事，只要有筮竹的指示，那更是不用半點猶豫的。

他連夜出逃。牛輔將不太佔地方的金銀珠寶收進口袋，讓一個名叫胡赤兒的胡人奴隸扛着，悄悄離開了軍營。

筮竹並沒有指示金銀珠寶的事。結果，正是這些金銀珠寶奪了他性命。胡赤兒逃亡的途中，盯上了牛輔的財寶。而且他看重的還不單單是這些財寶。若是能提着主帥的「首級」去長安，也能換取賞金……

胡赤兒殺了牛輔，奪了袋子裏的金銀珠寶，將首級提來了長安。

「真可怕……」文姬身體微微發顫。少容等人也在一旁。

「被牛輔丟下的士卒們怎麼樣了？那可是數萬人馬……」少容緊鎖眉頭道。

大將連夜脫逃，對於士卒來說非常不幸。然而更加不幸的卻是周邊的百姓。失去統領的士卒們，必然會侵害地方住民。

「哪怕是能拯救他們的靈魂也好啊……」少容如此暗想。

太平道主要是在幽州、青州這些東部地區傳道，五斗米道則是在巴蜀一帶的西面傳道，中原地帶卻是傳道的真空地區，兩邊都未涉及。在最受戰亂之苦的中原，卻連能夠慰藉靈魂的教義之聲都沒有。

「是啊……李傕、郭汜已經從潁川回兵了，他們可能會收編這些士卒吧……」呂布雖然如此說着，心中卻並未往深處想李、郭回兵的後果。

「反正那些都是涼州兵，怎麼樣我都不關心……」他又加了一句。

他關心的是北方的五原兵。他出生在那裏。而且此刻他所深愛的女人貂蟬，也是出生於五原的。

這個殺人不眨眼、看似毫無感情的男人，卻對自己的家鄉有着深厚的感情。然而身為軍隊的指揮官，這也容易產生偏袒家鄉士兵的缺點。

呂布軍中五原兵固然很多，蜀地出身的士兵也不少。這些四川兵雖然對自己所受的差別待遇心懷不滿，但那些抱怨卻沒有到過呂布的耳朵裏。

四

「不許之。」長安朝廷的回答如此簡短，也沒有半點解釋。接到這個回答的李傕諸人，憤怒異常。

「京師不赦我，我當以死決之。」且不說是善是惡，董卓的存在如此之大，直到他死後才第一次被人們清楚地感知到。

李傕、郭汜等人剛接到朝廷回信的時候，心懷憂懼，不知所為。

「不如就此解散，各自還鄉去吧。」其中也有人如此提議。

李傕也贊成這個意見，然而此時卻有討虜校尉賈詡說道：「諸君若棄軍單行，則一亭長能束君矣。不如相率而西，以攻長安，為董公報仇。事濟，奉國家以正天下；若其不合，走未後也。」

聽聞此言，眾人才放棄了棄軍而逃的想法。

洛陽與長安之間有很多人馬。不單單是牛輔丟下的大軍，還有各支小隊。也有聚集了幾十人想要觀望形勢投靠勝利一方的。李傕將這些小部隊一個個收編到自己的麾下。到達長安的時候，他的人馬已近十萬了。

王允得到李傕逼近的消息，派胡軫與徐榮兩將前往迎敵。這兩員將都是董卓的舊部，然而所取的道路不同。

徐榮是當年在汴水岸邊擊破曹操的猛將，他的職責便是全力作戰。不管是誰下的命令，總之既然有了命令，一定是無數謀臣反覆討論的結果，這命令當然不會有錯，自己只要依照命令全力奮戰即可。徐榮毫不猶豫，力阻李傕的大軍。

「喂，徐榮啊，我們不是朋友嗎？退兵吧！要愛惜性命啊！」李傕軍中屢次傳來這樣的呼喊聲，然而徐榮充耳不聞，橫衝直撞，最終戰死軍中。而胡軫則與徐榮完全不同。

「喂，我帶兵來投了！一起給董太師報仇！」他便如此輕易投靠了李傕軍。

不單如此，長安城中董卓的舊部樊稠、李蒙等人也被勸誘投靠了城外的人馬。董卓死後遺留下來的軍隊的處置，便是如此荒唐。

王允根本就不想管軍隊的事。軍事上的事情本來都委託給呂布處理，但呂布偏愛北地的五原兵，不單是涼州兵不滿，蜀兵也頗有怨言。

對於長安城內的士兵而言，從東面而來的人馬，都是過去並肩作戰的戰友。從一開始對他們就沒有敵意。

李傕所率的大軍包圍了長安城。這一場包圍，《三國志》中說是十日，《後漢書》裏說是八日，總之並不是很長的時間。因為城中有內應打開城門迎接李傕的人馬。內應不是涼州兵，而是受到呂布冷遇的蜀兵。

「蜀兵打開城門，放入了敵軍！」

幕僚飛報呂布。呂布冷笑道：「什麼事都有啊，這世上。」

「將軍這可如何是好？」

「且看看形勢。」呂布登上城樓，眺望四周。只見李傕的人馬已經由城門擁入了街巷。

「城門處情勢很亂，若是李傕的人馬盡數進了城，城門必然空虛，就從那裏出去吧。」呂布到底是身經百戰的將軍，立刻看出如今的形勢無法取勝。

「不戰而走嗎？」幕僚有些惋惜地問。

「明知打不贏還要打，這不是犯傻嗎……而且過了這個時候，再想走可就不容易了。」長安城內正在混戰。出現無數內應的場合下，很難區分敵我。混入其中便可輕易脫身。

「五原將校給我集合，全員上馬！」呂布下令。脱逃的時候他也只是帶上同鄉的將校。

自幼馳騁於蒙古草原的五原將士，個個都是騎馬的高手。連呼吸都是一致的。若是帶上不太會騎馬的人，反而礙手礙腳。

「她……」呂布的心中想起了貂蟬。他想帶上她一起走。她也是在五原長大的，當然也可以騎馬。但是到底沒有那麼擅長。

「罷了……放在蔡文姬那裏應該不會有事。」呂布狠了狠心。

「出城之後去哪裏？」幕僚問。

「去南陽。」南陽有袁術。董卓殺了洛陽的袁氏一族。袁術的兄長袁基、叔父袁隗都死在他的手裏。結仇的是董卓，而殺了董卓的正是呂布。

南陽袁術，對於為自己報仇雪恨的呂布，應該不能敷衍了事吧。而且，袁術在如今的諸侯之中，也是爭奪勢力的一方霸主，正是廣募人才的時候。在軍事上，他剛剛失去了孫堅這樣一個非凡的人物，自然應當張開雙臂歡迎呂布的到來。

「備赤兔馬。」呂布下令。

所謂天下第一名馬，説的正是赤兔。世人讚曰：渡水登山，如履平地。

當時人們也盛傳道：「人中呂布，馬中赤兔。」

這匹赤兔馬被帶到呂布面前。

「把那個拿過來。」呂布説着，掀了掀嘴。

呂布説的「那個」，指的是裝着董卓首級的木桶。董卓雖然已經死了四十餘日，但因為桶裏放了防腐的藥和鹽，看起來還是栩栩如生。

呂布又檢查了一下木桶裏的東西，然後將它緊緊捆在馬上。只要有這東西在，就可以證明是自己誅殺了董卓。雖然都是去投奔南陽袁術，不過要是拿着這東西去的話，一定會受到最高的禮遇。

五

伏身草叢，屏息靜氣，等待頭上的暴風平息——躲在蔡府一個房間裏的人們，如此形容也不為過。

蔡家府邸雖然很大，但在這種時候，還是大家集中在一起比較好。可以給彼此鼓勁。

除了女主人蔡文姬、少容、陳潛、貂蟬四個人之外，還有士孫瑞也在這裏。他是這一天早上過來的。

暴風於六月一日黎明時分開始吹舞。董卓之死是在四月二十三日。王允等人掌權還不到四十日。

過了正午，呂布的使者來了。

「溫侯（呂布）平安脱身，請諸位不必擔心。」使者向蔡府諸人傳言道。

「那，溫侯去了哪裏？」貂蟬問道。

「溫侯説，無論他去了哪裏，天下人都會知道。」使者答道。

溫侯是名動天下的英雄。無論去往何處，都會成為焦點。他所在的地方應該很快就會被世人知曉吧——

雖然是敗軍之將，呂布的意氣依然沒有絲毫頹喪。

家丁們打探外面的動靜，時時進來回報。

「李傕、郭汜陳兵南宮掖門。」

「太僕魯馗、大鴻臚周奐大人被殺。」

「城門校尉崔烈大人戰死。」

「越騎校尉王頎大人也戰死了。」

「王允大人扶天子往宣平門避難。」

「李傕於門下跪拜天子，啟奏説這次擅闖長安只是為董卓太師報仇，別無他意。」

「外面形勢依然很亂。」

房間裏的眾人漸漸知道了外面暴風的情形。城內雖然混亂，但傳來的情報竟然很少有誤。

「有士卒亂闖府邸嗎？」作為一家之主，文姬最關心這件事。

「不必擔心。」回答她的不是家丁，而是客人士孫瑞，「府邸周圍已經安排了涼州兵，禁止他人擅闖。」

「這是先生的安排？」

「我現在只是一介布衣，沒有調動士兵的權力，只能拜託朋友……我找了與李傕親善的友人，請他給府邸加強警備。」士孫瑞並沒有想要自誇。此時的他心中滿是哀傷。

自己參加了誅殺董卓的策劃，卻又想盡辦法避免由此引來的災厄，而且還是通過向天下人展示骨氣的模樣與王允諸人斷絕的關係——這樣一個明哲保身的自己，真是越想越覺得羞恥。尤為可恥的是，沒有人看透自己的無恥，士孫瑞不禁感到，這正是自己最大的恥辱。

「多謝先生守護這個家。」説話的並非是這一家的女主人，而是客人少容——她微微笑着，向士孫瑞輕輕頷首。

「啊……」士孫瑞心中暗暗驚呼了一聲。他與少容視線相遇。少容的視線彷彿是在説：「大家都知道哦。」頷首之後，她的眼神又彷彿是在安慰士孫瑞一般：「所以，請安心吧。」

「啊，這……」士孫瑞不知如何應對才好。
「先生若是有朋友與長安新主親善，我正有一事想要拜託先生。」少容說道。
「夫人有什麼事？只要我能辦得到，一定全力相助。」
「我與潛先生想要儘早出城。」
「是想早些回五丈原去吧。」
「這也不是。還沒決定去哪裏，只是想要早些離開長安。」武裝政變的時候封鎖城門乃是當時的常規。沒有特別許可的人，局勢安定之前都是禁止出城的。
「很急？」
「是，非常急。」
「雖然如此，但在暴風平息之前，還是只能先在這裏等待啊。」兩個人談話的期間，又有家丁前來報告。
「太常种拂大人被殺。」
「士兵藉口掃蕩殘敵，開始四處搶掠。」暴風愈發猛烈的模樣。
翌日，李傕脅迫天子，下詔大赦。一歲不再赦之類的陳規，早被扔到了一邊。
由於大赦之詔，被視作董卓一派的人得以免罪。可憐蔡邕，若是還活在獄中的話，也能因此大赦蒙恩出獄了。
李傕受封揚武將軍，郭汜為揚烈將軍，樊稠等人也被拜為中郎將。
天下又變了。

董卓的天下雖然被王允推翻，然而此時王允的天下卻又被董卓的舊部奪走。
——董卓忠於陛下，無故為王允所殺。王允乃國之大賊，天地不佑，人神同疾。
對這兩人的評價也徹底顛覆了。
參與了誅殺董卓計劃的司隸校尉黃琬，也被捕殺。首謀王允於六月七日處斬，享年五十六歲。妻子宗族十餘人一同問斬，王允的屍首也被棄之於市。

六

六月戊辰（十一日），通過士孫瑞的運動，少容與陳潛拿到了特別許可，出了城門。
這一天下了大批出城許可。原因是因為郿塢將要舉行董卓的葬禮。此時又變成忠臣了的董卓，葬禮自然是要操辦得異常風光。參加者當然也要越多越好。少容與陳潛的出城許可，用的也是要隨行參加葬禮的理由。
時局依舊不穩，兩個人謝絕了大家的送行，在蔡家門前與友人一一道別。
臨近出發之時，少容向士孫瑞問道：「此後的長安政局，不知先生作何預測？」
「唉？」被少容突如其來的一問，士孫瑞不禁怔了一怔。
預測政局之類的問題，不像是少容的風格。不過，士孫瑞隱約也能猜出少容為何要問這樣的事。
「董卓傾覆之時，先生便預測到將來董卓舊部會擁兵奪回長安了吧。所以才會拒絕任職，免除災禍。先生的預測相當正確，那麼今後時局如何，可以容我詢問一二嗎？」少容眨了眨眼，臉上雖然沒有什麼表情，士孫瑞卻也能讀懂她的心思。

「李傕雖然是董卓舊部的主事之人，但尚不足以服眾。郭汜也是個很有實力的人物……兩個人的意見恐怕會很難統一吧。」士孫瑞淡淡應道。

他的話雖然委婉，卻分明預見到——董卓舊部反目成仇。

「如此說來……下一次說不定是要在洛陽見面了。」少容說着，微笑起來。

因為西面的甘肅是自己兵力的來源，董卓特意將都城遷到了長安。董卓一脈的李傕、郭汜等人也是一樣。然而若是董卓系的將領之間發生矛盾，長安政權便要分裂了吧。再往後，假如東方有了什麼人物覬覦天下，這都城也只有重回洛陽一途了——

士孫瑞雖然只是短短幾句話，少容卻從其中讀出了這許多的意思。

「好了諸位，有緣再見。」少容的臉上滿是明媚的神采，與大家一一道別。

「少容夫人對於這一次的旅行，似乎懷着什麼希望啊。」陳潛心中如此暗想，試着問了問。

「路上再說吧，旅途還長着呢。」少容笑而不答。

「是啊，不用着急。」陳潛相信少容。她明晰的頭腦中不會有任何污濁的想法。

兩個人自蔡家向南而去。長安城的南門之中只有鼎路門開啟着。在鼎路門附近有一條名喚王渠的護城河，河邊聚集了不少人。

「這又是一個有勇氣的人啊……是平陵令趙戩大人嗎……」聽到路上行人的話，少容向陳潛說道，「潛先生，過去看看吧。趙戩這個名字，以前也聽到過，據說是個頗有骨氣的人。」

「啊，我也聽說過。」這個人是平陵縣的縣令。中國的縣制在郡之下，一萬戶以上的縣的長官稱為縣令，一萬戶以下的稱為縣長。在官員之中當然不是什麼高位，俸祿也不過八百石左右。董卓聽說他的名聲，想要重用他，卻被他拒絕了。——「吾不望縣令以上之職。」董卓大怒，想要殺他，眾人皆懼，趙戩卻神色自若，就連董卓也心生敬服，放過了他。

少容與陳潛兩人來到人群之中，只見裏面停着一輛靈車。當時的葬禮是要有參加者挽着靈車的繩索。車上當然也是拴着許多繩索。天子的葬禮便是有上千人各自挽繩的。

靈車之前通常都豎有名旗，上面寫着下葬者的官職、籍貫、姓名等。這輛靈車前面的名旗便用綠底白字寫着：「錄尚書事太原王允。」要收殮陳屍鬧市的犯人屍首，需要相當的勇氣。趙戩做的便是這樣的事。之前他已經向李傕送去了辭去平陵縣令官職的文書。靈車上拴了數十根繩索。然而只有趙戩一人挽着其中的一根。他的眼睛炯炯放光，額頭上青筋跳動，拚命向前拉車。

「潛先生，我們也去吧。」少容說道。

「是。」陳潛來到車旁，挽起一根繩索。少容也取來一根。

趙戩的嘴角微微揚了揚。跟隨在兩人之後，人們一個個走出來，每一根繩索都被握在手中了。

終於，靈車緩緩啟動了。

安葬了王允之後，少容與陳潛出了鼎路門，向東而去。若是要參加董卓的葬禮，本該往西，不過他們本就沒有這樣的打算。

漢代的長安，位置要比唐代時候的長安（現在的西安市）稍稍偏西北一些。出南門東南方向乃是龍首原，橫穿過去便是灞水岸邊。兩個人在岸邊等船，眼見得天空陰沉下來。

「剛才一直都是好天氣，不過現在看樣子說不定要下雨了。」

「要是平常的雨就好了。看這黑壓壓的雲，倒讓我有點兒擔心啊。」兩個人交談的時候，遠處已經隱隱傳來了雷聲。

不過半個時辰的工夫，周圍已經黑了下來。天色陰暗得快，放晴得也快。只見雲間裂出一道縫隙，轉眼便擴大開來，露出湛藍的天空。霎時又變得陽光耀眼，灞水水面上閃爍着金色的光芒。

「喂，出來吧。」適才為了避雨不讓客人上船的船夫，此時大聲呼喊起來。

「我以為一定會好好下一場大雨，結果一滴都沒下啊。」少容笑着說。

「烏雲都在西面，雷聲也是從那裏傳來的。大概在那邊下了吧。董卓的葬禮不曉得怎麼樣了。」上船之前，陳潛無意間說了一句。

實際上正如他的推測，長安西面雷雨交加。董卓的葬禮恰在那時舉行，身為負責人的樊稠叫苦不迭。

董卓不單在郿塢囤了三十年的糧食，更是準備了自己的墓地。墓地雖然恢弘，卻沒有可以下葬的屍首。董卓伏誅，棄於鬧市，然後又被焚屍。又因為董卓滅了袁氏一門，與袁氏親善的人更是將董卓的骨灰撒滿了街道。

「好，大家都來踩！讓馬踏、讓牛踩、讓狗啃！」人人都這麼說。所以董卓的棺材之中收殮的只有一些疑似他的骨灰和幾塊殘存的骨頭。

他雖然依諸侯之禮下葬，然而打開墓穴，剛要埋葬的時候，天上突然豪雨傾盆。把棺材放進墓穴時要使用一種叫「紼」的繩子。人們想要趕緊把棺材放下去，可是不知為什麼，放到一半時繩子突然斷開，棺材倒着掉了下去。

「棺材這麼輕，居然繩子也會斷……」眾人正在訝然的時候，大雨愈下愈烈，很快墓穴裏便溢滿了水，將棺材漂了起來。參加葬禮的人渾身都被淋得透濕，想要儘快合上墓門，可是緊跟着一陣狂風，將門戶吹壞了。實在是個狼狽不堪的葬禮。

「生前做了太多壞事，連天都怒了……」長安子民，都如此竊竊私語。

七

不管怎麼說，董卓的棺材裏好歹還有一點遺骸，然而有的葬禮卻連半點遺骸都沒有。

曹操雖然終於擊退了青州黃巾軍，但也沒了追擊的力量，只得陳兵壽張之東。黃巾軍也並未慌亂而逃。他們因為在戰場上殺了濟北相鮑信，並不認為己方落敗，只是稍作後退，整飭兵馬而已。

盟友鮑信的死，讓曹操心情憂鬱。

他懸賞重金尋找鮑信的遺骸，可是終究沒有找到。看來，一定是黃巾軍搶走了他的屍首。

雖然如此，曹操還是覺得，若是不好好祭奠戰死的盟友，自己怎麼也無法心安。他命工匠做了鮑信的木像，用這個木像下葬，親自祭拜，放聲大哭。

「若是找到了鮑信的遺骸，一定要重新下葬。這一次只是慰藉我心的儀式罷了。」對於這一場沒有遺骸的葬禮，曹操向身邊的親隨如此解釋。

木像葬禮的幾日之後，隨從告知曹操，白馬寺陳潛來訪。

「啊，這倒是難得。一個人來的嗎？」曹操問隨從。

「還有個年輕的婦人。」

「唔……白馬寺的景妹嗎？不會的，她不會來這樣的地方……」正如曹操暗自嘀囁的一樣，那人不是白馬寺的景妹。

「我是五斗米道張衡之妻少容。」那個女子報上自己的姓名。

「張衡是張陵的兒子……漢中張魯的父親……」

「正是。」

「我聽說，張衡先生過世很久了……」

「是很久了。」

「那，夫人這次是有什麼事情嗎？」曹操推測不出少容的年紀，心中有些混亂，不過很快便回到了現實問題中來。陳潛特意帶了這個女子來見自己，不會只是為了寒暄幾句而已。

「我們從青州黃巾軍那裏領回了鮑信先生的遺體，想要移交給曹將軍。」少容放緩了語調慢慢說道。她所說的內容與說話的語氣之間似乎總有些不協調的模樣。

曹操遍尋不到鮑信的遺骸，這才斷定是被黃巾軍收走了，然而即使是曹操的細作，也無法確定是否真在黃巾軍中。就算是黃巾軍內部，大約也只有上層的少數人才會知曉鮑信遺骸的事吧。

「如此說來，夫人是能與青州諸人通話的了？」曹操問道。

「這是自然。」少容的聲音毫無變化，讓人覺得她根本沒在談論什麼重要的問題。
「為何要來與我說這件事？」
「是要助人。」
「助誰？」
「要助大人。然後，也是要相助青州黃巾軍中的諸人。為了助人，我五斗米道無往不前。」
「我可沒要你們相助。」
「應求而助，是為次善。於我五斗米道而言，無求而助，才是理想之事。」
「那，你等又要如何助我？」
「兵力。迄今為止，將軍為募集人馬，費盡心力……借人兵馬、招募新兵等，甚至還有受騙上當之事。將軍如此辛苦，我們旁觀者都很同情。」少容說道。
曹操苦笑起來。他想起了自己在揚州募兵失敗的事。他從揚州刺史陳溫、丹陽太守周昕那裏借來了四千餘名士卒，卻在途中逃亡了大半——募集士兵實在是很辛苦。即使到了現在，曹操依然在為募兵所苦。
「呵，是要給我兵馬嗎？不知能有多少人？」
「三十萬。」
「三十萬……」曹操伸出兩根手指，揉着眉心，慢慢重複了一遍。
「若有三十萬兵馬，將軍能奪取天下嗎？」少容問道。
「唔，就算取不了天下，也能有爭奪天下的資本了吧……那，到底哪裏能有這三十萬人馬？」

「過了這山，有青州黃巾三十萬。」

「給我嗎？」

「不錯。」少容依舊是漫不經心的語氣。實際上正是因為這種語氣，反而更顯出真實性，讓人感覺沒有反覆確認的必要。

「斷不可行啊。」曹操說道。

「按常理來想，確不可行。官軍與叛軍，本是水火不容……然而請換一個想法。官軍也罷，叛軍也罷，且不管這樣的身份，先想一想所謂黃巾軍究竟從何而來。當今之世無處容身，不得不聚在一起奮力改變世道——黃巾軍正是由此而來。而在官軍之中，難道沒有想要改變當今世道的人嗎？若有這種人，雙方又為何不能並肩奮戰……我聽潛先生說過將軍的事，相信將軍正是想要改變世道的人物……既然如此，結為同盟，豈不是理所當然的事嗎？」

八

曹操強忍住叫喊的衝動，咽了一口唾沫。

「三十萬——」若是這支人馬能夠聽命於我，那該是多好的事啊。

「助人嘛……」曹操自語道。

「其實，並非單單助人，也是要爭一個勝負。」少容拖長聲音說道。

「何謂勝負？」

「取得天下的，究竟是將軍，還是我們。便是此種勝負。」驟然間轉到取得天下這樣激進的話題，曹操一時不知該如何作答。

「也即是說，」少容緩緩道，「姑且假設，以這三十萬人馬為基礎便可取得天下了吧。這三十萬人馬由將軍訓練，聽從將軍的號令而戰。但是，這三十萬人的心與魂，也許是與我的心相連的。若是如此，將軍所取的天下，也就成了我的天下了。」

「原來如此。」曹操說道。

不愧是曹操，立刻就理解了少容的意思。換成基督教的說法，少容是要做精神世界的指導者，而曹操則是世俗界的王者，各取所需。

「此種勝負，豈不有趣嗎？」

「這是勝負嗎……」曹操背靠牆壁，深深吸了一口氣。

「我會將這三十萬有了靈魂的、覺醒了的人，散佈在將軍的軍隊之中。如此一來，將軍的軍隊所得的一切，也就全都變成我的東西了。」少容說道。

「有趣的說法啊。有了靈魂而覺醒的人，在所有的方面都會變得很強吧。你既然用不了這種力量，那就由我來用吧。」與其說是爭什麼勝負，其實更像是合作的關係——此種合作，必然會爆發出絢麗的火花。

「上述便是我們選擇的道路……接下來，關於如何將青州黃巾軍引渡給將軍，來談談具體事宜吧……」

少容回頭望向陳潛。

陳潛從懷裏取出一封書信。關東諸侯之中，至今還沒有誰手中能有三十萬大軍。哪怕是作為討董聯軍集結在酸棗的諸將，兵力合計也不過十萬而已。

「是了……我要把這三十萬人馬仔細藏好，儘可能不引人的注意，如此更能發揮威力……」曹操心中激動不已。

有了這三十萬人，便可以做成無數大事了。能做的太多了，急切之間連數都數不過來。

「這是青州黃巾軍長老的親筆書信。」陳潛將信遞到曹操身前。

曹操打開信封，讀了起來。

——將軍曾於濟南搗毀邪教神壇，此種舉措與我中黃太乙（道教）相同，看來將軍應該知曉道之教義。如今將軍討我，恐怕只是思緒未通之故。

這封親筆信，由探索相互之間的共同點開始寫起。

思緒究竟於何處未通？青州黃巾長老繼續寫道：「漢室已盡，黃天當立。天之大運，即以將軍之能，終不可改。」依據五行陰陽之說，漢承火德，其色為赤。漢運若盡，便要由以黃為色的承土德者取而代之了。此刻正值火土交替之期，將軍卻依然要以維持漢王朝為念，豈不正是將軍思緒未通之處嗎？

這也是你我之間不同的地方。不同之處放在一邊，我們願與將軍由共通之處相連——這就是書信的要點。

「承認中黃太乙。」只有這一個條件。

「好。」曹操重重點了點頭。

不斷的鎮壓，使得道教陣營只剩下太平道和五斗米道兩個流派尚未屈服。此刻連「道」這一思想都處在生死存亡的關頭，因此上面的書信之中並沒有提及太平道，而是以「中黃太乙」表現。而且，因為可以說是五斗米道名譽總裁的少容從中斡旋的緣故，道教才在曹操軍中找到了延續的空間，這樣的寫法也等於是承認了少容的功勞。

協議成立，曹操將少容與陳潛送出中軍，兩個人返回黃巾軍駐地所在的濟北。

坐在婦人用的帶篷馬車裏，陳潛問少容：「在長安聽到青州黃巾兵敗消息的時候，夫人便想到要去曹軍聯合的事了吧？」

「啊不，聯合的事情以前也考慮過，不過聽到兵敗消息的時候才斷定真正的機會來了。不是嗎？黃巾軍聲勢浩大，曹操到底不可能徹底取勝。我算定壽張一戰之後，雙方必然要對峙一些時日，所以才會急着趕來。若是遲了的話，不知又要有多少人喪命於此……看來終於趕上了。」少容答道。

「如果能夠順利聯合就好了。」

「應該會很順利。曹操比我想像的還要開明。這三十萬人吞下去，既可能是毒，也可能是藥。曹操這個人物，為了他自己，也會努力把它變成良藥的。」不久之前還是戰場的土地，道路坎坷不平。車輪嘎吱作響，車身上下顛簸。

每一次劇烈搖晃，少容都會緊蹙雙眉，閉起眼睛。陳潛第一次發現，少容的年齡，正由這張側臉上洩露出些微的痕跡。

「夫人辛苦了。」陳潛説道。

作者曰：

初平三年的青州黃巾軍戰事，史書中所言不詳。

長安董卓被殺的夏四月之時，青州黃巾軍進擊兗州。隨後曹操出兵，敗黃巾於壽張東。事實果真如此嗎？

青州黃巾軍，號稱百萬之眾。相比之下，官軍一方的人數雖然不明，但劉岱、鮑信這些部長級的人物都戰死疆場卻是事實。由現象上判斷，很難說黃巾軍敗北。

《三國志．武帝紀》中寫道：「冬，受降。」

農曆從正月開始算作春天，冬天則是由十月算起。在《資治通鑒》中，受降一事記在十二月之下。不管怎麼看，距離壽張之戰都已經過了半年以上了。而且史書中還寫到受降的人數：卒三十餘萬，男女百餘萬口。

因為是以家族為單位的造反，三十萬士卒的家屬算下來確實是有男女百萬人之多。這個數目同黃巾軍由青州進擊兗州開始的時候相同。即使是從數量上看，也看不出黃巾軍大敗的模樣。

因此，推測雙方在這半年以上的時間裏進行過私下的談判，也就是順理成章的事了。

清代康熙年間的大學者，號稱茶仙的何焯在校訂《三國志》之時，寫下了這樣一句意味深長的點評：「魏武之強自此始……」日後曹家取得了天下、有了傳諸歷史的資格，也許史書中會把曹操寫得比實際上更加活躍吧。

雖然也是割據地方的群雄之一，然而此前的曹操也只是借一點他人的兵力，打幾場引人注意的戰役而已，頗讓人感覺他有些力不從心的模樣。唯有收了青州黃巾的大軍之後，才真正成為足可以號令天下的人物。

曹操一方雖然是說自己「受降」，然而青州黃巾只是稍作退卻，並非敗北。他們依然有着三十萬全副武裝的士卒，又怎麼會特意跑去投降曹操？

史書中固然無從考證，但推測起來，應該是雙方之間達成了什麼協議。由時間上看，也是吻合的。

那協議的內容又是什麼？

時至今日，唯有推測了。

流浪將軍

一

就算身處亂世，逢年過節的時候，庶民還是會懷有少許的期望。然而這一年，自元旦開始，每個人便都歎聲不絕。

初平四年（公元一九三年）元旦，日食。

「剛到正月就有日食，看來今年也不是個好年啊。」人們交談的時候都這樣說。啊不，哪怕不說出口，不管是誰，也能從對面人的表情裏看出這個意思。

董卓伏誅的時候，長安市民心中滿懷期待。然而董卓舊部回京，流血事件不斷，徹底辜負了人們的期待——元旦的日食，仿佛也是在斷絕亂世平民的希望。

這一年也有太多可稱天災異變的事。

正月日食之後，三月裏，長安東側最北邊的宣平門外突然有建築倒塌。

五月二十二日，晴空起霹靂。

六月，扶風大雨雹。同樣是在六月，在中國被奉為聖山的華山崩裂。同月，大雨晝夜二十餘日，湮沒民居。

十月，京師地震。十二月又有地震。兩次地震都在辛丑之日，換算成數字，都是二十二日。這種偶然的巧合，更讓人們對接連不斷的天災心懷恐懼。

在那個時代，人們總是將自然現象看做上天對於人間世界的預言。譬如，這一年的十月，彗星孛於天市。所謂天市，指的是天蠍座附近的一個由十二顆星構成的叫做「旗」的星群當中的第四顆星。如它的名字所示，象徵都市與交易的預兆。這一次的天文現象，被看做是都城在遷至長安的兩年之後，將要再度遷回洛陽的預兆。

正因為天象關乎人事，人們自然不敢大聲議論天災異變之事。

「殺人也罷、被殺也罷、追擊也罷、逃亡也罷，反正都是一丘之貉，死得越多，這世間還能越清淨些。」蔡文姬府邸深處的一間房子裏，貂蟬仿佛自言自語一般地說。房間裏除了沉默寡言的女主人之外再無旁人。

「可是被殺的不見得都是惡人啊。」蔡文姬抬起憔悴的臉龐望向屋頂。

父親蔡邕死在獄中之後，她的眼神變得犀利了。

兩雄不可並立。董卓舊部李傕、郭汜打倒了王允一派，分別取代了車騎將軍和後將軍的官職，成為長安城的實際掌權者。然而最近卻有傳聞說他二人不和。

「不日將要生變。」平民都如此想。不管要生什麼樣的變故，必然都會伴隨着流血，絕對不是好事。不過這兩個惡人若是能少掉一個，總讓人覺得連呼吸都能稍稍輕鬆一些似的。這也算是某種特別的期待吧。

「是啊，逃亡的也不全是惡人啊。」貂蟬說。

她想起了呂布。呂布因為貂蟬殺了義父董卓。不管是誰，都覺得他是惡人中的惡人。卻唯有在貂蟬的眼中，將他看做是個溫柔的男人。

貂蟬最初接近呂布，本來是懷有目的。不過一旦兩情相悅，也就變成了普通男女。

「今時今日，他怎樣了？」貂蟬忽然牽掛起來。

呂布率領數百精銳騎兵殺出一條血路，出了武關。在胡沙肆虐的草原之上成長起來的五原健兒緊隨其後。其中自然也不乏蒙古族的將校。

「有你們在，便足以橫行天下，哈哈哈……」呂布在馬上大聲笑道。

「況且還有這個。」他用馬鞭敲了敲吊在馬鞍上的木桶。桶裏裝的是浸過鹽的董卓首級。

「這首級能賣個好價錢嗎？」旁邊的蒙古將校問道。

「當然，越往東賣得越高。」說着，呂布又大笑起來。

長安蔡府中的貂蟬所想起的呂布，也總是喜歡放聲大笑。當然，兩個人在一起的時候，呂布並不總是一直這樣笑着。為了躲避董卓的耳目，他臉上時時會擺出嚴肅的表情。然而在兩人分別的此刻，貂蟬卻只能想起他放聲大笑的模樣。

「這是我最喜歡的模樣啊……」貂蟬心中暗想。

這個男子確實視殺人如常事，但那只是因為他太無知了，做事從不多加考慮的緣故。

「先下手為強。」這就是他的邏輯——與其說是邏輯，不如說是本能吧。

真是個單純的人啊——貂蟬更願意這樣解釋呂布。正因為如此，在她的腦海中，出現的總是呂布單純無邪的笑容。

二

呂布的嗅覺非常敏鋭。

危險迫近之前，他便能嗅到它的氣味。宛如野獸一般。董卓的首級，越往東賣價越高。

各地割據的諸侯都豎着打倒董卓的旗幟。袁紹與袁術在洛陽的族人，都被董卓殺害，他們對董卓異常憎恨。依照當時的倫理觀念，袁氏一門之中若有誰不恨董卓，那簡直不能算人。由這一點上説，他們甚至有必要誇大自己對於董卓的憎恨才是。

呂布首先去了南陽。袁術在那裏。他一向都以袁氏嫡出自居。

袁術那兒固然願意高價買下董卓的首級。呂布在南陽還受到了熱烈的款待。然而話雖如此，這些卻都只是表面文章。袁術其實是個以正統家世自詡、連同族的袁紹都看不起的人物。在他內心深處，對於呂布這種來歷不明的人物，向來是看不起的。

呂布很快就嗅出了袁術的意思。

「給這傢伙一點苦頭嚐嚐吧。」他手下雖然都是千挑萬選的精鋭，但到底只有數百騎兵，無法同袁術這樣的大諸侯當面作戰，充其量只能四處騷擾而已。

呂布便是這樣做了。他在袁術的勢力範圍裏縱兵掠奪。當然，若是做得太過分了，真的惹惱了袁術，也會有大軍圍剿之虞。

——呂布確實可恨……可是只有幾百個人，哎，先不管他吧。

一般程度的破壞，還是可以容忍的。

不過即使程度輕微，次數太多也會引起袁術的憤怒。呂布一直在試探，看自己要越過哪條線才會引來危險。一旦他感到自己快要越線了，就會控制自己的手下，安穩一段時間。

然而真要做到這一點確實很難。還是要儘早想些別的辦法才是。

「一直留在這裏也不是辦法。」呂布向部下如此說道。

雖然各地諸侯割據，其中勢力最大的卻要數中原袁紹、河北公孫瓚、南陽袁術三人。志在天下者，首先總是要先歸屬於其中一方，尋求嶄露頭角的機會。就連稱雄南方的孫堅一族，也都要歸附於袁術帳下。

呂布雖然寄身在袁術處，但只是客人的名分，算不得袁術軍的構成部分。南陽撼動天下的巨力，呂布無法借用。主帥袁術刻意疏遠呂布。隨着掠奪行為的增多，就連提到呂布的時候，袁術都不願說他的名字，只喚他做「那個提頭來的人」。

「該是時候了。」呂布向幕僚道。

「是啊。」呂布的幕僚只是充當隨聲附和的角色。相比於他人的意見，主帥呂布更相信自己動物般的嗅覺。

「總要寄身某處才行。」呂布抱起胳膊。

「不錯……單靠這些人數，還沒辦法獨立。」幕僚若是沒有附和，必然就是充當呂布的解說。呂布有時候會不管自己發言的背景。

「大的好，還是小的好？」

「各有利弊吧。大的勢力很難融入，就像袁術這裏一樣。小的勢力就算能夠取而代之，可對於爭奪天下來說，還是有些力不從心啊。」幕僚解說道。

「不管怎麼說，且先去北方吧。」決斷越早，行動也快。呂布翻身跨上赤兔馬，立即出發。甚至都沒向盤桓這些時日的袁術打一聲招呼。

「天下形勢如何？」呂布在馬上問幕僚。

「幽州公孫瓚南下，被袁紹所阻而退。短期之內，公孫軍應該不會再出動。」

「袁紹和袁術嗎……兩人都是袁家一脈，真是無趣……」

在南陽的這些日子，呂布的人馬稍多了一些。因為縱兵掠奪的緣故，能夠養活的士兵數目也多了，到他離開袁術的時候，人馬已經有了八百餘騎。然而即便如此，依舊還是沒有足以撼動天下的力量。名門子弟擁兵爭奪天下之事，只能是呂布可望而不可即的心頭之痛。

「真是整天打仗的世道啊……」呂布低語道。這感慨不像他一貫的脾氣。

「將軍說什麼？」幕僚問。

「得趕緊找個地方安身……嗯，剛才說的就是這個。」其實是呂布心中想起了貂蟬。安定下來的話，就能接貂蟬來自己身邊了——對了，貂蟬嚮往洛陽，她曾經說過，想要在洛陽住住看。

「前方有人馬！」探馬飛報而來。呂布腦海中的貂蟬身影，霎時間消失得無影無蹤。

「多少人？」

「大約一千二百人。」

「是嗎……那沒什麼關係。」不知是敵是友。呂布想，在這裏應該不會有自己的敵人。以他為敵的只有董卓舊部。那些人都在長安以西的地方，這附近都是反董卓的勢力，對於取了董卓首級的自己來說，走到哪裏都該被視作英雄才對——呂布樂觀地如此想。

基本上沒有什麼敵人，不過弱肉強食的戰鬥還是不可避免的。

「怎麼辦？」

「打。」呂布當即回答，「若是能收降了這一千二百人，我們就變成兩千人的軍隊了……在袁術那邊受氣，不就是因為人數太少了嗎。」

呂布打算恐嚇來者。

三

兩軍接近——潁水岸邊只有一條路。呂布決定先做出不打的模樣，再突然發動襲擊。

「先別急着打，都裝着趕路。」呂布小聲下令。先偃旗趕路，等看到舉旗的時候再一齊出擊——這道命令口耳相傳，傳遍全軍。

「再過百步就舉旗。」呂布正在這樣想的時候，忽然對面的人馬之中閃出一騎，馬上一人，全身黑盔黑甲，高聲叫道：「對面可是呂布？」兩人此時依然相距甚遠，看不清對方的模樣。呂布探身問道：「來者何人？」

對面那人報名道：「平難中郎將張燕。」

「啊，張燕嗎。那麼遠的地方，怎麼看出是我？」

「雖然看不到臉，看馬也能知道是你啊。赤兔馬再遠也能看得出來。」

「原來如此……」在洛陽的時候，呂布曾經和張燕一起喝過酒。既然認識，也就不能交戰了。

「別舉旗了。」呂布吩咐旗手，隨後催動赤兔馬迎向張燕。

張燕本姓褚，黃巾軍起兵之時，他網羅了一些小混混，當了流寇的頭目。當然，即使是在流寇的世界裏，弱小的勢力也是難以存活的。為了生存下去，必須要通過合併來強化自己。

當時流寇之中有一個名叫張牛角的人，頗富人望，張燕便與之聯合。張牛角因為他的「人望」，不斷有人前來投奔，卻在一次戰役之中身中流矢而死。

「必以燕為帥。」這是張牛角的遺言，於是褚燕由此改姓為張。他是通過改姓來向流寇的世界宣佈，自己是張牛角的正當繼承人。

此後軍勢益大，河內山賊孫輕、王當之流也來投奔，最盛之時號有百萬之眾。

世人將張燕一黨稱為「黑山賊」。黑山是朝歌縣西北的地名，張燕等人曾經將那裏作為據點。

對於聲勢如此浩大的叛軍，朝廷也束手無策，只有使出慣用的辦法——招安。張燕應招，叛軍編入官軍，張燕也受封為「平難中郎將」，俸祿兩千石，也是個高官了。

董卓還在洛陽的時候，呂布作為首都警備的將官，時常會與張燕碰面。當時兩人之中要屬張燕官位稍高，不過張燕並沒有半點頤指氣使的模樣，與呂布坦誠相交，所以呂布對張燕很有好感。既然知道來人是張燕，自然也就不會偷襲了。

「好久不見了。」呂布招呼道。

「你還真是閒不住啊。呂布這兩個字，到哪兒都能聽見。我聽說你在袁術這邊，還想着要能見着就好了。」張燕說。兩個人的馬相距丈許停了下來。

「是啊，想了半天，還是打算去投袁術。」

「嚯，那你是要去袁術那兒了？」

「我已經棄了他了。」

「為何？」

「比我想的還小氣。」

「你以為名門子弟就一定寬厚嗎……像我們這種出身低微的人，他們才不會看得起。」

「唔，多點人馬大概會受歡迎吧……我一眼望過去，你這邊大概一千來人吧……搞不好袁術小子連正眼都不會瞧你。怎麼也要湊滿一萬人嘛。黑山百萬之眾都怎麼了？」

「戰士十餘萬，不過已經減了一半……有戰死的，有被別家人馬挖走的，現在只剩下三萬多人了……有些走了另外的路趕去南陽，還有的等在潁水岸邊。」

「有三萬人應該能讓袁術高興吧……對了，袁術招你過去，是想有什麼出兵的打算吧。」

「應該是吧。」

「說不定我們下次會在戰場上相遇啊。」

「你是要去袁紹那邊？」張燕問道。袁術若是出兵，目標必然是袁紹了。

「還沒決定……說不定會吧。」

「若是在戰場上相遇，各自手下留情吧。」

「知道。」呂布笑道。

「好了，咱們兩個就在這裏等着人馬過去吧。」他們兩人斜斜相對，背後各自的人馬走過。兩人之間洋溢着和平友好的氣氛，然而兩個人都沒有半點大意。不管哪一邊，都並非完全相信對方。

「這個張燕生來就是個流寇，不曉得他會幹什麼。」呂布心中暗自警戒。

「呂布這傢伙先殺了主帥丁原，又殺了義父董卓，毫無情義。為了自己，什麼都幹得出來。」張燕那邊也沒有放鬆警惕。

全軍交錯而過，但兩個人還是原地對峙了半晌。不待到兩軍隊尾拉開足夠的距離，確保沒有被對方殺一個回馬槍的危險，兩個人都不敢動。

「哈哈哈，那麼後會有期了。」張燕先說了一句，策馬揚鞭而去。

呂布久久注視着他的背影。身材矮小的張燕，在馬上輕輕搖晃。動作雖然柔和，其中卻包含着力量，就彷彿力量的凝塊穿着黑色的盔甲在縱馬奔馳一般。

「燕剽悍捷速過人。」當時世人如此評價。

「便是我現在回兵偷襲，張燕也能立刻擺好應戰的陣勢吧。」呂布搖了搖頭，催動了赤兔馬。

四

呂布繼續北上，來到河內郡。河內郡在洛陽北面約五十公里的地方。郡太守名叫張楊。

張楊在關東諸將與長安之間起着疏通關係的作用。關東諸將起兵討董卓，而董卓雖然已經死了，但長安依然是在董卓舊部李傕、郭汜的手裏。所以長安與關東諸將之間還是對立的關係。因為天子在長安，關東諸將也想與朝廷聯絡，只是他們的使節總會被李傕等人所阻，必須要靠與李傕交好且又中立的張楊斡旋。

收了青州黃巾軍的曹操遣使去長安的時候，也是請了河內太守張楊給李傕寫過推薦信的。

其實長安的董卓舊部也不願同關東諸將徹底斷絕關係。他們擔心關東諸將擁立新的天子，所以也需要有人為他們做些回旋。

率了八百餘騎的呂布，跨着赤兔馬來到河內郡的時候，太守張楊不禁皺起眉頭。

「又來了個麻煩的傢伙。」

「布聽聞張楊大人志在天下，特來投奔，願給大人盡些綿力。」呂布說道。

不論大小，呂布打算不管怎樣先選個勢力投奔。他領着人馬沿潁水岸行軍的時候，聽到傳聞說：「河內太守張楊，憂心家國天下。」

「哈，那就去小的吧。」呂布當即下了決定。張楊心懷大志，兵力卻有不足，正好可以去推薦自己這八百騎兵，然後再慢慢取而代之。呂布便是這樣的打算。

張楊確實心懷大志——於此亂世中自立，不歸附任何一方。這當然需要足夠的力量。他沒有能力如袁氏兄弟一樣蓄養大軍，所以想用別的「力量」來做自立的背景。

那就是中介者的角色。
就像現在這樣，他在長安與關東之間充作中介。不論對哪一方的陣營來說，他都是必不可少的。
——潰河內則生不便。既然是這樣一個局面，當然就不會有任何一方來攻擊他，他便可以自立了。
張楊所恃的「力量」，便是與關東和長安雙方的友好關係。
長安的董卓舊部，一定都憎恨取了董卓首級的呂布。若是他們知道呂布身在河內，與長安的關係恐怕就會惡化。張楊接受呂布，反而會削弱自己的「力量」。
「不管怎樣都要趕走他。」張楊下了決定，去見呂布。
呂布自以為自己帶了八百人馬過來，是助了張楊一臂之力，言辭之間得意揚揚。張楊心中着急，暗想：「這個蠢材，怎麼講才能讓他明白……先告訴他不是這麼一回事吧，要是他還不明白，那就只有明說了。」
「實在愧不敢當。區區河內之地，比不得鄰郡河南，土地貧瘠……養不起大批人馬。」
「這是什麼話，養不起人馬，這算什麼大事，咱們自己養活就行了。你別這麼洩氣嘛。」呂布說道。
「將軍好意，在下心領。可是河內小郡太過貧瘠，況且此處又是關東與長安兩大勢力交會之處……」
「啊，長安的勢力竟然也伸到了這裏？」對呂布來說，這件事可不能置之不理。
「怎麼說呢，因為河內兵力不足，哪邊提出的要求都不能拒絕。此前不久，曹操大人想派使節去長安，還要我從中招呼。」
「嚯嚯，你去和長安打招呼？」
「差不多……我的部下之中，也有與長安互通消息的人。譬如有位董昭與李傕大人交好，便是讓他寫了一封書信過去。」

「這樣就行了是吧？」

「是……算是未曾耽擱曹大人遣使之事。不過這件事上我雖然於曹大人有功，於長安卻又有所虧欠。若是下一次由長安來什麼請求的話，我是無論如何也不能拒絕的。」張楊一邊説，一邊偷窺呂布的神色。呂布長得並非如他名聲那般兇猛，是個白臉的美男子，看上去比實際的年紀還要年輕。那張白皙的臉龐上，並沒有什麼異樣的神情。

張楊又咳嗽了一聲，繼續道：「呂布大人名震天下，八百騎雖然不多，但大人所到之處，天下矚目。」

呂布的右側臉頰微微一動，看上去是要收住自己的苦笑一般。

那天午後，呂布領着八百人馬離開了河內郡。他畢竟不是張楊以為的那麼蠢。一方面河內有求於長安，另一方面世人都在關注呂布的落腳之處，兩件事情結合起來，他的腦袋可就危險了。

呂布的小隊向東北方向奔去。

「果然還是要找大的嗎……」這次的目標是冀州。那是袁紹的大本營。

五

中國有個習慣，喜歡用一個字來稱呼省。譬如稱廣東為「粵」、福建為「閩」、湖南為「湘」等。而河北省的簡稱「冀」，便是從以前的州名來的。當然，今天的河北省北部屬於幽州，南部才是當年的冀州。如今的石家莊市東南一帶則是冀州州城，袁紹就在那裏。

袁紹想要奪取中原，卻不得不顧忌背後幽州公孫瓚的動向。

同樣的，袁術雖然也覬覦中原，背後的襄陽劉表也是問題。所以袁術才會派孫堅討伐劉表，然而孫堅戰死於峴山，此事只能不了了之。

呂布由河內沿黃河向東北行進，路上感到天下形勢依舊變化不定。

他遇上了南匈奴於扶羅的五千人馬。呂布軍中也有不少蒙古族人，他們從於扶羅軍的同族那裏聽說了許多消息。

如今袁術形勢不利。背後的劉表讓他頭疼。南陽的糧草依賴南方的供給，劉表卻封鎖了糧道。南陽饑饉。

——劉表也是受了袁紹這廝的指使，咱們走着瞧！

袁術為了籌集軍糧北上，好像也想順便威脅一下袁紹的陣營。

「好，加緊趕路！」得到這個情報，呂布倍道而行。眼看就要有一場大戰了，哪怕再少的兵力都是需要的吧。這正是個前去投奔的好時機。

然而到了冀州，卻發現袁紹軍中並沒有想像的那樣緊張。

「怎麼了，呂布？臉色不好嘛。」袁紹問。

「我聽說袁術出兵……」

「唔，肚子餓了，北上找吃的了吧。」

「不去迎擊？」

「那是兗州的事。」袁紹說。

兗州有曹操在。眼下曹操正與袁紹結盟。去年公孫瓚受袁術唆使，派客將劉備、陶謙出兵，曹操便幫袁紹擊敗了二人。

「嚯嚯，兗州能與袁術一戰嗎？袁術人馬眾多啊。」

「不啊，兗州如今也很強了。」呂布還不知道曹操收容青州黃巾軍的事。在他印象中，曹操還是當年那個駐紮在酸棗，一面苦於兵力不足，一面又時時挑起無謀之戰的人物。

「是嗎……」呂布心中不滿。

「袁術就交給曹操吧，這些日子我還有些小賊要收拾。」袁紹說。

「我這八百精鋭，但求為袁公一戰。」

「我也正打算請你幫忙啊……哦，對了，聽說你來了，有人想見你。」

「誰？」

「由兗州曹操處來的客人，說是在長安和你認識的。你去見見如何？」袁紹勸慰般地說道。

呂布回到住處，客人已經等在那裏了——少容與陳潛兩位。

「哎呀，原來是你們……貂蟬還好嗎？」一見到兩個人，呂布立刻就問起了貂蟬的事。

「我們也離開不少日子了，由長安動身的時候，貂蟬還是很好的……雖然想到將軍的時候總會露出寂寞之色……」

「是嗎……我也在想辦法把貂蟬接到身邊來。她喜歡洛陽……要是能和她一起住在洛陽，我也別無所求了。」呂布白皙的臉龐眼見着微微紅了起來。

「要住洛陽嗎?住那座被將軍燒了的城池……」少容雖然如此說,呂布卻似乎沒有聽見。就算他聽見了,也沒有發現少容話中的諷刺意味。雙頰緋紅的呂布,此刻真像少年一般。

「對了!」呂布突然拍了一下大腿,仰頭望天,「我去求河內張楊。他和長安有聯繫,我求他把貂蟬帶去洛陽……對了,還得建個宅子……唔,五原老家的人也一起接來吧。」五原還有他的妻子和已經長大了的孩子們,他開始想要安家了。這是他生平第一次生出這樣的願望。

「好,幫我寫信吧,給河內太守張楊……」呂布當即便請陳潛給他寫信。他一想到什麼,立刻就會付諸實施。至於說是不是會引起他人的不悅,呂布根本沒有這方面的意識。

元旦即有日食的初平四年春,袁術因劉表斷絕糧道,屯兵封丘。南匈奴於扶羅與黑山的一部前來投奔。封丘是在河南省武縣的東面。曹操破袁術,圍封丘。

袁術逃往襄邑,然後又奔寧陵。曹操緊追不捨,追得他狼狽不堪。袁術一直逃到九江,揚州刺史陳瑾卻不肯收留他。去年揚州刺史陳溫病死,袁紹派袁遺接任,袁術出兵趕走了袁遺,任命陳瑾接任揚州刺史一職。所以此時的陳瑾是屬於恩將仇報。當初為自己爭取到如今此種地位的恩人,在受人追趕之時沒有出手相救。

袁術退到陰陵,這才終於集結了兵力,重整人馬,前往壽春。壽春是揚州刺史的駐地。忘恩的陳瑾聽說袁術要來的消息,嚇得聞風而逃。

就這樣,袁術得了揚州與徐州。

換句話說,因為劉表自背後偷襲袁術,迫使他放棄了河南省南部的南陽,將大本營轉移到了江蘇省的北部。

六

與袁術的交戰，是曹操一個人的表演，沒有呂布出場的機會。不過，接下來袁紹討伐小賊之時，呂布卻是相當活躍。

袁紹在朝歌縣鹿腸山，將黑山賊于毒所率的數萬人馬圍了五日，隨即將其殲滅，斬首萬餘。接着又在北方大破以左髭丈八為首領的山賊。劉石、青牛角、黃龍左校、郭大賢、李大目、于氐根，依照袁紹的說法，這些山賊也都被一一剿滅。據說也是斬首萬餘。但就在此時，常山郡出現了很有實力的賊人。當然，由袁紹看來是賊，但在對手那邊，卻也將袁紹以「賊」相稱。

常山郡位於今天的河北省正定縣南，在石家莊市附近。

「某乃平難中郎將張燕！」一身漆黑的騎馬武將縱聲高喊的時候，呂布笑了。

「終於來了，燕賊！溫侯呂布在此，你若是不戰而退，我就放你一馬。」張燕軍中除了黑山眾外，還有屠各（匈奴的一種）、烏桓（通古斯族）等兵馬，相當強悍。

雖然以前說過若是在戰場相遇要手下留情之類的話，但真到了兵戎相見的時候，兩邊都留不下什麼餘地。誰留情誰就要敗了。

激戰十餘日。起初呂布還臉帶冷笑，慢慢地表情也變得嚴肅起來。

「真難對付……張燕的人馬比想像的能打啊。」袁紹也咂舌不已。

張燕軍的機動性很高。以為他會由右側出擊，第二天卻到了左邊，甚至還有小部自袁紹陣中直穿而過。

「難搞的傢伙！」袁紹臉上顯出了焦躁的神色。

他不能在常山花費太多時間，不知何時幽州公孫瓚就會出兵。

激戰十餘日，依舊未決勝負。第十天上，袁紹找來了呂布。

「你在洛陽時，與張燕親善，能不能幫我和他談談停戰的事？」

「不打了嗎？」

「敵人不只張燕一個……他是袁術一派的，恐怕和公孫瓚也有串通。幽州公孫瓚奸詐狡猾，看起來是要等我軍疲敝之時偷襲……你就去聯繫吧。」

「張燕不會空手而回的吧。」

「給些軍糧就是。」

「多少？」

「二十萬斛。」一斛是十九點四升。

當時常有為爭軍糧而出兵的。公孫瓚或許是讓張燕疲敝袁紹軍的，這個目的可以說已然達到了。

「張燕大概也在找退兵的機會吧……」呂布相信自己的嗅覺。

「若是不用這麼多就能讓他退兵，剩下的能給我嗎？」呂布問。

「你這傢伙……」袁紹笑道，然而隨即又皺起眉頭。

掃蕩諸賊的戰鬥之中，呂布確有上佳的表現，可是呂布居功自傲，瞧不起袁紹的部將。這些世代盡忠的武將，對呂布的事情都很不滿。

「主公是要呂布，還是要效力袁家三代的我？」甚至有人當面如此詰問。

呂布確實是個相當大的助力，然而留他在軍中，卻於自己的人和有莫大的損害。

「只有殺了他……」袁紹開始生出這樣的想法。

呂布本來也並不屬於袁紹的陣營。這股助力若是去了別處，對自己也是相當不利。不能放他走。當然，也不能讓他察覺自己想要殺他。

「好吧，剩下的可以都給你，但你也別太小氣了。能讓張燕退兵才是第一要務，知道嗎？」袁紹說完，臉上又顯出微笑。若是太過顯露出不快的神色，呂布也許會心生警惕。

呂布派自己手下蒙古族的將校去和張燕軍中的蒙古軍人交涉。當然，最後是首腦會談。雙方約定，不帶部下，於常山城外三里處一個開闊地的小山丘上見面。

「又是同樣的場面了……當年在潁水岸邊，我們兩人也是如此的吧。」張燕說道。

「守約吧。當年也是如此。」呂布應道。

雙方共同退兵的條件已經經由部下的交涉談妥了。這兩個人的會面只是個形式而已。沒什麼需要商議的事情。僅僅只是確認幾個問題而已。

「難得朋友一場，想給你個忠告。想聽嗎，呂布？」張燕說。

「嚯，忠告當然想聽。」呂布在赤兔馬上挺了挺身。

「我若是袁紹，」張燕說到這裏，吸了一口氣，「必然殺你。」

「為何？」

「袁紹的部將曾經探過我的口氣，說是與我軍休戰，一起攻殺呂布如何。」

「什麼！」呂布大聲道。

「這事袁紹應該還不知道吧，但是部下的不滿肯定也傳到了他的耳朵裏……呂布太狂妄了之類。」

「我做了這許多事，難道還沒有狂妄的資本？」

「那又如何……算了，跟你說你也不懂……好了，後會有期。」張燕撥馬回去了。呂布望着張燕的身影，連這一幕也和當初潁水岸邊時候一樣。撤兵的條件是給張燕十五萬斛軍糧，剩了五萬斛。

「拿這五萬斛想怎麼用？」袁紹如此詢問的時候，呂布答道，「有這五萬斛軍糧，我想在洛陽建個府邸，把家人都接來。」

「嚯，想不到你也是顧家的人哪。」

「這些日子一直在想這件事……我去洛陽如何？」呂布問。

「好啊……這樣吧，我派些人送你去。正好那兩位客人也要送去洛陽，一起走吧。」袁紹說道。

兩位客人指的是由曹操處來的少容和陳潛。他們打算去拜訪洛陽城西的白馬寺。因為世道紛亂，袁紹決定派三十幾個士卒送他們過去。

七

呂布帶着三十人的護衛，與少容、陳潛一起前往洛陽。

「白馬寺的工匠手藝了得。若是要建府邸，有了與白馬寺親善的陳潛介紹，一定會方便許多。」被袁紹如此一說，呂布也覺得不錯。

第三日上，一行人來到了邯鄲。

呂布整日沉思。他很在意張燕的話。對方雖然是個流寇，但迄今為止的交往讓呂布有一種印象，感覺他的言語謹慎，不會隨便説話。然而他那日卻給了自己那樣的忠告。

而且，從今天早上開始，三十人的護衛之中，有幾人的態度便顯得很奇怪。給自己遞東西的時候，手指尖都在發顫。

「怕什麼？」呂布問的時候，護衛答道，「哎，聽説將軍大人很了不起，看到大人，這個，很是緊張……哎……」隨後又將頭垂得更低。

此時，他卻又向同伴處偷偷望去。與護衛隊長四目相對之時，隊長眼神中仿佛帶着幾分責備。

「抖什麼抖，你這個蠢材！」那眼神仿佛是在這樣説。一旦起疑，呂布便意識到疑點很多。

「我聞到了……」房間裏呂布低聲自語。他敏鋭的嗅覺聞到了異變的氣息。張燕的話相當重要——呂布感覺所有現象都與張燕的忠告聯繫上了。

三十名護衛，每個都是體格健壯的年輕士卒，這豈不正是印證了張燕的話？要解決呂布這樣善戰的武將，沒有這許多健壯之士，自然不行。用過晚飯，還有不少時間。

「將軍無聊否？」少容與陳潛這樣説着，走了進來。陳潛抱着箏。

「將軍願意的話，我來彈奏一曲如何……雖然不是太好，但願能聊解旅途的疲勞……」少容説道。

「那可太好了。讓我聽一曲吧。」呂布剛才一直在想心事，這對他來説也是很不習慣。此刻正想換個心情。

箏有十三弦。傳説，本來「瑟」有五十弦，但因為音色太過悲哀，造瑟的伏羲便將它一分為二，成了二十五弦。後來秦的一對父子爭搶這二十五弦的瑟，最後又分成了兩半。所以這樂器在竹字首之下用了一個「爭」字，成了十三弦。再分兩半則是七弦，那就是琴了。

少容彈箏。

「音色清越啊……」呂布雖然不通音律，這樣程度的感受還是有的。一曲終了，呂布提了個要求。

「能不能再熱烈一些？嗯，像西域的……」這是呂布想起了自己在長安蔡府聽到的西域音樂。

「那需要許多人一起彈奏，還要有人伴唱才行，我一個人……」少容笑道。

「啊不，音色稍多一些就行了。我也不是要完全彈成那種西域音樂的模樣。」呂布說。少容將手指上戴的銀甲調了一調，輕輕觸到箏弦上，忽然又將手抽了回來。

「怎麼了？」呂布驚訝地問。

「唔，忽然覺得空氣有些搖動……呼吸有些不穩……且容我再試一次。」少容答道。

「空氣怎樣搖動？」

「呵呵，說起來，像是一種殺氣般的東西……那是由屋外傳來的。」

「殺氣嗎……」呂布皺起眉。氣味更濃了。跳動的眉毛突然停住——此時他已經下了決定。不管是不是決定，都要立即實行了。此刻正是間不容髮之時。

「少容夫人，」呂布端坐，如此說道，「今夜整晚，能請夫人在此彈箏嗎？」

少容凝視呂布許久，問：「那，將軍是要外出？」

「唔……」呂布點頭。

「知道了。我一直彈下去吧，就好像將軍在房間裏一般。盡力彈些熱鬧的曲子……」少容開始彈奏起來。

呂布留心着周圍的動靜，悄悄出了房間。

八

這年六月雨水很多，前文已經寫過，有晝夜不停連下二十餘日的記錄。

呂布由邯鄲投宿之處脱逃的那一夜，也是下了很大的雨。平日涓涓流淌的小溪，這一夜也如發狂了一般，帶着轟隆隆的聲音奔騰起來。泥濘的道路上大雨如注。樹葉與枝條都被雨水不斷抽打，發出巨大的聲響。

呂布自馬廄牽出赤兔，騎上馬向西而去。馬蹄聲被雨聲掩蓋，沒有一個護衛發覺。

袁紹派來的三十名護衛，果然都是刺客，而且是在邯鄲刺殺呂布。過了邯鄲，恐怕就會與呂布直屬的正沿太行山脈掃蕩山賊的數百騎會合了。

「還在聽箏。」到了預定的時刻，呂布好像還在聽箏。雖然一共是三十名精兵，然而每個人都畏懼呂布的勇猛，想等他入睡了再動手。既然是還能聽見箏聲，呂布應該還沒睡吧。

「等箏停了吧……呂布恐怕是躺着聽的。他若是睡着了，彈箏的人自然會退下。」護衛隊長對部下如此説道。

然而到了深夜，箏聲依舊未停。房間裏也點着燈。那時候燈油屬於奢侈品，如此深夜還點着燈，實在是奢侈得很。

「箏聲要到什麼時候才停啊，這樣下去豈不是沒完沒了……」隊長如此想。他接受的命令是等呂布入睡之後再行偷襲，然而若是對方徹夜不眠，豈不是無法偷襲了？此時的情況與戰時相同，所謂將在外君命有所不受。給他的指示中最根本的乃是「偷襲」，諸如「入睡之後」只是枝節而已。執著於細枝末節，便有偏離根本之虞。

況且隊長也有自尊。不論如何以武勇馳名天下的猛將，難道合我們這三十人之力都殺不了嗎？主公所下的入睡之後再行偷襲的命令，仔細想來，豈非實在太過輕視我們的能力了？——好，就讓我們趁着呂布清醒的時候殺了他給主公看看！

「不等了，衝進去！」隊長下定決心動手。

他們預先就在門上動過了手腳。雖然從裏面插上了門閂，但只要在門的下方施力，門上的鉸鏈就會應聲而落。

「嘿！」隨着一聲低喝，隊長猛踹了門一腳。

門後並沒有插着門閂，輕輕一推就開了。隊長用力過猛，一頭栽了進去，摔在房間的地上。周圍燈火都跟着搖擺不定。

「什麼事？」坐在房間中央彈箏的少容，停下了手，用嚴厲的語氣問道。她的姿態中自有一股威嚴。旁邊陳潛盤膝坐在蓆（蒲團）上。此外再無他人。

隊長拔刀出鞘，刀刃上映出燈火的光線，寒光閃閃。

「將軍何在？」隊長喘息着問。

「說是雨聲太大，放心不下，出去看看。臨出門時吩咐我們在此等候，可是天色太晚，又不知將軍何時回來，能否先容我們回去休息？」少容靜靜答道。

房間裏空蕩蕩的，沒有可以藏身的地方。謹慎起見，隊長還是指揮手下搜了一番，當然，哪裏都沒有呂將軍的身影。

「隊長，馬廄裏赤兔馬也沒了！」聽到去馬廄查看的士卒回來報告，隊長臉上顯出懊悔的神色。他橫眉咬牙道：「被這小子發現了！追！」追也沒用。隊長雖然如此下令，自己心中也是清楚得很。呂布已經脱身很久了，騎的又是名馬赤兔，根本追不上了。

來到安陽附近的時候，天色漸明。呂布騎着赤兔馬走了一夜。雨已經停了。

「看來是個難得的晴天啊……」

東方漸白，呂布放眼望向天空，不禁自語起來。他心情很好，然而為何如此之好，他自己也不知道。只要是激烈運動之後，他的情緒往往就會變得很高興。無論戰勝戰敗，抑或像剛才這樣連夜脱逃，只要傾盡了全力，心中就會充滿喜悦之情。

馬上的呂布絕不會歎息自己的背運。對於這一次的事件，呂布甚至都沒有生出背運的想法。這樣一個群雄割據的時代，像呂布這種具有實力的武將，哪裏都會非常歡迎。就連昨夜險些被殺的事，也證明了呂布是個有價值的武將。若是不管在哪裏都起不到作用的人，根本沒有刺殺的必要。

「其他人不知道怎樣了。」呂布想起了同自己一樣依靠自身的力量在各地流浪的武將們。

南匈奴的於扶羅，由封丘去了何處？恐怕不會追隨敗走的袁術吧。此刻說不定回了白波谷休養生息去了。退兵之後的張燕又如何了？一定是帶着黑山眾最精銳的士兵流浪中原吧。

「好吧，且繞些道就是了……」目的地是河內太守張楊那裏。呂布打算從那裏聯絡長安，不過並不想直接過去。就像張楊也說過的，呂布這樣的人物，走到哪裏都會為天下矚目。如此一來，只要自己一路慢行，同時將自己的所在傳揚出去，舊部自然也會慢慢聚攏過來。為此繞些道也不是壞事。

「去會會陳留太守張邈怎麼樣……」呂布自語道。

張邈也是反董卓聯合軍的一員，酸棗諸將之一。他曾經向兵力不足的曹操借過兵，應該是個很有俠義之氣的人物。當年兩人雖然是敵非友，呂布也曾與他交過手，不過如今過去打個招呼也沒什麼損失。

呂布的嗅覺對於利害得失非常敏感。既然是俠義之士，應該不會拒絕失意之人。如果張邈熱情迎接呂布的消息傳揚開來，袁紹必然生氣，呂布的身價也會上升了吧。

「袁紹這廝！」過了整整一晚，呂布才終於想起袁紹對自己的所作所為。相比他敏銳的嗅覺，感情的琴弦就要遲鈍得多了。

呂布深吸了一口氣，低語道：「夏天已經過去了啊。」

他的嗅覺，已經捕捉到了秋天的氣息。

作者曰：

直到這個時期為止，爭奪天下的主要人物只有袁紹和袁術兩兄弟。不過，從初平三至四年開始，勢力劃分開始有了微妙的變化。那就是曹操勢力的抬頭，且從袁紹的陣營獨立了出去。

不用說，合併了三十萬青州黃巾軍，是他得以自立的最大原因。

曹操固然是在想方設法將敵人的力量併到自己的陣營，而袁紹卻只想着消滅對手，就像他在鹿腸山之戰的時候一樣。然而所謂殺敵一千，自損八百，即使殲滅了對手，自己的實力也總免不了受損。就譬如鹿腸山之戰，史書中寫的是：紹與呂布共擊燕，連戰十餘日，燕兵死傷雖多，紹軍亦疲，遂俱退。（《資治通鑒・卷第六十》）所謂「紹軍亦疲」，必然是受了相當大的損失。